講談社文庫

五覚堂の殺人

～Burning Ship～

周木 律

講談社

雲は球形でなく、山は円錐形でない。海岸線も円形ではないし、樹皮もなめらかではなく、
また稲妻も一直線には進まない。

——B・マンデルブロ

目次 CONTENTS

Burning Ship

本文イラスト 日田慶治
本文デザイン 坂野公一(welle design)

五覚堂の殺人

～Burning Ship～

第Ⅰ章　神と人

1

期待と不安とが入り混じりつつ、蠱惑《こわく》的な喧騒《けんそう》とともに始まった、西暦二〇〇〇年。

その四月、初旬。

東北地方、某所。

集落からはほど離れた山間《やまあい》。太陽の光を浴び、きらきらと白く輝《かがや》く氷壁《ひょうへき》を持った山脈と、その手前に広がる疎《まば》らな針葉樹林。

その狭間に延びる、ほどよく整備された山道。そのさらに先に、白壁に囲まれた無《ぶ》骨《こつ》な外観を持つ建物があった。

それはまるで、忘れられた砦《とりで》。

あるいは、屹立《きつりつ》する要塞《ようさい》。

幅のある壁面に、斜《なな》めに切り取られたような屋根、平べったい軀体《くたい》。そのいずれも、真っ白いコンクリートの打ちっ放しで、滑《なめ》らかに磨《みが》かれた表面が、鏡のように太陽をぎらりと映している。吸い込まれそうに青い空、雪を頂《いただ》く白い山脈、濃い緑の針葉樹林の中で、その銀色の皮膚《はだ》だけが、ひときわ輝いていた。だが、何よりも感じられるものは――。

寒さだ。

すべてを氷漬けにする冷気。春分を過ぎた麗《うらら》かな日の光の中でも、いまだ世界は目覚めることができないでいる。

もちろん、動物たちの気配はない。

彼らの匂いも、痕跡も、ない。

だからほとんど音がない。

そよぐ風すら、ない。

この世界にあるのは、だから、ありのままに存在する冷たい自然と、それとは対極に位置する、人工物と、そして――。

その前に立つ、ふたりだけ。

時刻は、午後二時。

今、彼は彼女と向きあっている。

「……元気だったか」

十和田只人《とわだただひと》は、ずり落ちた鼈甲縁《べっこうぶち》の眼鏡《めがね》を、中指でくいと押し上げた。

くすんだ色のよれたシャツ。袖《そで》が擦り切れ、ほつれた糸が宙を舞う、もはやぼろ布と言ってよいブレザー。顎《あご》一面の無精髭《ぶしょうひげ》と、ぼさぼさと整《ととの》っていない髪は、いつもどおりの十和田。

「君とこうして話をするのは、いつぶりだろうな」

そう言うと彼は、色素の薄い瞳でしかと眼前を見据える。

その焦点、手が届かないほど遠くでも、手が届くほど近くでもない、まぼろしのようにあやふやな距離で対峙する、彼女。

身体の動きをなぞるように揺れるつややかな黒髪と、その奥に長い睫《まつげ》とすべてを透《とう》徹《てつ》する瞳をもつ彼女は、暫《しばら》く間を置いてから、答える。

「$\frac{7\pi}{3}$ぶりですね」

「三百六十五分の四百十八か」

「随分と、長い時間でした」

言葉の端々に挟《はさ》み込まれる間。十和田は言う。

「短いということはあれ、長いということはないのじゃないか」

「十和田さんにとってはそうでしょう。でも、私には違います」

にこり、と彼女は微笑《ほほえ》む。

それは、清純な少女のような、あるいは妖艶《ようえん》な未亡人のような、おそらくは計算しつくされた笑顔。

「アルバートは言いました。『嬉しいことがあれば、時間は短く感じられる、でも熱いストーブの上に座ってしまったら、それがたとえ一瞬の出来事でも、まるで永遠であるかのように長く感じられる』」

「よく解らないが、感傷的だな」

「いえ、むしろ客観的です」

「ならば前提が誤りだ。僕は一度君と会っている」

ふん、と鼻から息を吐《は》いた十和田に、彼女は微笑をそのままに頷《うなず》いた。

「確かに私は去年の九月、十和田さんと、あの館でお会いしました。でもあのときは十和田さん、私を私だと思ってはいなかったでしょう」

「それは……そうだな。あのとき僕は、最後に気づくまで、君を君だとは認識してはいなかった。だが、それはそんなに大事なことかね」

「当然です。ネイピア数にリーマン予想の証明が埋め込まれているという事実だけでは、十和田さんも納得できないでしょう？」

「それは、そのとおりだ。うん。まったく、正しいな。ところで」

顎鬚をぞりぞりと手でなぞりながら、十和田は唐突に話を変える。

「僕をなぜ、ここに呼んだ。善知鳥神《うとうかみ》くん」

その問いに、神はいたずらっぽい表情を返した。

「あなたはなぜ、ここに来たんですか。十和田只人さん」

――不意に、風が頬《ほお》を撫《な》でる。

十和田は思わず肩をすくめた。皮膚から染み入るような冷気。氷の檻《おり》のような建物が、十和田の眼前で平たく滑らかな体表面を、ぎらりと輝かせている。自然を内側から食い破るようなその体躯には、まるで熱がなく、だからこそ容赦がない。

にもかかわらず――。

銀色の建物と、白い雪を背後に、黒いワンピースをふわりとたなびかせる、彼女。

その、洋服の黒に溶け込むようにしてなびく、長い漆黒《しっこく》の髪。

存在の違和感。

あるいは超越性か――。

震えを覚えつつ、十和田は思う。

これは、まるで――。

「……神くん、君、寒くはないのか？」

だが、頭を強く横に振ると、十和田は我に返った。

気温は東京の真冬に近い。コートを羽織りもせず、薄手のワンピースだけをまとった神は、にもかかわらず震えもせず、むしろ涼しい顔で言った。

「平気です。冷えてはいますが。それで十和田さん、あなたがここに来た理由は?」

「それは、……」

十和田は無意識に、顔を顰《しか》める。

答えるべきか、答えざるべきか。いや、そもそも答える必要があるのか。

そんな様子を、どこか楽しそうに眺めつつ、神は片目を閉じた。

「『共同研究がしたい』から、ただそれだけでしょ? それが十和田さんの理由」

「む……」

十和田は微動だにしない。いや、動けない。

そんな彼に、神はなおも続ける。

「同じように、私にも理由がある。だから私は十和田さんをこの『五覚堂《ごかくどう》』に呼んだ。ただそれだけ」

「………」

ただそれだけ。

ただそれだけの一言が、もちろん、ただそれだけの意味しか持たないはずがないのは明らかだった。

観念しつつ、十和田は、一方ではぐらかすような曖昧《あいまい》な溜息《ためいき》を吐《つ》くと、やがて、それまでの会話などまるで存在しなかったかのように、銀色の建物を見上げ、ぽつりと言った。

「そうか、ここが五覚堂。あの志田幾郎《しだいくろう》の別荘か」

志田幾郎。

彼が、人々からしばしば「五感の哲学者」と呼び讃《たた》えられる、日本を代表する学者であることは、もちろん十和田も知っていた。

エリートの家系である志田一族に、日本医師会の陰のドンとも揶揄《やゆ》された志田周《あまね》の子息として生まれ、昨年、肺癌によりこの世を去った彼は、ある意味では『ザ・ブック』級の超人だった。

昭和五年に生を受け、思春期を戦中戦後の混乱の時代に過ごした志田幾郎は、昭和二十九年にT大医学部をずば抜けた成績で卒業すると、父親である志田周が理事長を務める医療法人医周会《いしゅうかい》の経営する病院に入り、脳神経外科医として卓抜《たくばつ》した腕を揮《ふる》うようになる。だがその傍《かたわ》ら、本来数学を専攻したかった彼は、すぐに再度T大理学部数学科に入り直し、数学の研究にも没頭し始めた。

幾郎の凄《すさ》まじさは、それが単に趣味の範囲に留《とど》まることなく、数学者として超一流だったところにある。

彼が研究していたのは、リーマン予想、すなわち「ゼータ関数の自明でない零点の実部は、必ず二分の一になる」という未解決の予想だった。この難問に対し彼は重戦車のごとく研究を進め、ついには予想解決の糸口を発見するところまで至《いた》るのだ。だが——。

二十三年前、つまり幾郎が四十七歳のとき、彼は突然研究を止めてしまう。のみならず、彼はT大からも籍《せき》を抜き、本業であった医師としての仕事からも完全にリタイアして、自宅に引きこもってしまったのである。

なぜ幾郎がいきなりすべての社会活動を止めてしまったのか、理由はまったく不明だった。当時、志田家で起きたと言われているお家騒動のせいだとも噂されていたが、結局、本当のところは誰にも解らずに終わっていた。

しかし、それから三年。世間が、志田幾郎という人間がいたことすら忘れかけていた頃、隠棲《いんせい》していた彼は、突如として表舞台へと戻ってくる。

幾郎が再び、T大に籍を置いたのだ。

このことに周囲はひどく驚いた。彼がなんの前触れもなくいきなり復帰したからだけではない。彼が籍を置いたのが医学科でも数学科でもない、哲学科だったからだ。

つまり異能の男は、医者でも数学者でもなく、哲学者として、復活したのである。

「……『五感』がなぜ人間に備わっているのか。あるいは、人間の脳髄がなぜ『五感』を感じ得るのか、さらには、『五感』そのものを人間から相対化して捉《とら》えると、どういう結論が導かれるのか。単なる形而上学《けいじじょう》ではなく、数学者らしく数学的な、医師らしく医学的な側面からの分析もなされている。志田哲学とはとても興味深い」

建物の中へと導かれるようにして扉をくぐりつつ、十和田は言った。

先を歩く神は、振り向きもせず答える。

「志田哲学も、『ザ・ブック』ですか」

「部分的にはな。すべてではない。それにしても」

後ろ手に扉を閉めると、十和田はぐるりと大広間を見渡した。

歪《ゆが》んだ四辺形の形状を持つ、大広間。

外界の刺すような寒さはないものの、むしろ鈍痛にも似た沈み込むような冷気が、空間を支配している。

壁と天井は外壁と同じ白いコンクリートの打ちっ放し。四辺形の一辺には一面に窓があり、午後の光が射し込んでいる。部屋の中央には五角形の太い柱が立っている。床面はむき出しのコンクリートではなく、タイル張りになっており、そこに描かれた奇妙な図形を天井の照明が照らし出していた。

「……『ヒルベルト・カーヴ』だ」

※ 図版1「ヒルベルト・カーヴ」参照

そう無意識に呟《つぶや》くと、次いで十和田は神の背後に視線を移した。

鈍角の壁面。その中央にある両開きの扉を挟むようにして、二つの額縁《がくぶち》があった。

左側、高い位置に掲《かか》げられているのは、小さな額縁だ。その額縁には絵が飾られているでもなく、その代わり、中央から長短二本の針が伸びていた。

視線を上げたまま顔を動かした十和田は、やがてそれが何であるかに気づく。

時計だった。

午後、二時。二本の針が成す鋭角が、現在の時刻を正しく告げている。

それからもうひとつ。右側に掲げられた大きな額縁は、床から天井までの一面を覆《おお》うほど巨大な、縦長のものだ。

この額縁には、白黒《モノクローム》の奇妙な絵が飾られていた。

水面のような直線に、まるで船がせり出してくるように浮かぶ三角形。そこから燃え上がる、あるいは立ち上がる、幾何学的な、あるいは幾何学的ではない、何か。

建物か、柱か、火炎か、それとも——。

「……『燃える船《バーニング・シップ》』」

図版1　ヒルベルト・カーヴ

※　図版2「バーニング・シップ」参照

十和田の呟きに、神は微笑みだけを返す。

やがて十和田は、周囲に廻《めぐ》らしていた視線の焦点を再び神に合わせる。

「……志田幾郎が以前、都内にある巨大な邸宅のほかに、密《ひそ》かに別邸を建てたという話を聞いたことがある」

――それは、哲学者である彼が、深い思《し》索《さく》にふけるために建てたと言われるもの。具体的にいかなる建造物なのかは、建てられた場所も含めて秘密とされ、彼のほかは親族しかその姿かたちを見たことがないという、謎の建物。

「五覚堂……まさか、こんな東北の片田舎に建っていたとは」

図版2　バーニング・シップ

感慨深げな十和田に、神は続けた。

「そして、その設計者こそが……」

「沼四郎《ぬましろう》、だな」

「ええ」

「彼が個人の建物を建てたのは意外だな」

「『建築はひとりの凡人のためのものではない』。建築学至上主義《アーキテクチユアリズム》の教義です。その意味で確かに意外ですね。でもこの教義には、実は抜け穴があるんです」

「どんな抜け穴だ？」

「自らが能力を認めた人間の邸宅を建てる場合です。沼四郎は、その場合に限り設計を引き受けたんです」

「なるほど、才ある人間を内包する建物を建てる限り、先の教義に反しない」

「そのとおり。で、五覚堂はそんな建物のひとつだというわけです。ところで十和田さん、お手紙に同封した地図と見取り図はすでにご覧になりましたか」

「もちろん。この地図がなければ、ここにたどり着くこともできなかった」

よれたブレザーの内ポケットから取り出される、乱雑に折り畳まれた二枚の紙片。

※　図１「五覚堂の周辺地図」
※　図２「五覚堂の見取り図」参照

それを開きつつ、十和田は言う。

「一番近い集落からは歩いて三十分。ここは人気《ひとけ》もない完全な山間だ。かといってまったく未開の原生林というわけでもない。道や橋はそれなりに整備されているし、神社も碑《いしぶみ》もある。思うに、ここにはかつて村があったんだろうな。だがその後誰もいなくなり、無人の集落と化した。そこに目をつけた志田幾郎が土地を買い取り、この五覚堂を建てた……」

「ご名答ですね」

「推理するまでもないことだ」

十和田は苦笑した。

「この地域の気候は厳しい。もう四月だというのに、まだ雪があちこちに残っている。雪山の照り返しも眩《まぶ》しいくらいだ」

「漸《よう》く雪雲のない時季になりました。三日前のような、低気圧が通過するイレギュラーはありますが」

「だが基本的には晴天が続く。その放射冷却の結果、夜になると厳寒に襲われる。のみならずここは山の麓《ふもと》にあり、崖崩れや雪崩《なだれ》の心配が絶《た》えない。気候は厳しく、土地は危険。都会に仕事があるならば、人里に下りていくのが、人間の性《さが》というものだろう」

「その性に逆《さか》らったんですね、志田幾郎は」

「逆らうのもまた人間の性だ。ところで神くん」

「なんですか」

「この館は何かの東北方向に位置しているのか？」

「東北方向？」

唐突な質問に、神が目をぱちぱちと瞬《またた》いた。

「東北地方じゃなくて？」

「ああ。東北方向だ。ここから南東には何かランドマークでもあるのか」

「特に、そういったものはないかと」

「そうか。じゃあこの質問は一旦忘れてくれ。それより話を戻すが」

十和田は、ぴくぴくと肩を痙攣《けいれん》したように動かしつつ、言う。

「なぜ君が僕をここに呼んだかはさておく。どうやって僕を呼んだのか、これもさておく。人間の居場所など神には筒抜けだろうからな。だが、これはさておかない。君は僕をここに呼んで、一体何をさせたいんだ？」

図1　五覚堂の周辺地図

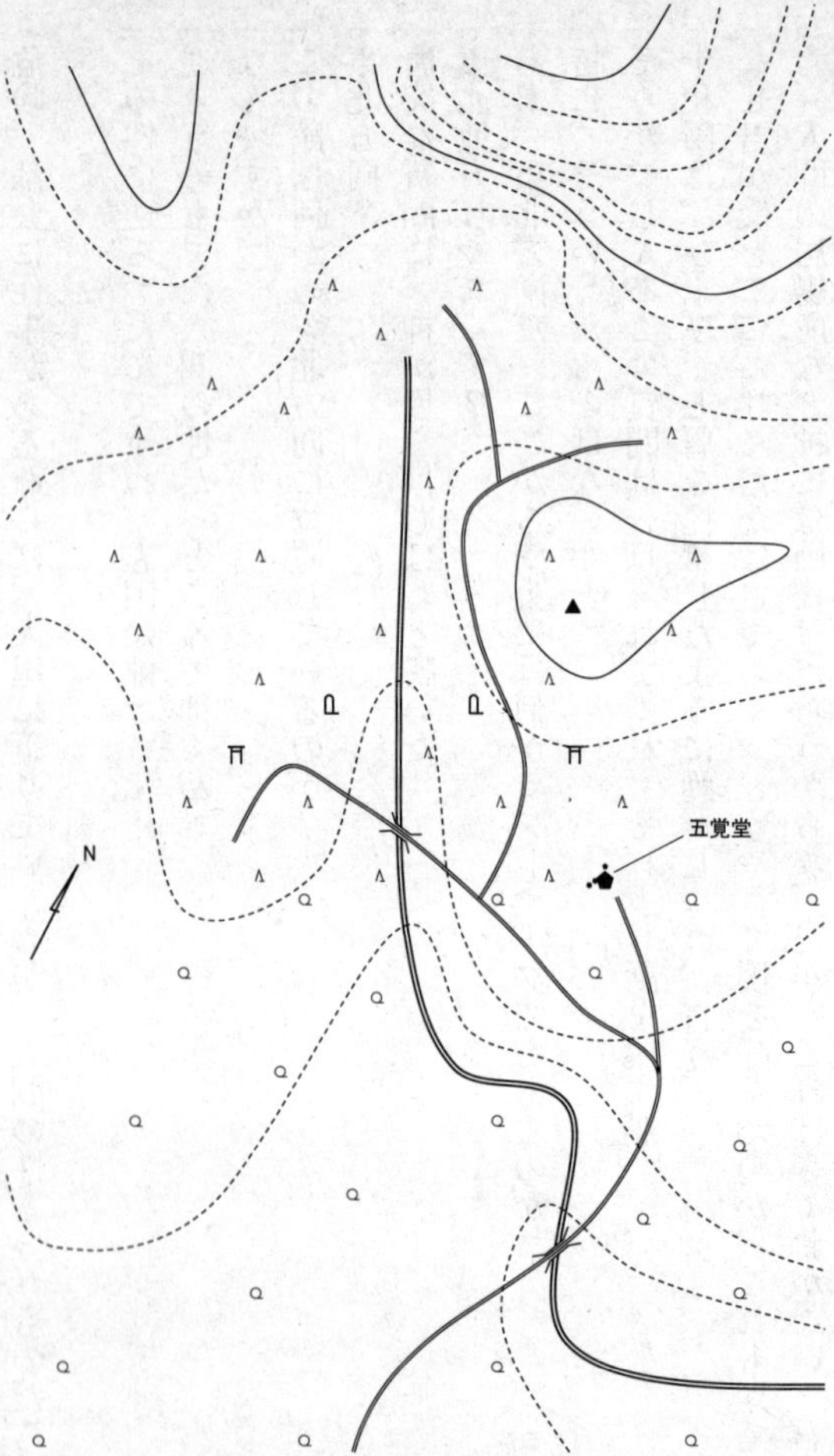

図２　五覚堂の見取り図

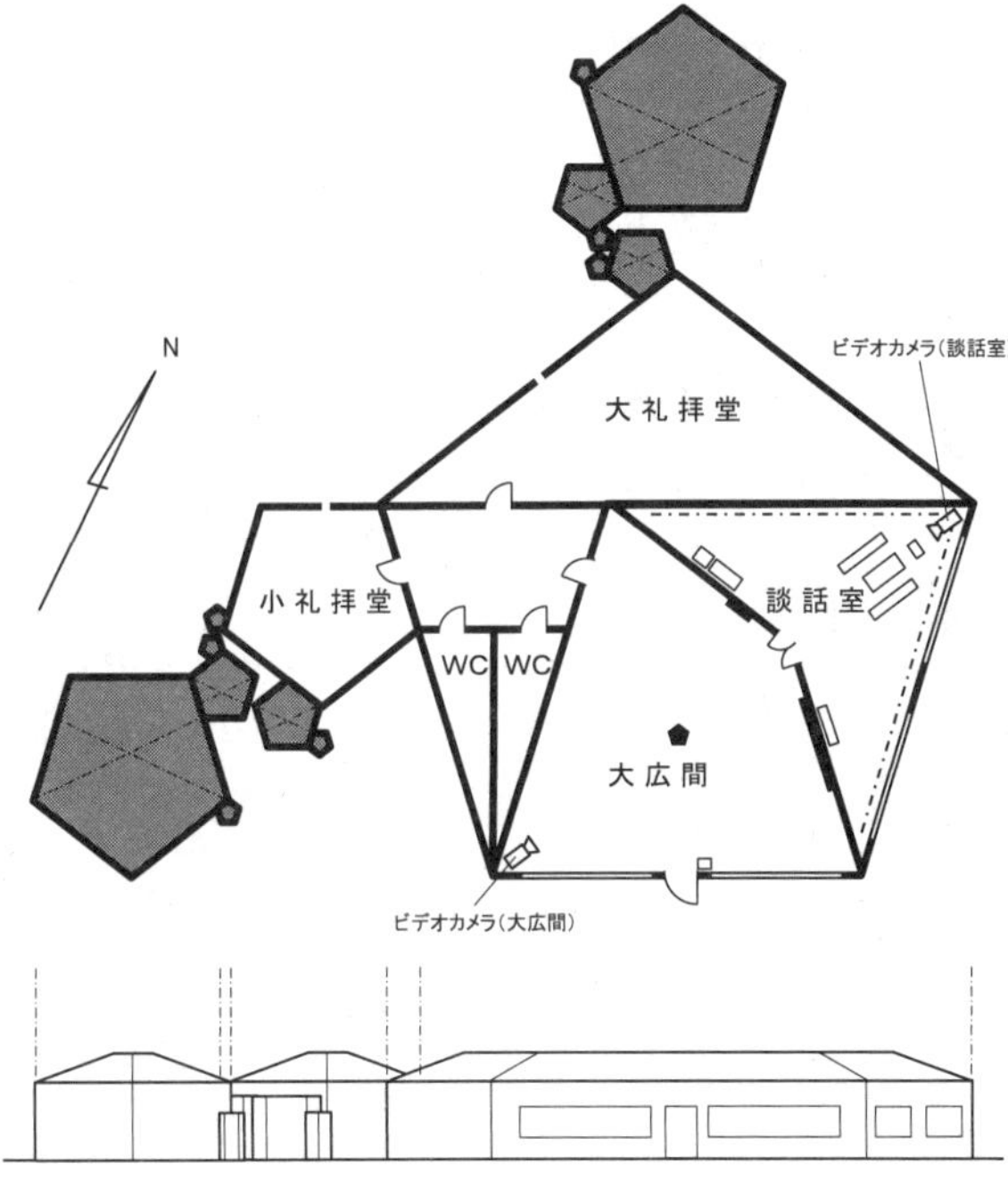

その言葉に、暫《しば》し十和田を見つめてから、蝶《ちょう》がふわりと舞うような、まるで重さを感じさせない動作で、神はくるりと十和田に背を向けた。

「……ついて来て。十和田さん」

「どこへ？」

「談話室ですよ。向こうの部屋です」

「ここじゃだめなのか」

「だめですよ、ふふ。だって……ここじゃあ、まるで落ち着かないですから」

神に続き、その絨毯《じゅうたん》張りの部屋に入ると、十和田はまるで鶏《にわとり》のような忙《せわ》しない仕《し》草《ぐさ》で、きょろきょろとあたりを見回した。

見取り図どおり、歪《いびつ》な凹四辺形の部屋。

奥側の二面の壁はすべて、床まである真っ黒な厚いビロードのカーテンで覆われ、その中央には時計が掛けられている。見取り図では右側に窓があるはずだが、黒いビロードのカーテンで遮《さえぎ》られているせいか、太陽の光は一筋も射し込んではこない。存在するのは、天井にある一基のシャンデリアが、部屋を照らす光のみだ。

背後には、黒いアップライトピアノ、洋酒が並んだ食器棚、細長い冷蔵庫のようなものまである。

何気なく壁に近寄ると、十和田はそこにひっそりと非常用の懐中電灯があるのを見つけた。側面にあるスイッチに触れると、先端のレンズが輝く。

片目を閉じ、その眩しい発光部分を数秒覗《のぞ》くと、十和田はそれを元の場所に戻し、次いで視線を足元に移した。

十和田の体重を支える、毛足の短い絨毯、その表面にある模様は、見たことのあるものだった。

すなわち、大小さまざまな大きさを持った、踊るような正五角形群――。

「これは……『シェルピンスキー・ガスケット』」

※　図版3「シェルピンスキー・ガスケット」参照

「どうぞ、こちらへ」

呟く十和田を、神が白い手で招く。

彼女が導いた先にあるのは、革張りのソファと、ガラスのテーブル、そしてさらに向こうには、一台のカラーモニターとビデオデッキ。

十和田がソファに腰を下ろしたのを確認すると、神は言った。

「十和田さんに、見てほしいものがあります」

そして、モニターのスイッチに手を伸ばした。

図版３　シェルピンスキー・ガスケット

　ぷん、と音が弾《はじ》け、ブラウン管の上には、白く輝く砂嵐が浮かび上がる。

「……テレビか。生憎《あいにく》と僕は、テレビ番組には興味が微塵《みじん》もないんだが」

　嫌そうに顔を顰める十和田に、神も首を左右に振る。

「私もです。所詮は虚構ですからね。でも十和田さん？　もしここに、私の作品が映るとしたら、見てみたいとは思いませんか」

「君の作品？」

　十和田が、怪訝《けげん》そうに問い返す。

　しかし神は、その問いにすぐには答えない。

　数秒――ふたりの間に流れる、短いとも長いともつかないその時間、十和田はじっと、我慢強く次の言葉を待つ。

やがて、神が告げる。

「実は、少し前まである事件が起きていました」

「ある事件？　どこで？」

「ここで」

「五覚堂でか」

「はい。その事件の一部始終を見せるため、十和田さん、私はあなたをここに呼んだんです」

「…………」

十和田は、顔の下半分を掌《てのひら》で覆うと、ややあってから、念を押すように言った。

「……要するに、僕にも見ろと？　その事件とやらを」

「ええ」

「構わないが、どうやって見ろというんだ」

「記録をしています。このテープに」

いつの間にか、神の手には数本のビデオテープがあった。黒と透明のプラスチックと磁性体でできた、ラベルも貼られていない、ごくありふれたテープ。だが、そこから どす黒い禍々《まがまが》しさが溢《あふ》れ出ているようにも感じられるのは、気のせいか。

重力を感じさせない動きで、そっと十和田の向かいに腰かけると、神は言った。

「五覚堂での出来事は、このビデオにすべて録画されています。……どうです、見てみたくなりませんか」

「…………」

不意に、神と目が合う。

彼女の二つの虹彩《こうさい》の奥にどこまでも広がる、真っ黒な空間。

得体の知れない魅力に抗《あらが》うように、十和田は首を横に振りつつ、答えた。

「見たい、見たくないは別として、とにかく見ればいいんだな」

「はい」

「見て、それから……僕は、どうすればいい」

「それは、十和田さんにお任せします」

「すぐに帰ってもいいと」

「ええ。ご自由に」

「そもそも、見ずに帰ると言ったら？」

「それもご自由に。……でも」

一拍を置いて、神は断言する。

「十和田さんは帰りません」

「どうして、そう思う」

「視《み》えているから」

「…………」

暫しの沈黙。

やがて十和田が口を開く。

「……どうやって映像を録画した」

「五覚堂には、二台の隠しカメラがあります。ひとつは大広間に、ひとつは談話室に。お渡ししている見取り図にも書いてあります」

「これは隠しカメラと視線方向を意味する記号か」

見取り図を広げた十和田に、神は言う。

「小型のカメラで、画像も鮮明、音声もしっかりと拾います。五覚堂にいる人間たちは誰ひとり、このカメラに気づかなかったようです」

「なるほど。ところでさっき君が言っていた事件についてだが、それはやはり、殺人事件か」

物騒なことを淡々と訊く十和田に、神は同じくそれが何事でもないかのように、あっさりと頷いた。

「そうです」

「とすればおそらく、そこには僕のよく知る人物が関わっている。たぶん……被害者として」

「……ふふ」

目を見開き、嬉しそうに神は言った。

「さすがは十和田さんですね」

「帰らないことまで視られているのなら、それくらいのことが用意されていてしかるべきだ」

「では、それが誰かは解りますか」

「さすがに境界条件が足りないな。解《それ》を定めるためには」

「ということは、複数解は得られていると。ところで」

物騒だが軽妙なやり取りを楽しむように、神ははぐらかす。

「十和田さんには、その前にひとつ、知っておいてほしいことがあります」

「なんだ」

にらみつけるような表情の十和田に、神は続ける。

「五覚堂。この建物は『回転』します」

「回転？　どういうことだ？　どこが？　どういうふうに？」

「質問にはすべてお答えできません。でも、沼四郎の建築にみられる顕著な特徴にどういったものがあるかは、十和田さんも知っているでしょう」

むっとしつつ、十和田は答える。

「沼建築にはしばしば、数学的主題が用いられる。眼球堂は正円や円柱、円錐、角柱が使われていたし、双孔堂《そうこうどう》には位相幾何学的な発想が盛り込まれていた」

「そう。そもそもは、東京湾品川可動橋もそうです。ガウスにあやかり、あの橋には正十七角形がモチーフとして使われています。でも、沼建築の特徴はそれだけじゃない」

「……『動く』か」

「正解です。一ポイント差し上げましょうか？」

結構だ、と渋い顔で視線を背ける十和田に、神はなおも続ける。

「動くという様式《モード》には、いくつか種類があります。平行移動、対称移動、一次変換。だけれども、沼四郎が最もこだわったのは『回転』」

「確かに、あの東京湾品川可動橋も、橋梁《きょうりょう》部分がダイナミックかつ大胆に回転する」

「結局は使わなかったけれど、双孔堂《ダブル・トーラス》にも実はそういう仕掛けがありました」

十和田は即座に首を縦に振る。

「ああ。一目して明らかだ。二つの正八角形には円が挟まるからな。密室には影響を与えない動きだから、推理には関係なかったが」

「ふふ」

神は嬉しそうに口角を上げた。

それとは対照的な、忌々《いまいま》しげな表情とともに、十和田は続ける。

「で、五覚堂も回転する」

「ええ、部分的に」

「どこが？　どういうふうに？」

「言えません」

「なぜだ」

「私は出題者だからです」

しれっと、神は答えた。

「ナヴィエ＝ストークス方程式の一般解は見つかっていません。難しすぎるからです。でも、特殊な条件を設定した場合に限っては、解を得られます」

「何が言いたい」

「この問題は難しいので、境界条件を提示しているということです」

「難易度を下げていると？」

「ええ。五覚堂は『回転する』。大ヒントでしょう？」

「境界条件としては十分だ。まったく、ありがたい限りだな」

まったくありがたくなさそうに顔を顰めつつ、十和田は再び話を元に戻した。

「だが、そんなことよりさっきの話だ。言いたまえ。殺人事件の被害者になっているという、僕の知っている人物とは、一体誰だ？」

「知りたいですか」

「当たり前だ」

「そうですか。ならば教えます。それは……」

まるで十和田を焦《じ》らして弄《もてあそ》ぶように、胸の前に垂《た》れた黒髪を楽しそうに掻《か》き上げると、神は言った。

「宮司《ぐうじ》百合子《ゆりこ》ちゃん。宮司警視正の妹さんですよ」

2

【序　文】

人間とは自分自身を等身大に知覚できない。これは心つまり主観が不確かであやふやなものであることに起因する。本序文においてこれからひとつの思考実験を提供するが、鵺《ぬえ》のごとき人間の心について読者諸氏はまずここから各々見解を持たれたい。

殺人的実験に耐えるモデル人体Hをここに一体用意する。Hは有限個の素粒子から構成され原理的には有限個に分割可能である。またHには常に単一の主観がありこれをhとする。Hにはhが含まれ、HをH1とH2に分割すればhは必ずそのいずれか一方に含まれる。

しかる後にモデル人体Hを分割する。たとえば爪を切り髪を切る。神経の通わない部位の取り外しはHから微小部位ΔHを除することに相当する。当然主観hはΔHを含まない側に存在し、乱暴ではあるがΔHがそもそもHに含まれないという議論もあるがここでは割愛する。

ふたつめに微小部位ΔHを無視できない大きさまで拡大してみる。具体的にはモデル人体Hの末端部位の切断を図る。手足等の末端H_{ai}の排除である。通常この作業はモデル人体Hに多大な苦痛を齎《もたら》すがここでは無視する。ここでHからすべてのH_{ai}を除した部分にはhが含まれるか。経験則にしたがい、確定的にそれは是《ぜ》である。

ねらいを読者は理解しただろうか。次いで取り外されるのは臓器群H_{bj}である。通常モデル人体Hは死に至るが無視する。仮想的存在であるHは生命活動を継続可能と仮定、さえすれば生き永らえるからだ。

もはや残るのは頭部のみとなる。興味深いことに未だ主観hは頭部にありつまりhはH_{ai}とH_{bj}を排した部分に含まれている。そして頭部からは更に除去し得る部位があることを示し、端から眼球も三半規管も頭蓋骨も不要なのだからこれらH_{ck}を取り除くのである。

やがてモデル人体Hは最小限の部位のみを残す。脳髄Bである。半貫にも満たない脂溶《しよう》性のBにはしかしなおhが存在している。hはBに含まれBはHからH_{ai}とH_{bj}とH_{ck}を排した部分に含まれる。要するにhはBに含まれ、人間の主観は脳に存するのである。

しかしここで聡明な読者諸氏はいや待てと言うだろう。思考実験は未だ完結していない。Bがhの座としての最小単位であるという根拠がないからだ。事故や病気により脳髄半球を失ったにもかかわらず以前と変わらず生きている者がいるという事実、類似の例も数多くある現実がこれを傍証《ぼうしょう》する。

たとえばBを更に右脳半球B_Rと左脳半球B_Lに分割する。先述の事実に基づけばB_RかB_L単体でもhを保持できる。かくしてBは二つに分割されたがさてここで改めて問う。主観hは右脳半球B_Rと左脳半球B_Lのいずれに在るか、もしくは分割しているか。

のみならずhが分割されるとすればこれは経験則と著《いちじる》しく乖離《かいり》する。右左脳それぞれが右左脳それぞれの主観に基《もと》づき好き勝手に思考を描くのだろうか。あるいはこの状態のままモデル人体Hである彼または彼女の本来の姿H'を取り戻させる。このときH'には二つの主観h_Rとh_Lがありそれぞれが異なる思考と感覚を得ることになる。問題となるのは次の点だ。ある種の自己相似構造《フラクタル》を有する脳髄がh_Rとh_Lの二つのみにしか分離し得ないのか、またこのとき一体どの主観をHと認識すべきなのか。

はたしてこれら脳髄の問題を精神疾患や外科的手術の枠組みのみで理解できるものだろうか。あるいは遺伝。ミーム。DNA。文化。社会。親子関係。心。こういったものをひとつの人間というフラクタルから生ずる異なる倍率のそれぞれの次元《モード》と捉えることもできるのではないか。そもそもこれが純粋な思考実験であり荒唐無稽《こうとうむけい》に過ぎるとしても、じつは哲学領域における主観とは何か五感とは何かという古臭い主題にも未だ一石を投じる余地があるのではないか。

私が以下各章項において述べるのは単なる思考の過程である。私は元々数学徒であったがラッセル氏と同様脳髄の鈍りを覚えて哲学に転じた愚者である。非才であることは自覚しており、不確かさを有する箇所もしたがって本書には多々あることをどうか寛恕《かんじょ》願いたい。

——志田幾郎著『論文Ⅰ』序文

第Ⅱ章　禁忌の十一人

1

——砦《とりで》。

これは、傍《そば》に聳《そび》え立つ雪山からの照り返しを一身に受ける、まさに砦だ。

彼の横に立ち、その建物と対峙した百合子は、まずそんな第一印象を持った。

高さ三メートル弱の白いコンクリート壁。そのまま斜めに傾斜した白い屋根。それらの表面にはいまだ、氷になった雪が付着している。壁は左右にそれぞれ十メートルほど延びており、窓もある。

とにかく、横に大きい建物だ。

そして、眩しい。

壁面に反射している太陽の光が、百合子の目を強烈に射る。目がひりひりと痛み、彼女はそっと目を閉じるが、瞼《まぶた》の裏にはなおも残像が浮かんでいた。

百合子は思う。この砦の内側に、一体どんな空間が隔絶されているのだろうか。

彼女はふと、思いついたことをそのまま口にする。

「なんだか、牢屋みたい」

呟いてから、それがひどく非礼なことだと気づく。ここは彼の家が持つれっきとした別荘だ。そこにお世話になろうというのに、監獄呼ばわりすることほど礼を失することはない。幸運にも、呟きは耳のいい彼にも聞こえなかったようだ。百合子はほっと胸を撫で下ろした。

とはいえ、この訪問者を端《はな》から拒絶しているような無表情な趣《おもむき》の建物が、まさに雪中牢と呼ぶに相応《ふさわ》しいものであることは一面の事実だ。それに——。

「……『耳』？」

「さあ、行こう」

不意に彼が、百合子を呼んだ。

年の頃は彼女と同じ二十歳を少し過ぎたくらい。背は彼女よりも頭ひとつ分高いが、身体の線は彼女よりもむしろ細い。若者らしい精悍《せいかん》さと幼さが同居した、細面に整った彼の顔。

強烈な光にも怯《ひる》むことなく、特徴的な三角形の眉を上げながら彼は朗《ろう》と言った。

「もうすぐ二時になってしまうよ。早く中に入ろう。たぶんもう、皆が待ってる」

「あ、うん。解った、志田君」

頷くと、地面に置いていた鞄を再び持ち上げた。その底にべっとりとぬかるみの泥がついている。

悟《さとる》のアドバイスにしたがい、ゴム底のスニーカーにしてきたのは正解だった——そう思いつつ百合子は、彼の手を取り、建物の中へと入っていった。

「宮司さん、ちょっと待って」

三月の最終週。所属するゼミから、珍しく日の出ているうちに帰宅の途に就こうとしていた百合子を、誰かが後ろから呼び止めた。

振り返ると、そこに長身細身の青年が立っている。

この特徴的な青年のことを、もちろん百合子は知っていた。すなわち——。

同じゼミに所属する同級生、志田悟。

「志田君？　どうかした？　私に何か用？」

「ああ、うん。ええと、宮司さんの家って、どこにあるのかなって」

「え？　L駅まで行ったら、そこからM線で三駅のところにあるけど」

「下宿？」

「ううん。お兄ちゃんとふたり暮らし」

「ふうん。じゃあ、L駅まで一緒に帰ってくれないかな。駅前まででいいんだけれど」

恥ずかしそうに、彼は頭を掻いた。

「えっ？　別にいいけど……大丈夫？」

「ああ、それは大丈夫。L駅までの道は慣れているし、そこまで行けばタクシーが拾える」

ゼミの誰もがそうだったと思うが、少し関わりづらい雰囲気を、悟は持っていた。彼は特別だから――そんな思いが、誰の胸にもあるからかもしれない。実のところ、ゼミで彼ともっともよく話し、一緒にいるのは、ほかでもない百合子だった。

とはいえ、そんな百合子でも、この志田悟という友人に関して知っていることはそう多くはなかった。学業は優秀、だがあまり人前に出るようなことはなく、控《ひか》えめな性格であること、有名な家柄で、祖父が有名な哲学者であること。それくらいだ。

無言のまま、L駅までの大通り沿いを、彼と肩を並べて――正確には、長身の彼の肩と自分の頭とを並べて――ゆっくりと気を遣《つか》って歩きながら、百合子はちらりと悟の様子を窺《うかが》った。

「…………」

道路の端にある黄線をなぞるように、かつかつと音を立てて歩く悟の、その、いつもは見せない神妙《しんみょう》な面持ち。

百合子は驚いた。それは彼女が初めて見る表情だったからだ。もともと喜怒哀楽がさほど表に出る人ではないと知ってはいたが、一体、何があったというのだろうか。どうしたの？　そう問おうとした瞬間、逆に悟から切り出された。

「宮司さん、あのさ、ひとつ頼みがあるんだけれど、聞いてくれないかな」

「えっ、頼み？　えーと、聞くかどうかは内容によるけど、どんなこと？」

「旅行してくれないか。僕と一緒に」

「は？　えっ？　旅行？」

いきなりの申し出に、百合子は目を瞬く。

「志田君と一緒に？　なんで？」

「あっ、いや……ていうか、ごめん、旅行じゃなくてね、まあ旅行といえば旅行なんだけど、なんというか……」

自分で言いだした癖《くせ》に、悟は一瞬はっとしたような顔をすると、すぐに慌《あわ》ててしどろもどろな弁解を始めた。

「旅行なんていう大層なものじゃなくて、ええと、その、とにかく君に一緒に来てもらいたい場所があるんだ。だけれど、その、そんなに近い場所ってわけでもなくて、だから遠足……そう、遠足だ。でも泊まりがけで旅行みたいになってしまうから、もちろん無理にとは言わないし、もし君がよければで構わないんだけど」

「あーストップ。志田君」

百合子は、周囲を窺いつつ、悟の言葉を遮った。

「ここだと人通りがあるから、ちょっと脇に逸《そ》れよう？」

「あ、うん」

百合子に導かれるまま、悟はすぐ傍にあったバス停のベンチに腰をおろした。それから、右手に持っていたものを丁寧に置くと、足を前に投げ出した。

「ごめん、気づかなくて」

「ううん。気にしないで」

百合子は首を横に振りながら、悟を見た。

整った顔立ち。瞑目《めいもく》した、どこか哲学的な表情。

ジーンズに長袖Tシャツという、簡素な格好の彼は、しかし足も長く、ただ腰掛けているだけなのに、雑誌のモデルのように様《さま》になっている。

暫し見とれた後、百合子は改めて訊く。

「それで、さっきの話だけど……志田君、旅行って言ってたけれど、どういうこと？」

「ああ、うん。実はね、宮司さんに僕と一緒に行ってもらいたい場所があるんだ。とても厚かましいお願いだということは解っているんだけど」

今度は、悟はすらすらと述べた。

「行ってもらいたい場所。それって、どこにあるの？」

「東北の、とある場所だよ。もし承諾してもらえるなら、詳しく教えるけれど……具体的には、そこに僕の家が持っている別荘があるんだ」

「別荘」

ふと以前、共通の友人から聞いた話題を思い出す。

実は、彼の家は相当な資産家であるらしいのだ。そもそも彼の家は高級住宅街として有名なD町にある。謙虚な悟がそういう家柄を鼻に掛けることはなく、したがってこの話題もネガティブに語られることはなかったが、しかし、改めて考えてみれば別荘くらい、持っていてもおかしくない家であることは間違いない。

「すごいね」

「すごかないよ。先代の道楽さ」

先代とは——哲学者だった祖父のことだろうか。

「うん。いくつも家があるなんて、ちょっと羨《うらや》ましいよ。うちは小さな2ＬＤＫだから。……で、いつそこに行くの？」

「来月の五日」

「あと十日弱か。随分と急な話ね。ていうか待って志田君、もしかして、その別荘にふたりきりで行こうと提案してる？」

もしそうなら、百合子の兄は絶対にうんとは言わない。

だが悟は、まさか、と笑いながら顔の前で手を振った。

「僕の親戚がいるから、そうはならないよ。あーでも、道中はふたりかな。皆と別々に行くから」

「親戚？　どういうこと」

「その別荘に行くのはね、本当は親戚の集まりがあるからなんだ。そこに、君にも同行してほしいってこと」

なるほど、同行してほしいのは、よく解った。

でも待って——なんで私が？

そう言おうとした百合子に、悟は先んじる。

「説明が前後してごめん。隠し立てすることでもないし、経緯と理由も含めてきちんと話すね。実は昨年、僕の祖父が亡くなったんだ」

「お祖父《じい》さんが？　志田君のお祖父さんって、有名な哲学者じゃなかったっけ」

「うん。志田幾郎って人だよ。その筋《すじ》じゃ著名な人だったみたいだ。身内だからそんなふうにはあまり思えなかったんだけれど、とにかく祖父は、昨年秋に六十九歳で亡くなったんだ。肺癌で」

ふと百合子は、祖父の死をなんだか他人事《ひとごと》のように話す悟の態度が、ほんの少しだけ気になった。祖父の死は、そんなにも淡々と受け入れられるものなのだろうか。もっとも、自分には物心がついたときから両親がおらず、だから、そもそも尊属の死に対する気持ちが容易には想像がつかないのだが。

それにしても——。

金色に舞い散る銀杏《いちょう》の葉。昨年秋という言葉から、ふとあの日の情景を無意識に連想した百合子に、悟は続けた。

「遺体はもう茶毘《だび》に付して灰になっている。でも志田幾郎が死んだことは、実はまだ対外的には伏せられているんだ。志田幾郎には莫大な遺産があって、それが処理されるまで秘密にすることになっていてね。祖父がそう言い遺したんだ」

「お祖父さんの遺言?」

「うん。口頭と、あと書面で」

「書面にはどんなことが……って、ごめん。これは訊いていいことじゃないよね」

勢いで口にしてしまったことをすぐに百合子は謝った。遺言の内容はデリケートな問題だ。部外者である自分があれこれ詮索していいことではない。

だが悟は、恐縮する百合子に、特に気にするでもなく答えた。

「いや、全然構わないよ。というか、それは宮司さんも知っておいたほうがいいことだと思うし。実はね、遺言は二つあったんだ」

「二つ？」

「うん。といっても、二つめはまだ誰も見ていないんだけれどね。で、ひとつめはこういうものだった……『遺産は直系卑属に分配。その詳細については後日披露《ひろう》。委細辻《つじ》の指示にしたがうこと』」

「辻、さん？」

「志田家が昔から頼りにしている顧問の弁護士さんだよ。辻和夫《かずお》さんというんだ。先々代……志田周の時代から、つきあいがあるらしい。特に先代は全幅の信頼を置いていたみたいだ」

「そうなんだ。で、辻さんはどんな指示を？」

「それなんだけれどね、辻さんは僕を含む直系の親族全員に、こう指示したんだ……『四月五日、親族一同集まられたし。その場で故志田幾郎から預《あず》かる二つめの遺言を披露する』」

「それで親戚みんなが集まるのね。遺産について、その二つめの遺言に書いてあるだろうから」

「そういうこと」

「経緯は大体解った。でも、話を元に戻すけれど、そんな大事な場面に、部外者の私をどうして呼ぶの？　ていうか、そもそも私なんかがそんな場所にいていいのかな？」

「あー、それはね」

一拍を置いてから、悟は続けた。

「実は、僕の父親は、志田幾郎の三男で志田三胤《みつたね》というんだけれど、ここのところ体調が芳《かんば》しくなくて、入退院を繰り返しているんだ。この集まりに応じられるかどうかも、今の段階ではちょっと解らないんだけれど、もし父が参加できないとすると、三胤の家族で集まりに出られるのが僕だけになってしまう。僕には母も兄弟もいないから……それで、辻さんが僕に言ったんだ。『遺産相続という大事な場面に単独で臨むべきではない。血のつながりはなくてもいいから、誰か信頼できる人間を、必ず同席させるように』って」

どのような内容の遺産相続となるかは解らないが、ともかくそんなデリケートな場面で、自分の味方が自分ひとりしかいないというのは、確かに望ましいことではないだろう。だが――。

「信頼できる人間、それが、私？」

「うん」

当たり前のように、悟は頷いた。

　百合子は、そんな彼に、戸惑《とまど》いつつ答える。

「とりあえず、趣旨《しゅし》は解った。でも、そういうことだったらもっと適任者がいるんじゃないかな。例えば、ゼミの先生とか」

「先生方はお忙しいから、ちょっと頼めないよ」

「先輩は？」

「あの人たちは……うん、人はいいけれど、ちょっと口が軽いから。別荘の場所は、部外者には絶対に秘密にしておかなくちゃいけないんだ」

「じゃあ、親友とかは？」

「いないよ。ていうか僕、そもそも友達がほとんどいない」

「ええと、じゃあ……ほら、同級の子たちなんかどう？　岩渕《いわぶち》君とか、藤本《ふじもと》君とか、工藤《くどう》さんとか」

「いや宮司さん、だからね」

　悟は、真面目な顔で、説得するように言う。

「僕はね、君にお願いしたいんだ。ほかでもない君に」

「…………」

　沈黙した百合子に、悟は言った。

「宮司さんは僕とよく一緒にいてくれるよね。僕としても、僕のことをよく解ってくれている人がいいんだよ。すごく厚かましいお願いだっていうことも理解しているけれど、現地まで付き添ってもらう必要もあるし、とにかくこんなことが頼めるほど信頼できるのは君しかいないんだ。それにね、これは必ずしも僕だけにメリットがある話というわけでもない」

「メリット？　それ、どういうこと？」

「宮司さん、最近、図書館である人物に関して調べているそうじゃないか」

「え？　……うん」

「岩渕君から聞いたよ。机の上に本を積み上げていたって。彼、君が何か真剣に読み耽《ふけ》っているようだったから、声は掛けなかったらしいんだけれど、何をそんなに一生懸命に調べているのか気になって、後ろからそっと覗き見したらしいんだ。でね、君が調べていたものが何か。それを聞いて、僕はびっくりしたよ」

「……………」

「『沼四郎』……まさか君が、あの建築家に興味を持っていたとは」

百合子は、何も言わずに視線を悟から逸らせた。

沼四郎――それは、『眼球堂の殺人事件』という、百合子が憧れて止まない十和田只人が登場する小説において、轟木煬《とどろきよう》という名前で描かれていた男。

この奇矯《ききょう》な建築家と、昨年の夏の終わり、百合子は不思議な縁《えん》でつながった。双孔堂――ダブル・トーラスは、沼の設計した建築物だったのだ。そして、あの建物で起きた事件と、その後のある出会いとをきっかけに、百合子はひとつの疑問を抱くようになっていた。

それは、これまでまるで疑いようもなかった自分自身に対する、疑問。

もちろん、人前でその疑問を口にすることはない。敬愛する兄にさえも。なぜなら、具体的な言葉にした瞬間、すべてが確度を持たなくなるように思われたからだ。だが彼女は、昨年の秋以降、その「目には見えない何か」のことを、心の奥底で密かに考え続けていた。

そして今、彼女はまったく確証がないにもかかわらず、ある確信的な直感を得ていた。それが――。

沼四郎とその建築物こそが、私の疑問に答えを与える鍵《キー》なのではないか？

それ以降だ。百合子が沼についてひとりで調べるようになったのは。

だが、調べるほどに、沼という男はあまりにも謎めいていた。

アーキテクチュアリズムという狂人の論理に等しい主義を提唱し、これに忠実に生きた建築家。善知鳥礼亜《れいあ》という内縁の妻があり、善知鳥神《な》という娘も生している。実は彼女に、百合子は一度会ったことがある。会ったからこそ生まれたこの葛藤《かっとう》なのだが、いくら葛藤してみても、そしていくら調べてみても、百合子の眼前に、沼四郎が狂死した『眼球堂の殺人事件』ですでに語られたこと以上のものが現れることはなかった。

彼女があの日調べていたのは、だから、沼本人ではなく、沼の設計した建物だった。もしかすると、沼が設計した建築を通じて、百合子が求めるものが見つかるのではないか。そう期待しつつ、彼女は文献に没頭していたのである。

それにしても、あの場面を見ていた人がいたなんて――。

なぜだか後ろめたいような気分に苛《さいな》まれつつ、百合子は、わざとどうということもないといった表情で訊き返した。

「確かに志田君の言うとおり。でも私、沼四郎については、単に興味があって調べていただけなんだよ。ていうか、それが何か、志田君の別荘に行くことと関係があるの？」

「おおありさ」

悟が、わが意を得たりとばかりに答えた。

「君がもし沼四郎に興味を持っているのなら、うちの別荘に来ることには大きなメリットがあると思うんだ。なにしろあの別荘は、沼四郎が設計した『五覚堂』という建物なんだから」

2

悟の言葉どおり、大広間にはすでに大勢の人間が集っていた。

自分たちも含めてちょうど十人。老齢の者もいれば、自分と同い年くらいの女性もいる。ある者は談笑し、ある者はぼんやりと立って窓の外を見ている。

改めて見渡せば、そこはだだっ広い部屋だった。壁には巨大な絵が掲げられ、また部屋の片面に大きく開いた窓からは、燦々《さんさん》と昼光が射し込んでいる。家具がほとんどない寒々《さむざむ》しい空間だが、空調はしっかりと効《き》いてて、汗ばむほどに暖かい。

コートを脱いで手に掛ける百合子に、悟が横から問うた。

「宮司さん、今、何時か解る？」

悟の問い。顔を上げて壁を探すと、すぐ長短二本の針が見えた。

「一時五十七分だよ」

「そうか、ありがとう。ぎりぎりセーフだね」

辻から悟に送られてきた手紙には、二つめの遺言状の開封は午後二時だからそれまでに来るようにという指示が付されていたが、どうやら間にあったようだ。

実のところ、東京駅を始発で出てからすでに六時間以上が経過していた。新幹線、在来線、路線バスを乗り継ぎ、最後は徒歩で、漸《ようや》く辿り着いた場所。ゴール間近の泥道には、さすがの百合子も辟易《へきえき》したが、実際に五覚堂に足を踏み入れた今、そんな午前中の疲れはすでに吹き飛んでいた。

これが、五覚堂——沼四郎が設計した建築物か。

百合子は思う。はたして、私が求めるものはここにあるだろうか。

「時間ちょうどですね。悟様」

荷物を床に下ろした悟と百合子のもとに、灰色のスーツを着た、六十手前と思《おぼ》しき男がすっと歩み寄る。

悟と同じくらいの長身、しかし身体は悟よりもさらに細身で、百合子は思わずナナフシを連想した。白髪《しらが》混じりの髪を一筋も乱すことなくきっちりと整えているのは、男が神経質な性格であることの表れだろうか。

「すみません、辻さん。遅刻しそうになりました」

「いえ、仕方ありませんよ、悟様は……それよりも、無事お着きになられて、私も安堵しました」

「伯父《おじ》さんたちは？」

「胤次《たねつぐ》様を除いては、すでに」

「……父は？」

「三胤様もすでにお見えです。病院から直接、こちらにお越しになったようです」

「快復したんだね、よかった。そうだ辻さん、こちらがあらかじめお話ししていた、宮司さんです」

悟が、百合子を辻に紹介する。

「初めまして、宮司百合子といいます」

「志田家の顧問弁護士をしております辻と申します。宮司様のことはすでに悟様から伺っております。なにぶん急な話でさぞ驚かれただろうと思いますが、こういった話は、後に禍根《かこん》を残さないためにも、補佐する人間が必要なものです」

「存じています」

「とはいえ部外の方には重い話ですから、お引き受けいただいてありがたい限りです。この点、幸いなことに先刻、三胤様が見えられましたので、宮司様のお役目としては、多少とも肩の荷をおろしていただけるかと」

「それは、幸いでした」

悟の父がいるのであれば、自分が悟に対して負う責任も軽くなる。

「ですので今回は、小旅行にでもいらしたつもりで、ごゆっくりなさってください。……報酬につきましても、後ほど」

「あ、……はい」

百合子は曖昧に頷いた。

この別荘行きには特別の報酬が伴うこと。それは、あらかじめ悟からも聞かされていたことだった。とりあえず承諾はしたものの、百合子は実費分を除いてこの報酬を辞退するつもりでいた。金銭目当てでここにきたのではないからだ。もちろん、その報酬に「他言無用」すなわち口止め料の意味もあることは理解しているが、もとより誰に言うつもりもないし、ならば謝礼を受け取る理由もない。

「ところで辻さん、遺言状の開封は？」

悟の質問に、辻は三角形の白い眉を上げながら答えた。

「それは、胤次様がご到着し次第執り行います。ご自宅はすでに発たれているようですので、それまでの間、暫しお待ちください」

「そうですか」

それでは――とうやうやしげに頭を下げると、辻は淀《よど》みのない落ちついた動作で悟たちの前から去っていった。

それと入れ替わるようにして、今度はふたりの男が現れる。

茶色のスーツを着た壮年でいかり肩の男と、ステッキを手にした年老いた男だ。

「悟君、久しぶりだな。元気にしていたか」

いかり肩の男が、悟の右手に手を伸ばす。

悟はその右手を握り返しながら答えた。

「お陰さまで、なんとかやっています」

「大学は順調か。しっかりと勉強しているのか」

「はい。正胤《まさたね》伯父さん」

——志田正胤。

ここへくる道すがら、悟が百合子に話した事前情報によれば、五十一歳になるこの男は、若くして先々代当主である志田周から医周会を引き継ぎ、以後会長として同会のトップの座にあるのだという。

細い目と薄い唇、全体的にのっぺりとした能面のような顔つき。表情に乏《とぼ》しく、どこか酷薄な印象がある。

「そちらのお嬢さんが、悟君の付添人か」

優しげな声だが、表情が変わらないせいか、むしろ警戒しているような口ぶりだ。

「ご指示にしたがい、連れてきました。僕のゼミの友人の、宮司さんです」

「はじめまして、宮司百合子と申します」

悟の紹介を受け、百合子はすぐに頭を下げる。

「ふむ。なるほど。……宮司君か」

正胤が頷きつつ、細い目をさらに細めて、百合子の顔を見た。

その品定めをするような視線に、百合子の背筋がぞっと粟立《あわだ》つ。

悟がもうひとり、先刻からステッキでかつかつと床を鳴らし続けているベストを着た老人のほうを向いた。

「それより、今日はお会いできて何よりでした……お父さん」

「えっ、この方が、志田君の？」

百合子は驚いた。

——志田三胤。

志田家の三男である彼の年齢は四十半ば。そう聞いていたにもかかわらず、どう見ても目の前にいる三胤の見た目がそれと反していたからだ。五分刈りにした白髪に、枯れ木のように痩《や》せ細った身体。こめかみに浮かぶ、いくつもの黒いしみ。正胤より年下のはずだが、むしろひとまわり以上歳を取っているようにしか見えない。これも、彼が患《わずら》っているという病気のせいなのだろう。だが病《やまい》とは、これほどまでに人の外見を変えてしまうものなのだろうか。

「退院なさったのでしたら、僕に言ってもらえれば、一緒に来ましたのに」

悟の敬語。親子関係でも礼儀を重んじているのだろうか。

「子にそこまで無理はさせられんよ。付添人にも迷惑が掛かる」

声は年相応の力強さがあった。老《ふ》けているのは外見だけなのかもしれない。

「大変だったでしょう、ここに来るのも」

「なあに、お互い様だ。私にもこれがある」

三胤はやにわにステッキで床を突いた。飴《あめ》色の柄の先端には、鈍色《にびいろ》に光る五寸釘《ごすんくぎ》のような鋭く長い突起《とっき》が四本、取りつけられていた。

ぎょっとして、百合子は一歩後ずさる。

「驚かんでもいい。ただの滑り止めだよ。病み上がりに遠出はさすがに応《こた》えたが、なんとかここまでやってこれたのは、まだまだ私も大丈夫だという神の思《おぼ》し召《め》しだろうかね」

く、く、く、と三胤は片方の頬を引きつらせるように笑うと、不意に黄色い目で百合子をぎろりと見た。

「ところで、あなたは宮司さんと言ったか」

「はい。はじめまして」

「ようこそ五覚堂へ来られた。志田家にかかわりがある者以外の人間がここへ来たのは、おそらくあなたが初めてだ。もっとも、志田家の人間ですらほとんど来ることはなかったのだがね。それより、あまりに奇妙でさぞ驚いたことだろう」

「はい、ええと……」

そのとおりなのだが、是と応じていいものか。

暫し困惑する百合子の背後で、そのとき、いきなりバンと大きな音を立てて、入り口の扉が開いた。

「悪《わり》ぃ悪ぃ、遅れた」

そう言いつつ大広間にずかずかと入ってきたのは、縦縞のジャケットを着てマフラーを巻いた、長身の男だった。オールバックに髪を撫でつけ、長い後ろ髪は結んでいる。剃《そ》り込まれたような富士額からすると、年齢は五十手前だろうか。立ち居振る舞いがやや軽薄で、どこか業界人然とした印象がある。

「天気がいいのに、道に迷うなんてなぁ。俺ともあろう者がヤキが回ったか？」

男は、息せき切らせつつ、辻に挨拶を二言三言、それから悟のところへつかつかと歩み寄った。

「おう、悟か。元気にしていたか」

男が鷹揚《おうよう》に話しかけた。悟は軽く頭を下げた。

「はい、なんとか。胤次伯父さん」

――志田胤次。

自称投資コンサルタントをしているという、志田家の次男だ。妻とは離婚し、今は独《ひと》り身なのだという。独り身と言えば、正胤と三胤もすでに妻とは死別しているらしい。この三兄弟は伴侶《はんりょ》にいい縁がないのかもしれない。

「なんとかやれているのならよかった。お前も大変だろうが、周りの人たちへの感謝を忘れるんじゃねえぞ。ところで、うちの息子どもは来てるか？」

「大人《だいと》さんたちですか？　それでしたら向こうで話し声が聞こえましたが」

「そうかそうか。で、隣の彼女は？」

目を細めて、胤次が百合子を見る。

正胤とは違う意味で、値踏みするような目つき。

百合子は努《つと》めて平静を装《よそお》いつつ答える。

「はじめまして。宮司百合子と申します」

「百合子ちゃんか。もしかして、悟のアレか」

「アレ？　アレってなんですか？」

「やめてくださいよ、胤次伯父さん、そういうのじゃないんですから」

慌てた様子の悟に、胤次はにやにやと笑いながら言った。

「なんだ、違うのか？　あーいや、そもそも聞くのが野暮《やぼ》ってやつか。ところでな……」

胤次は、十秒も経《た》てば忘れてしまうようなありふれた世間話をいくつかまくし立てると、やがて、自分の息子たちと思しきふたりを見つけ、彼らのもとへと行ってしまった。

「……はあ」

胤次の気配がなくなると同時に、悟が盛大に溜息を吐いた。

「ごめんね、騒々《そうぞう》しい伯父で」

「そう？　フレンドリーな伯父さんだと思うよ」

——困った人だ。無表情のまま、悟はそう冷ややかに言った。もしかすると悟は、胤次のことがあまり得意ではないのだろうか。

そう思う百合子に、悟はふと、話題を変えた。

「ところで宮司さん、この部屋に大きな絵が掲げられているのが見える？」

「え？　ええ」

悟の言葉に、百合子は向かいの壁に掲げられたモノクロームの絵を見上げる。

それは、床から天井まである巨大な絵画。抽象画のようでもあり、具象画のようでもある。あるいは、手前にせり出す船のようでもあり、幾何学的な建築物のようでもある。これは——。

「……面白い絵ね」

「『燃える船』という題名の絵だ。面白いかどうかは僕には解らないけれど、先代が自分で描いたって聞いているよ」

「………」

「あ、もし君が絵画に興味があるなら、大礼拝堂に行けばもっと面白いものが見られるよ」

「大礼拝堂？」

「左手のドアから奥に行ったところに、礼拝堂が二つあるんだけれど、そのうちのひとつさ。後で行っておいで……あ、でも夜はやめたほうがいいよ。この季節はめちゃくちゃ寒くなるから。で、その二つあるうちのひとつが大礼拝堂と呼ばれていて、そこに『エッシャー』の絵があるんだ」

「エッシャーって、あのエッシャー？」

「やっぱり知っていたね。『天国と地獄』って言ったら解る？」

「もちろん」

百合子は頷いた。

「円の中に、それぞれ同じ図案の白い天使と黒い悪魔の絵が、お互いにはまり込むようにして、中央から円周に向けて交互に数を増やしながら細分化されていく。そんなデザインの絵ね」

「へえ、そうなんだ。僕には解らないけれど、とにかくその絵が大礼拝堂の床に描かれているんだってさ。でっかくね」

——ふと、百合子は思う。

「天国と地獄」——あの絵は確か、美術的な主題とは別に、ある数学上のモチーフを活用して描かれていると聞いたことがある。

一般的な幾何学とは違う概念に基づき、有限大の空間で無限を扱《あつか》うことができる幾何学——双曲幾何学だ。

有限の中で無限を扱う。一見するとそんなことはできなそうだが、例えば円の中でその周辺にいくほどスケールが圧縮される状態を想像してみれば、必ずしも不可能ではないことが解る。円の中心にいる人間がその円周に向かうとき、その縁に近づくにつれて、人間は縮んでいき、結果、いつまで経っても円周には到達し得ないのだ。このとき当の人間にとって、その有限の円の中はまるで無限の広がりを持っているように感じられるだろう。

翻《ひるがえ》って、エッシャーの「天国と地獄」だ。

この絵はまさに、双曲幾何学において、無限に埋め尽くされた三角形群をなぞるように描かれたものだ。

エッシャーはしばしば数学——タイル埋め尽くしや三次元空間では矛盾を起こす透視図など——をモチーフとして絵を描いたことで有名だが、この「天国と地獄」においても、双曲幾何学という数学を応用したのである。

その結果、この絵にはある特徴が表れることとなった。それが、自分自身を相似《コピー》した形状が、ある種の秩序のもと、随所に、かつ無限に表れるという奇妙な性質である。

天使と悪魔。彼らは確かに、大きさや方向を変えながら、しかし辺縁《へんえん》に向けて無限に出現する。どの一部分を切り取っても天使と悪魔が同様のパターンで存在しているのだ。

そう考えてみると——。

百合子は視線を、ふと今自分が足裏を乗せている床面へと向けた。

そこに現れているのは、垂直に、あるいは水平にうねるような曲線、すなわちヒルベルト・カーヴだ。これもまさに、全体の形状を、ある種の秩序のもとで随所に相似《コピー》したものではないか。

絵、曲線、それぞれに共通する性質。

はたしてこれは、単なる偶然の一致なのだろうか。それとも、何らかの必然的な意味の存在を示唆《しさ》するものなのだろうか。

桃色のつややかな唇に人差し指を当てつつ、思考にふける百合子。

だがそんな彼女の黙考も、ほどなくして、その一声によって破られた。

「皆様、お集まりになったようですね」

おもむろに、辻が一同の前に立った。

それまで雑談でざわついていた人々が、一斉に口を閉ざす。

大広間にぴりりとした緊張感が満ちる――。

百合子はちらりと額の時計を見上げた。針はすでに二時を回り、長針は短針とほぼ同じ、十分の位置にある。

こほん、と咳払いをひとつ挟むと、辻は言った。

「定刻を過ぎておりますので、早速、始めさせていただきます。……志田家の皆様、本日はお忙しいところをご足労いただき、誠に恐縮です。本日、この場を仕切らせていただきます弁護士の辻和夫です。どうぞよろしくお願いいたします」

細い身体から出ているとは思えない、朗《ろう》とよくとおる声。丁寧な言葉遣いは、しかし定型文的な印象もある。

辻は、続ける。

「本日おいでいただいたのはほかでもありません。先代である故幾郎様のひとつめの遺言により、すでに皆様にご連絡を差し上げているとおり、この五覚堂で、皆様方に対する遺産に関する通知と相続の手続きを行いたく存じます」

「お題目はいい。早く二つめの遺言を読み上げてくれたまえ」

長い前口上にいらついたのか、正胤が辻の言葉を遮る。

辻はしかし、口の端をわずかに上げた。

「お焦りになることはありません、正胤様。いずれにせよ私から申し上げることはこれで終わりですので。したがいまして早速、二つめの遺言を皆様にご披露いたしたく存じます」

その言葉が終わると、辻は静かに懐《ふところ》から一通の封筒を取り出す。

厚手の白い封書だ。おそらく幾郎のものであろう朱い封緘印《ふうかんいん》で、閉じ口が三ヵ所押印されている。

辻は、背広のポケットから象牙《ぞうげ》のペーパーナイフを取り出すと、その封を素早く切り、その内側から蛇腹《じゃばら》折りにされた細長い紙を引き出した。

光沢のある薄手の和紙。雁皮紙《がんぴし》だろうか。万年筆で書かれたと思しき群青色の文字が、裏からもうっすらと透《す》けて見える。

辻は一度、その紙――遺言状を、おもむろに一同の前に掲げるようにして見せると、それから、蛇腹の折り目を右から開いた。

「では、読み上げます」

ごくり、と誰かが唾《つば》を飲み込む音。

目線を和紙の上に走らせつつ、辻はその文章を朗読する。

――眷属《けんぞく》に告ぐ。

志田家の資産は、不動産動産含めすべて志田幾郎の子、正胤、胤次、三胤に継ぐ。

なお、三者への分配率は、胤次一割、三胤一割、その余《よ》を正胤とする。

「は？　待て待て、ちょっと待てよ辻さん、今あんた何て言った？　最後の部分をもう一度読み上げてくれ」

不意に、胤次が大声で辻を遮った。

辻は、落ち着いた表情のままで答える。

「はい。では今一度……『胤次一割、三胤一割、その余を正胤とする』」

「おいおい、なんだそりゃあ。何かの間違いじゃないのか？」

眼を吊り上げて、胤次が辻に詰め寄る。

「俺と三胤がそれぞれ一割だと？　どうしてたったそれっぽっちなんだ。いや、それより、残りの八割はどうなるんだよ」

「遺言には『その余を正胤とする』とございます。余とは余りという意味ですから、残余八割は正胤様に相続せよとの意かと」

「馬鹿言え」

淡々と答える辻に、胤次はなおも食って掛かる。

「そんなわけがあるか。俺の取り分がたった一割？　それで俺にどうしろってんだっ」

「やめんか胤次」

見かねたのか、正胤が胤次をたしなめる。

だが胤次は、むしろ火に油を注いだように、顔を真っ赤にして正胤に言い返す。

「兄貴は口出すんじゃねえ。そもそも兄貴だけが八割なんておかしいだろうがよ。冗談にもほどがあるぜ」

「仕方ないだろう、そういう先代の遺言なんだから」

「仕方ない？　そりゃ兄貴は仕方ないでいいだろうよ、八割もあるんだからな。だが俺はたった一割ぽっちだ。ふざけやがって。なんでこんな理不尽な分配率なんだ？こいつは茶番か？」

激高《げっこう》する胤次に、辻は極力感情を排したような、平板な言葉を返した。

「僭越《せんえつ》ながら、これは幾郎様のご遺志です」

ぐっ、と言葉につまる胤次。しかし彼がなおも不平を述べようとしたその瞬間、辻が機先を制するように言った。

「お待ちを。遺言には続きがございます」

「……続きだと？」

「はい。遺言はまだ終わっておりません。よろしいでしょうか？　その続きをお読みしても」

「…………」

困惑しているのだろうか、胤次が目線をきょろきょろと落ち着きなく宙にさまよわせると、彼の代わりに正胤が顎を上げた。

「構わん。辻さん、読み上げてくれ」

「かしこまりました」

辻が、続く文章を朗読する。


――なお、注意すべきこと。

この遺言は、開示後三十時間を経過した後に発効するものであること。

また、次に示す禁忌《きんき》を犯した場合、全員の分配率を零とすること。
一、これより三十時間、何人《なんぴと》も、五覚堂から外に出てはならぬ。
二、これより三十時間、何人も、五覚堂の外にいる人間と連絡を取ってはならぬ。

3

何人も、五覚堂の外にいる人間と連絡を取ってはならぬ——辻がモニターの中でそう述べた直後、映像がぷつりと途切れた。

画面を埋め尽くす砂嵐。ざあっという雑音《ホワイトノイズ》。

不可解な第二の遺言のシーンが終わったのを確認すると、十和田は前傾していた背筋を伸ばし、それからそのままソファの背もたれに、ぽすんと身体を預けた。

「……映像はここまでなのか」

「そうですね、とりあえずは」

「だが続きがあるのだろう？」

「もちろん。でも見せません」

「なぜだ。なぜ僕に見せない」

「それは、私の裁量《さいりょう》ですから」

「なるほど、出題者の特権か」

眼鏡の端を押し上げつつ、ややあってから、十和田は神に問う。

「ところで、志田幾郎の遺産は、一体どのくらいあるんだ」

「知りません。興味がないので」

ビデオデッキから排出されたテープを取り出すと、それを手で弄びながら、神が答える。

「でも志田家は、都心の一等地に広い邸宅を持っています。五覚堂を含めた別宅も多数あります。そこに正胤が会長におさまっている医周会の権利関係や、預貯金や有価証券の類《たぐい》も加えれば、動産だけで数億円、すべての資産を金銭に直せば数十億円規模になるのでは」

「くだらない」

十和田は、吐き捨てるように言った。

「そんなに使い切れないほどの私有財産を持って、一体どうしようというんだ。根腐れるぞ」

「財産があることそれ自体が楽しいのでしょう」

「楽しい、か。確かに財があれば、大抵のやりたいことをやりたいときにやれるだろうな。むしろ財の持つ本来の機能であればこそ、その益は否定しないよ。だが得てして手段とはそれそのものが目的化していくものだ。財は、やりたいことをやるための財ではなく、いつしか財を持つための財となる」

「そんな当たり前のことでも、理解できている人間は少ないですよ。だから、十和田さんは特別」

返事をする代わりに、ふんと反抗するように鼻息を吐いた十和田に、神は続ける。

「もちろん、目的のために必要な財はあります。だから、彼には感謝しています」

「彼？」

「沼四郎です。彼が遺《のこ》した財は、私の手足となってくれますから」

「なるほど。ならば君は、君自身の自由意志にしたがい感謝したければ感謝するべきだ。だが沼四郎の遺産などなくとも、君にとって錬金術《れんきんじゅつ》など容易いことなのじゃないか」

「もちろん。でもゼロだけでは自然数を定義できないでしょう」

「ゼロの階乗《かいじょう》は一だぞ」

「それは単なる約束事です」

「まあいい、話を戻そう。今のモニターでのやり取りを見る限り、少なくとも志田家の連中には、先代である志田幾郎ほどの度量はないような気がしたな。特に、胤次については」

「一割でも、億円単位の金銭や権利になります。それが不満なんですから、彼は財を持つことそのものが目的のごく普通の人間ということになります。本質的に加法である被相続を、減法だと捉えているのですね。だから遺言に振り回される」

「そう、その遺言についてなんだが」

十和田は不意に身を乗り出すと、神の整った顔の前で人差し指を立てた。

「ひとつ疑問がある。あれは本当に『真』の遺言なのか？」

「『真』？　唐突ですね。どういう意味ですか」

にこり、と余裕の笑みを浮かべつつ、小さく首を傾《かし》げた神に、十和田は続ける。

「いいか、神くん。胤次も言っていたが、あの遺言による金銭分配の割合は、長兄八割、次兄一割、末子一割と、ひどく不公平なものだ。確かに正胤が跡継ぎとして今後も志田家を差配していくことを考えれば、傾斜《けいしゃ》配分はもっともだが、ならばその旨《むね》が遺言に明記されてしかるべきだろう」

「…………」

「あの文面は、まるで兄弟間で骨肉《こつにく》の争いを繰り広げてくれと言わんばかりだ。しかも、あえてこの五覚堂に全員を集めて、そんな内容の遺言を披露するなど、常識では考えられない」

「びっくり。十和田さんにも『常識』の概念があるんですね」

「語るだけなら非常識人にもできる。それでなくともこの遺言が、まるで混乱を生じさせるためだけにあることくらい、誰でも解る。だがそんな非常識な遺言が書かれた理由を解釈する方法が、ないわけでもない」

「と、いうと？」

「遺言の内容が、志田幾郎の真意を反映したものではないということだよ。すなわち、これは『偽』の遺言なのではないか」

「捏造《ねつぞう》されたものというわけですね。一体、誰がそんなことを？」

「君だよ」

十和田が不意に、神の鼻先に人差し指を突きつける。

「今さら包み隠す必要もあるまい。すべては君の差配であることは、ここに来たときから解っていたことだ。すべては予定調和なのだろう？　二段階の遺言も、理不尽な遺産相続も、百合子くんが巻き込まれることも。そして……これから殺人事件が起こることも」

だが神は、微塵も動揺することなく、十和田を真っ向から見返したまま、ただ微笑を湛えたまま、ただ一言だけで答えた。

「ご想像にお任せします」

そして、意味深な数秒を置くと、あくまでも余裕綽《しやくしやく》々な態度で、神は続けた。

「ただ、人間は主体的に動いていると自負しながら、客観的には支配されている生物です。物体が物理法則にしたがうのと同じように、物語の容《かたち》を作ることは、そんなに困難なことではありません」

「やはり、君がやったのだな」

「やったとは言っていませんよ。あくまでも私は、可能性についてのみ言及しているだけ」

「はぐらかすな」

「はぐらかす？　まさか。むしろ十和田さん。このことは実のところ、十和田さんがもっともその可否を論じられる立場にあるのでは？」

「…………」

不意に十和田は、口を一文字に結び、沈黙した。

そんな十和田に、神は、ややあってから続けた。

「ガウスは常に完成された証明のみを発表し、その思考過程を人に覗かせることは決してなかったと言います。それをあえて覗こうとするのは、野暮というものですよ。ですから……」

ゆっくりと立ち上がると、神は二本めのビデオテープを手にした。

「十和田さん、そろそろ続きを見ませんか？　彼らの記録はまだ始まったばかりです。……次は談話室。二時過ぎに大広間で遺言状が披露された直後の様子です」

手馴れた所作でビデオデッキにテープを差し込む神。その背後で、十和田がぼそりと呟いた。

「……なぜだ。なぜこんなことをする」

「なんですか？」

白々《しらじら》しく振り向いた神を、十和田は眼鏡の奥から睨む。

「なぜ君は、まるでモルモットを弄ぶように、人を殺す」

「人を？　殺す？　なぜ？」

神は、真っ白な指で、しなやかな黒髪を掻きあげながら言った。

「無意味な質問です。そもそも人を殺すとはどういうことですか。それは悪ですか。それを判断しているのは誰ですか。悪だからどうなるのですか。罪を償《つぐな》えば悪は消えるのですか。そもそも未必《みひつ》の故意《こい》だとか、相当因果関係だとか、定義もあやふやな言葉に立脚する不完全な人間の理論に、どうして私の倫理がしたがうべきなのですか。そこに、何の意味があるのですか」

「………………」

「十和田さん。だからあなたの質問には意味がないのです。私がしているのは、たった二つのことだけ。ひとつはドミノを的確に並べること、もうひとつは、その最初のドミノに『さあ倒れて』と囁《ささや》くこと。その後ドミノが倒れるのは、ただの必然です。物理法則に従って、物事が動くだけのこと。もちろん人が死ぬのだって単なる必然。そこに私が介在する余地はありません。でも」

不機嫌そうな十和田に、神は言った。

「それさえも悪だと定義するのなら、十和田さん。きっとあなたも悪ですよ」

4

「では、大変恐縮ですが、これより皆様お持ちの携帯電話とお荷物をお預かりいたします」

遺言状の開封が終わり、隣の談話室へと移動した一同は、辻から唐突にそう告げられた。

「はあ？　なんでだよ？」

胤次が眉間《みけん》に縦皺《たてじわ》を寄せたまま、剣呑《けんのん》な声色で言った。

「荷物はともかく携帯まで、なんであんたに取られなきゃなんねえんだ」

だが辻は、淡々と答える。

「胤次様。これはさきほど読み上げました遺言にしたがった措置です。遺言により皆様は、これから三十時間、この五覚堂の敷地から出ること及び外部と連絡を取ることを禁じられました。この禁忌の実効性を担保するため、皆様のお荷物と、連絡手段となり得る各自お持ちの携帯電話を一時お預かりする必要があるのです」

「確かに言っていたな。だが三十時間もここに閉じ込められるのに、電話もできんなど、馬鹿を言うな。俺はそんなに暇《ひま》な身分じゃねえんだ」

そう言うと胤次は、どかどかと音を立てて、談話室から出て行こうとした。

「……胤次様、どちらへ？」

「帰るんだよ。家に」

振り返りもせず、胤次は吐き捨てるように言った。

「俺は帰る。こんな茶番には我慢がならん。やるならあんたらで勝手にやってくれ」

「そうですか。出て行かれるのは自由ですし、私には胤次様を止める力はありません。ですが」

辻は、淡々と言った。

「その場合、遺言にしたがい、遺産の分配率が全員ゼロとなることについては、ご承知置きを」

「ちょっと待ちたまえ」

正胤が、話に割り込んだ。

「確認するが、その分配率をゼロとするというのは、まさか私の分も入っているんじゃないだろうな」

眉を片方だけ上げつつ――もしかすると、それが彼にとっての慌てた表情だったのかもしれないが――正胤が辻に問う。

「はい。もちろん全員分の割合がゼロになります。遺言はそのように指示していますので」

「じゃあ遺産はどうなるんだ」

「相続人不存在となり、国庫に帰属《きぞく》します。手続きについては私のほうでいたしますので、ご心配なく」

「いや、それは困るぞ。……おい待て、胤次」

正胤が、胤次に向かって叫んだ。

「出て行くな。お前、考え直せ」

「はあ？」

振り返ると、胤次は言った。

「なぜ急に俺を引き留める？……ははあ、解ったぞ。兄貴殿は八割の取り分が惜しくなったんだな。はっ、あさましいもんだ」

「そういうわけじゃない。私はただお前に、一時の感情に踊らされて不用意な行動を取るなと言っているんだ。よく考えてみろ。お前が出て行けば、当然お前の取り分である一割もなくなることになるんだぞ。それでもいいのか」

ドアノブに掛かっていた胤次の手が止まる。

「とはいえ、高々一割だろ？　そんな端金《はしたがね》」

「ああ。だが億単位だ。お前、その権利すらも本当に手放したいのか？」

「む……」

動きを止めた弟に、正胤はまくし立てる。

「不公平を訴えるお前の気持ちも解る。だが我が兄弟に遺産が帰属することは間違いないんだ。不満もあるだろうが、まずはその権利を確定させてから考えるべきじゃないか」

「そのために、こんな場所で三十時間も我慢しろと？」

「そうだ。たったの三十時間じゃないか。……な？　胤次。考え直せ」

「……ちっ」

忌々しげに舌を打つと、胤次は踵《きびす》を返した。

「腹立たしい。だが言われてみれば確かに、少ないとはいえ一割は惜しいな。先代の意向はともかく、兄貴殿にその後の話し合いの余地があるのなら、少しは我慢してやってもいいか」

「そうか」

ほっと息を吐いた正胤の前を、不機嫌な顔のままでとおり過ぎると、胤次はソファにどかりと腰を落とした。

そして、ジャケットのポケットから携帯電話を取り出すと、テーブルの上に乱暴に放り投げた。

「ほら、俺の携帯だ。持ってけ、辻さん」

「ご納得いただけて何よりです。ご不便をお掛けしますが、三十時間、どうかご辛抱《しんぼう》ください」

「ふん。一日とちょっとか。長《なげ》えな。しかもこの別荘には風呂も寝室も台所もねえときた。風呂は我慢、夜も絨毯部屋で雑魚寝するとして、肝心の食い物と水はどうするんだよ」

「大したものではありませんが、食べ物とミネラルウォーターを、冷蔵庫にご用意しています」

「準備のいいことだな」

「あらかじめ、そのような先代からのご指示がありましたので」

辻が、うやうやしく頭を下げる。

「そうか。だがまあ、ひもじさに腹の虫を鳴らすなんていう情けない経験だけは、しなくてもよさそうだな」

ふん、と再び鼻を鳴らすと、胤次はテーブルの上に足を投げ出し、ふんぞり返った。

三十時間に及ぶ、不自由な五覚堂での拘束。外部と連絡も取ってはならないという禁忌。

にもかかわらず、その場にいた一同が皆、出て行くこともなく、遺言に粛々《しゅくしゅく》としたがい、それぞれの荷物と携帯電話をあっさりと手元から離したのは、やはり、志田幾郎の莫大《ばくだい》な遺産の魅力がなせる業なのだろうか。だが——。

「……ちょっと待ってもらえますか、辻さん」

不意に、悟が辻に言った。

「なんでしょう、悟様」

「遺言の件はよく解りました。でも、こちらにいる宮司さんは、家に帰してあげてくれませんか」

「と、いうと？」

辻の促《うなが》しに、悟が一生懸命に説明をする。

「まさか、三十時間も拘束させられることになるなんて、僕はともかく、宮司さんも想像だにしていませんでした。彼女には無理をしてここへ来てもらっています。先代の遺言にしたがうべきというのは理解できますが、それはあくまでも志田家だけでの話です。三十時間もの間、個室もなくお風呂にも入れない環境に若い女の子を置くのは気の毒です。部外者の宮司さんだけは、解放してあげるわけにはいきませんか」

「申し訳ありませんが、悟様」

辻は、柔和《にゅうわ》な表情のまま、しかし首を横に振る。

「遺言にあった禁忌の一、それは『誰も敷地から外に出てはならぬ』です。ここには志田家の親族に限るといった限定がありません。そうである以上、宮司様だけを例外視するわけにはいかないのです」

「しかし……じゃあせめて、連絡を取るくらいのことは許可してあげてください。家を一日以上不在にすることになるんですから、ご家族に連絡するくらいのことは必要でしょう？」

「それも、申し訳ありませんが……たとえ部外者の宮司様といえども、今現在、すでに志田家の遺言の適用範囲に入ってしまっているのです。お帰りになるか、あるいはご連絡をなさるようであれば、やはり遺言にしたがい、分配率をゼロにするしかないのです」

「そ、それは困るのだよ、悟君」

やり取りを聞いていたのか、正胤が横から口を挟んだ。

「状況は理解する。だがそれはやめてくれ」

「正胤伯父さん……」

「確かに、宮司君のご家族も心配だろう。だが、志田家の問題は、もっとデリケートな問題でもある。必要ならば、すべて終わってからご両親には私から直接説明しよう。あるいは謝礼をするか、報酬を上乗せしても構わない」

「しかし……」

「あの、私でしたら構いません」

百合子は、ふたりに割り入った。

「宮司さん？」

「大丈夫だよ、志田君。確かにこういうことになるなんて予想もしていなかったけれど、三十時間くらいだったら、問題もないから」

「本当に大丈夫なのかい？　家族の方もひどく心配するんじゃ……」

心配そうな悟に、百合子は努めて明るく答えた。

「うん。お兄ちゃんなら平気。後からきちんと説明すれば、きっと、解ってくれる人だから」

もちろん、人一倍心配はすると思うけれど。

「……なんだか、本当にすまない。変な話に巻き込んじゃって」

「元からちょっと変わった話なんだもの。何も気にする必要はないよ。それに、志田君ひとりじゃ何かと大変でしょ？」

「……ごめん」

恐縮して謝る、悟。

百合子は、彼には見えない微笑を返しつつ、思う。

確かに、普通じゃない状況に巻き込まれた。だが、この普通じゃない状況にこそ、彼女が求める何かがきっとあるに違いない。そのためにここに来たのだから、むしろ願ったり叶ったりだ。

「では、携帯電話をお預けいただけますね？」

辻の言葉に、百合子は頷いた。

「はい。今お渡しします」

彼女はジーンズのポケットから、携帯電話を取り出した。今売られているものの中ではもっとも薄くて軽く、かつもっとも大きなディスプレイを持つ、最新モデルだ。

辻に預ける直前、百合子は念のため携帯電話を開いた。

ディスプレイは暗いままだった。

「……あ」

百合子は思い出す。在来線に乗り換えたとき以降、電源をオフにしたままだったということを。

——もしかしてお兄ちゃん、私に連絡したかも？

しかし百合子は、再度電源を入れることなく、携帯電話をそのまま辻に預けた。仮に兄——司《つかさ》から着信があったとしても、こちらから連絡を取ることはできないのだ。

お兄ちゃん、心配するだろうな。だが、こうなってしまったものは仕方がない。

辻は、全員の荷物と、自身のものも含めた全員の携帯電話を——三胤と志田家の使用人と思しき老女のふたりは、自分の携帯電話を持っていなかったので、正確にはそのふたりを除いた全員の携帯電話を——預かると、言った。

「これらは玄関脇のクローゼットにて、施錠の上保管いたします。もちろん三十時間後、すべて皆様にご返却いたします。それまでは大変な不自由を強《し》いることになりますが、これも先代の遺言に基づくもの。どうか先代のご遺志を尊重し、ご理解くださるよう、お願い申し上げます」

そう言うと辻は、一同に向かい、慇懃《いんぎん》に一礼した。


「……本当にごめんね、宮司さん」

談話室の端、黒いビロードのカーテンの横に立ち、敷《し》きつめられた絨毯の模様と、今がちょうど三時であることを示す壁の時計とを交互に眺めていた百合子に、悟が言った。

「言い訳にしかならないけれど、まさか、三十時間も閉じ込められることになるなんて、思いもしなかったんだ。こんなことに巻き込んでしまうなら、誘わなかったのに。本当にすまない気持ちでいっぱいだよ」

深く頭を下げる悟に、百合子は慌てて言った。

「いいよ。何度も謝らなくても。私は全然大丈夫だから」

「でも」

「気にしないで、本当に。ていうか、最初から、こういうふうになるかもって予感もあったんだし」

「……予感？」

「ううん、なんでも。それより志田君。ひとつ訊いていい？」

ごまかすように、百合子はすぐに問い返す。

「さっき、皆の前で辻さんが披露した、志田幾郎さんの遺言についてなんだけど」

「変な遺言だったけど、どうかした？」

「遺言の最後に禁忌が付されていたよね。あれ、どうしてあんなルールを設けたんだと思う？」

「……どうしてだろうね」

悟は、うーむと唸りつつ、首を傾げた。

「三十時間は敷地を出るな、連絡も取るな。分配率は示されたんだから、あえてそんな時間を設ける必要は、確かにない。なぜだろうね？ ……ていうか宮司さん、さっきからそのことを考えてた？」
「うん。ずっとね」
「やっぱり。でもなんだか宮司さんらしいな。君、いつどこででも考え込む癖がある
だろう」
「えっ、そうなの？」
「ああ。気配でもすぐに解るよ……あれ、自分で気づいてなかった？」
「……うん」
百合子はなんだか気恥ずかしくなり俯《うつむ》いた。
そんな彼女に、悟は続ける。
「まあいいや。それはともかくとして、あの遺言の禁忌については、うーん、あの先
代の遺言のことだから、何か深遠《しんえん》な考えがあるのかも、ってことくらいしか、今は言
えないかな」
「深遠な考え、か……」
うーむ、と悟と同じ格好で、百合子も唸る。
考えれば考えるほど奇妙な禁忌。だが、莫大な遺産相続を担保《かた》にそれをルールとさ
れてしまった以上、たとえ疑問を抱いていたとしても、今は盲目的にでもそれにした
がうしかない。

「……よう、そこなおふたりさん。何をそんなに深刻な顔をしてるんだい？」

考え込むふたりに、軽い調子で男が声を掛けた。

でっぷりと前に出た腹が、いかにも中年太りの四十代といった風情《ふぜい》の男だ。ライトグレーの高価そうなスーツを着ているが、黄色いネクタイがだらしなく緩んでいる。脂《あぶら》ぎった赤ら顔に、おそらくは禿《はげ》をごまかしているのだろう、金色に染めた短髪。

男は、どろりとした琥珀色《こはくいろ》の液体が注《そそ》がれた寸胴《ずんどう》なグラスを左手に、陽気な口調で悟に話し掛けた。

「泣いても笑っても三十時間は変わらない。だったら、それなりに楽しんだ者勝ちじゃないか？　ははは」

口から唾が飛ぶ。がなり声だ。

「酒臭いなあ……。まさか、もう酔っ払ってるんですか？　亮《りょう》さん」

「そうだよ。何もすることがないからね。叔父さんたちは大広間で小難しい話の最中だし、テレビはあっても電波が入らない。おれのようなにぎやかしは、ただただ暇を持て余すというわけだ。だが、ありがたいことに、棚の中にいいものがあった」

グラスを百合子の目の前に掲げた。

「本当はターキーのロックにしたかったんだが、肝心の氷がなくてね。製氷皿に小さな氷はあったが白く濁《にご》った不味《まず》いやつだった。まったく、どうして家庭用の冷凍庫ってやつは、あんな不味い氷しか作れないのかね」

悟に亮さんと呼ばれた彼に、百合子は言った。

「氷の白い濁りは気泡です。透明な氷は、空気を逃がした水をゆっくりと凍《こお》らせれば作れます。家庭用の冷凍庫でも、温度管理をするか、あらかじめ水を沸騰《ふっとう》させて空気を追い出してやれば透明な氷ができますよ」

「そうなのか、それは知らなかった。あんた博識《はくしき》だな。宮司さんと言ったっけ？」

完全に酔っ払っているのか、焦点のあわない目で亮は続けた。

「あんたはまだ若いから解らないかもしれないが、透明で丸い氷とバーボンとの相性ってのは格別なんだぞ。氷が徐々に溶けて、時間とともに味が変わっていくんだ。もちろん空気の雑味《ざつみ》なんかないぞ。だが残念なことに、そんな上等な氷がなくてね。あれば一も二もなくターキーのロックだが、なきゃ仕方ない、ブランデーをストレートでというわけだ。ははは」

「そうなんですか」

悟が、亮の吐く息に顔を顰める。

「それにしても、こんな時間から飲み始めるなんて……まさか亮さん、これから三十時間、酒浸《さけびた》りになるつもりじゃないですよね？」

「固いことを言うな。おれは日々仕事に忙殺されて、休みを取ることも覚束《おぼつか》ないんだ。こうなってしまった以上、気楽に三十時間を過ごすのが吉だと、おれは思うぞ。つまりだな、こんな機会《チャンス》は滅多《めった》にないんだ。悟君」

「まったく、亮さんらしいなあ」

苦笑する悟に、グラスを勢いよく呷《あお》りつつ、亮は言った。

「そうそう、僕の家内を紹介しておこう。おい万里《まり》、ちょっとこっちに来い」

「……はい」

すうっと、空気の中からにじみ出るように、彼女が一歩前に出た。起伏が少ない細い身体。地味なモノトーンのブラウスとスカート。表情も変化に乏しく、肩甲骨《けんこうこつ》まであるまっすぐの黒髪だけが印象的な、年齢は三十代くらいの女性だ。

「はじめまして……わたし、湊《みなと》の妻で、万里といいます……」

亮に万里と呼ばれた彼女が、百合子に一礼した。

か細い声。しかも棒読みで、ただ喋っているだけという印象だ。

悟が、百合子にそっと囁いた。

「万里さんはね、正胤伯父さんのひとり娘なんだ。亮さんは娘婿に当たる」

そう言われてみれば、万里の薄い顔つきは、どこか父親の正胤に似ているようにも見える。

「よろしく、お願いします……」

万里は、それだけを言うと、また消え入るように亮の背後に隠れてしまった。その様子に、亮はやれやれといった表情を浮かべる。

「悟君はよく知っていると思うが、うちのは引っ込み思案でね。あまり気にしないでくれ」

ははは、とまた大口を開けて笑うと、亮は残りのブランデーも一気に飲み干した。

「じゃ、おれたちは向こうでくつろいでいるから、暇だったら……いや、暇じゃないなんてことはないな、気が向いたら、声でもかけてくれ」

赤い顔のまま、亮はふらふらとした足取りで去っていった。万里もまた、ぼんやりとしたまま踵を返すと――。

「…………」

一瞬、ちらりと振り返り、百合子と目をあわせた。

父親に似た彼女の眼差し。その奥に、やけにぎらりとした光が輝いたように見えたのは、気のせいだろうか――？

「万里さん、昔はあんなじゃなかったのにな」

ふたりが去ったのを見届けると、悟がぽつりと言った。

「亮さんは引っ込み思案と言ったけれどね、それは違う。万里さんは、変わってしまったんだ」

「そうなの？」

「うん。小さいころ彼女とはよく一緒に遊んだけれど、もっと元気で、潑剌《はつらつ》としていて……もちろん、お互いに立場も違ったし、僕は彼女についていけないことのほうが多かったけれど、まあ、同い年だから気兼ねもなかったし」

「同い年なの？　万里さん」

百合子は驚いた。万里は自分よりもずっと年上だと勝手に思い込んでいたからだ。

「そうか、外見も。……苦労してるんだろうな。亮さんはいい人だけど、いい加減な人でもあるから」

悟は、小声で百合子に言った。

「亮さんは医周会の外科医《げかい》でね。正胤伯父さんが気に入って、医周会の幹部候補として万里さんと結婚させたんだ。三年くらい前にね」

親の意向による結婚。だから年齢も不釣り合いに離れているのか。

「ところが亮さんは、医師としてはそれなりだったけれど、経営者としてはいまいちらしくてね。正胤伯父さんも、今では疎《うと》ましく感じているみたいで、近々理事の座から外そうとしているっていう噂もあって。まあ、噂は噂だと思うけれど」

だが、そんな噂を、亮自身が耳にしないはずはないし、正胤との関係を考えれば、気が気ではないだろう。このことと、彼がやたらとブランデーを呷っていることとは、無関係ではないはずだ。

だが、気を揉《も》んでいるのは、必ずしも亮だけではない。

「でもそれだと、万里さんも大変だよね。お父さんである正胤さんと、夫である亮さんとの板挟みで」

「うん。たぶんだけど、万里さんはふたりに相当気を遣ってると思うよ。だから……」

悟は語尾を濁した。だが百合子には、悟が言おうとしたことが解っていた。

――だからあんなに、雰囲気が変わってしまったんだな。

「まあでも、これは亮さんと万里さん、そして正胤伯父さんの家の問題だし、僕がどうこう言ったところでどうしようもない話なんだけど」

そう言う悟の声は、なんだか寂しげだった。

百合子は、悟と一緒に黒いアップライトピアノの傍へと場所を移した。

そこにいたのは、小太りの若い男、にこやかな顔つきの若い女、そしてころころとした体型の老女だ。

談笑する彼らのうち、まず老女が、悟の姿を認め、深々と頭を下げた。

「ああ、悟様、ようこそおいでになりました」

「他人行儀な言い方しないでよ、鬼丸《おにまる》さん」

答える悟に、鬼丸と呼ばれた老女がすぐ答えた。

「そうは申しましても、悟様は悟様です。ここはきちんと線引きをしなくてはなりません。ああ、こんなに背丈も大きく、ご立派になられて」

「何馬鹿なこと言ってるんだよ。昨日話をしたばかりじゃないか。身長だって一ミリも変わっていないよ」

「はて、そうでしたでしょうか？」

鬼丸は、しれっとした表情で首を傾げた。

「また、そうやってわざととぼけて」

やれやれと苦笑すると、悟は、百合子に鬼丸を紹介した。

「うちで昔から働いてくれている家政婦の鬼丸さんだよ。女手に乏しい志田家で、僕らの面倒をあれやこれやと見てくれているんだ」

「あらためまして、宮司百合子様、わたくし、鬼丸八重《やえ》と申します」

鬼丸は、再び百合子に向けて慇懃に頭を下げた。

還暦《かんれき》は越えているだろうか。ころころと丸く太り、紫色に染めた髪を後ろにまとめている。

一礼を返した百合子に、鬼丸は言った。

品のある老女だと百合子は感じた。

「足腰の悪い耄碌婆《もうろくばば》でございますが、簡単なお食事やお飲み物でしたらいつでもご用意をさせていただきますので、遠慮なくお申しつけくださいな」

足腰が悪いと言いつつ、鬼丸はしゃんとした姿勢で立っていた。耄碌しているふうでもない。

「それにしても、宮司様はなんとも可愛らしい方ですねえ。亡くなった先代様がご覧になれば、悟様のご伴侶に相応しいとさぞお喜びになったでしょうに」

「ちょっと、やめろよ鬼丸さん。彼女とはそういうんじゃないんだから」

「そうなのですか？　でしたら、これからそういうのにしてしまえばよろしいのですよ、悟様。なに、ちょろいものです。ひひひひ」

漫画に出てくる妖怪のように引きつった声で、鬼丸は笑った。この、微妙に摑みどころのないキャラクターが、鬼丸の持ち味なのだろうか。

「八重さんさー、あまり悟君をからかっちゃだめだよ」

鬼丸の横から、若い男が口を挟む。

「見てごらんよ、ふたりとも困ってるじゃないか。きっと微妙な時期なんだよ。そっとしておいてあげないとさー」

「ちょっと、大人さんまで。そういうのじゃないんですってば」

「またまた悟君。ぼくにはぜんぶお見通しなんだよ？　と、その前に自己紹介しないとね。はじめまして、ぼくはさっき吠えてた志田胤次の子供、志田大人といいます」

大人は、赤い頬でにっこりと微笑んだ。

カーキ色の手編み風セーターを着た、ふくふくと上半身に脂肪のついた体つきに、坊ちゃん刈りの丸顔。その中央では、どんぐり眼がくりくりと動いている。苺が盛られた皿を持ち、それらを口に運びもぐもぐと咀嚼《そしゃく》する大人は、まるで無邪気な子供のような印象だ。

「悟君とは昔から仲がいいんだ。歳が近いし、昔はよく一緒に遊んだねー」

「そうそう。大人さんはよく、まだ小さかった僕たちの遊び相手になってくれましたよね」

そう答えた悟に、大人は頷いた。

「うん。万里ちゃんとねー。君たちは本当に腕白《わんぱく》でさー。ぼくは高学年で、きみたちはまだ低学年だったけど、万里ちゃんは元気いっぱい走り回って大変でねー。きみの面倒も見なくちゃいけないし、年上だからぼくも仕方なく頑張ったけどさあ。今だから言うけど、きみたちのお守りはいつも億劫《おっくう》でねー、本当に嫌で嫌でしょうがなかったんだよー。ははは」

よく言えば正直だが、悪く言えば子供っぽい、まるで年上らしからぬ言動だ。あっけらかんと笑いながら、口の中にまた一粒の苺を放り込む大人に、悟は少し困った顔で「そうですね」とだけ答えた。

微妙な雰囲気を感じ取ったのか、大人の横にいた若い女がすっと割って入る。

「大人さん、そんな言い方はだめですよ」

柔和な口調。大人は口を尖《とが》らせた。

「ええー？　でも、悟君たちは本当に面倒な子だったんだよ？　そう言えるのは、ぼくの苦労を知らないからだ」

「そう。大人さんは苦労したんですよね。でも、悟さんたちはまだ、分別もない子供だったんです。それは仕方のないこと。でも大人さんは、そんな悟さんたちのことも、しっかりと見てあげてたんですよね？」

「うん」

「それは、大人さんが悟さんたちのことを、年上のお兄さんとして心配していたから。とても大変だったとは思うけれど、悟さんたちも大人さんのことをいいお兄さんだと思っていたはずですよ。それって、すごくいい思い出にはならないかしら」

「うん、うん。言われてみればそうだね」

こく、こくと頷いた大人に、若い女はしっかりと噛んで含めるように言った。

「だから大人さんも、悟さんにあれは楽しい思い出だったたって言ってあげなきゃ。ね？」

「うん。あれは本当に楽しい思い出だったよ」

大人は、心から嬉しげに破顔した。

若い女は、百合子ににっこりと微笑み、一礼した。

「はじめまして、宮司さん。私、小山内亜美《おさないあみ》といいます。志田大人さんと、結婚を前提におつきあいさせていただいています」

小柄で細身。薄いピンクのシャツ、タイトなスカートにピンヒールを履《は》いている。肩口までの茶髪は軽くウェーブしていて、化粧もばっちりだ。猫を思わせる顔つきだが、表情は常ににこやかで、雰囲気にも隙《すき》がない——完璧なまでに。

悟が、補足した。

「亜美さんは、僕らと同い年でさ。大人さんとは去年婚約したんだ。入籍はまだだったっけ？」

「ええ。準備が整っていなくて……大人さんが今のお仕事で正式採用になったら、その後でと言われています」

悟の質問に、亜美は、背筋をぴんと伸ばし、はきはきと淀みなく答えた。その所作は、自分よりもずっとしっかりしていると百合子は感心した。それにしても——。

子供っぽい志田大人と、大人っぽい小山内亜美。よく名は体を表すと言うけれど、この婚約者同士に限っては正反対のようだ。

「苺がなくなった」

大人が突然、不服そうな顔つきで、空になった器をひっくり返してみせた。

「八重さん、もっとないの？」

「苺はもう……でも、ほかの果物《くだもの》であれば冷蔵庫にございますよ」

「じゃあそれをもらうよ。今日は朝からずっと移動ばかりでお腹が減っちゃってね。何があるの？」

「いろいろと。直接見ていただいたほうが早うございますね」

「そう。じゃ見に行く」

大人が、婚約者に振り向いた。

「亜美ちゃんは何か食べる？」

「私は結構です。どうぞ、大人さんがお好きなものを召し上がってください」

小首を傾げた亜美に、大人は「そっか、じゃぼくだけで選んでくる」とだけ言うと、意気揚々と冷蔵庫へ向かっていった。

「あ、僕も何かもらってこようかな。なにしろ朝からほとんど何も食べてないから。……鬼丸さん、一緒に来てくれるかな」

「もちろん、かしこまりましてございます」

悟も、鬼丸とともに、ゆっくりと大人の後をついていった。

かくして、ピアノの前には百合子と亜美だけが残された。

三人が、遠く離れたのを確認すると、亜美は――。

「はあーあ」

いきなり盛大な溜息を吐いた。ふと見るとその顔には、もはや先刻までの隙のない笑顔はなく、眉間に皺を寄せた険《けわ》しい顔つきが覗いていた。

突然の変貌《へんぼう》に百合子がぎょっとしていると、それに気づいた亜美は、口の端だけをわずかに上げつつ、先刻までとはまったく異なる低い小声で訊いた。

「宮司さんだっけ？　あんた何しにここ来たの？」

「えっ？　ええと」

有無を言わさぬ、威圧的な口調。

何と答えるべきか百合子は迷う。悟に誘われたから仕方なく？　沼四郎が建てたこの五覚堂に興味があったから？　それとも――。

答えるより早く、亜美は「まあいいわ」と肩を竦めた。

「あんた別にこの家を狙ってるわけじゃなさそうだしね。だったらライバルでもなんでもないし、私も興味ない。だから聞かない」

「は、はあ」

この家を狙ってる、とは、どういう意味だろうか。

困惑する百合子をよそに、亜美は再びはあと大きな溜息を吐くと、唐突に訊いた。

「あんた吸う？」

二本指で何かを挟む仕草。百合子は察した。

「煙草《たばこ》ですか？　いいえ」

「ふふっ、それが正解よ。今どき煙草なんて吸うもんじゃないわ」

ピンヒールの踵で、とんとんと床を踏みつつ、亜美は言った。

「吸えなきゃ苛つくし、かといって吸ってもいいことないし、何よりあの人に吸ってることを知られるとまずいからね」

百合子自身は煙草を吸わないが、煙草に対して否定派だというわけでもない。

「あの、苛々するくらいだったら、吸っちゃったほうがいいような気がしますけど。こっそりと吸ってきたらいいいんじゃないですか」

なおも敬語で言う。同い年と解ってはいるが、敬語を使わなければならない雰囲気を、今の亜美はまとっていた。

「そんなこと解ってるよ。吸いたいのはやまやまだからね。でも、無理なんだ」

「吸う場所がないんですか？」

「いや、場所はある。トイレに行けばいくらでも個室があるから」

「じゃあ、煙草を忘れたとか？」

「それも持ってきた。けど、肝心なものを忘れたのよ」

亜美がぞんざいに髪を掻きあげる。目鼻立ちがはっきりとした化粧映えのする顔が、上を向く。

「あんた、まさかとは思うけれど、持ってないよね？　これ」

亜美は親指を立てると、その腹で何かをこするように、指を曲げ伸ばす仕草を見せた。

ライターか。察しつつ、百合子は首を横に振った。

「ごめんなさい、持ってません」

「やっぱりないかー」

亜美は、残念そうに溜息を吐いた。

「仕方ないけどね、ここん家、誰も煙草吸わないし」

「備品にもないんですか」

「あたしもそう思ってさ。辻さんにそれとなく聞いたんだよ。でもさ、ここってオール電化設備っていうの？　ガスとか一切使わないらしくてさ、ライターはおろかマッチも置いてないんだって。ちっ……まったく、ライター忘れるなんて一生の不覚だわ。煙草も吸えない、おまけにそれが三十時間も続くだなんてね」

ぎりぎりと歯ぎしりをする亜美に、百合子は言う。

「なんというか、ご愁傷《しゅうしょう》さまです」

「なにその言い方。喧嘩《けんか》売ってんの？」

「さあ、どうでしょう」

百合子は、亜美ににこりと微笑んだ。

「でも、煙草が吸えなくて気の毒だなって思っているのは本心ですよ」

亜美は、一瞬呆《あき》れたような表情を見せてから、片目を細めてみせる。

「なんだか食えないね、あんた。でもあたし、そういうのは嫌いじゃないけどね」

「ありがとうございます」

軽く頭を下げる百合子に、亜美は言った。

「はあーあ。これを機に禁煙しろってことかしらね。まあ、いくらあんなだからといっても、いつまでも煙草を隠しとおせるとは思えないしなあ……」

「そうすることをお勧《すす》めします。私の同級生でも、それで別れたふたりがいましたから」

「そうなの？　そりゃなおさらまずいわ」

亜美と目があい、それからなぜか、ふふっとお互い自然に笑みがこぼれた。八重歯が覗く亜美のその笑顔は、先刻大人たちに見せていた完璧なそれとは異なり、とてもチャーミングに見えた。

やがて——。

大人を先頭に、悟と八重の三人が戻ってくる。

大人は、切られたりんごが盛られたガラス皿を左手に、そして右手にはS字のりんごの皮をつまんでいた。

「ほら、見てごらんよこの皮。八重さんが果物ナイフで剝《む》いてくれたんだ。手早く、くるくるっとね。どうだいこの美しさ。さすがは八重さんだ」

無邪気な大人に、手ぬぐいで手を拭《ふ》きながら、鬼丸が答えた。

「お褒《ほ》めいただき光栄でございますよ」

「器用だよねえ。ぼくにはできないなー。というか剝く必要がないな。皮ごと食べちゃうから。どう？　亜美ちゃんはこんなふうにりんごの皮を剝ける？」

「そうですね、私には無理かもしれません」

さっきまでの様子はどこへやら、亜美は笑顔で答えた。

「あっでも、大人さんがこうやって剝いたりんごが食べたいのでしたら、私、頑張って練習しますよ」

「本当？」

大人が顔中で喜びを顕《あら》わにする。

「やっぱり亜美ちゃんは素敵なひとだなあ。ぼく、亜美ちゃんと結婚して本当によかったよ」

「ふふ、嬉しいけれど大人さん。結婚は、大人さんがきちんと試用期間を終えて、お仕事をできるようになってから、でしょう？」

「そうだっけ？」

「そうですよ。だから大人さん、私のためにしっかり頑張ってください」

「ああ、そうだった。うん、ぼくは頑張るよ。これもすべて、亜美ちゃんのためだからねー」

そう嬉しそうに言うと、大人は、つまんでいたりんごの皮をしゃりしゃりと端から齧《かじ》っていった。

先刻とは真逆の、この亜美の態度。

舌を巻く百合子を、ちらりと亜美が見た。

――宮司さん。解ってるね？

瞳の奥でぎらりと光る彼女の真意に、百合子はそっと、頷きだけを返した。

――もちろん、解っています。絶対に言いません。

「ん？　どうかした？」

気配を察したのか、不意に悟が百合子に訊いた。

「えっ、な、なんでもないよ」

「ふうん？　それならいいんだけれど。ところでこれ、君も食べてみるかい」

悟が皿を差し出した。どれも均等な三日月形の、美味しそうなりんごが載っている。

「鬼丸さんが切ってくれたんだ。美味しいよ」

「ありがとう」

ひとつつまんで口へと運ぶ。やや酸味が強かったが、百合子の口にはあった。

何時間ぶりかの食べ物を味わいつつ、周囲を見回した百合子は、ふと、すぐ傍のアップライトピアノの上に置かれたものに気がつく。

それは二枚の白い紙だった。五線の上を、数多《あまた》のおたまじゃくしが泳いでいる。

「あれ、音楽に興味あるの、きみ？」

百合子の視線に気づいた大人が、訊いた。

「はい。その、何の楽譜《がくふ》かなと思って」

大人は「ふうん」とつまらなそうに相槌《あいづち》を打ちつつ、百合子の代わりにその二枚の楽譜をつまみ上げた。

「ト音記号に、ヘ音記号。どっちもピアノ譜面《スコア》だね。でも何の曲かなー？」

百合子も首を捻る。音楽理論は知っているが、音楽そのものをよく知っているわけではない。

「ちょっと見せてもらってもいいですか？」

二枚の譜面を前に首を傾げる大人の横から、亜美が覗き込んだ。

「ああ、これはバッハの『フーガの技法』ですね。それで、こっちはたぶん、シマノフスキの『ピアノソナタ』です」

※　図版4「バッハ・フーガの技法」
「シマノフスキ・ピアノソナタ第2番」参照

「へえー、よく知っているね、亜美ちゃん」

「昔、ピアノをやっていましたから」

「そうだったの？　知らなかったよ。じゃあ、もしかしてこれ弾《ひ》ける？」

「ええと、『フーガの技法』なら、なんとか……」

「えー。聴きたいなあ。ぼくのために弾いてよ」

「大人さんのリクエストでしたら。でも、下手ですよ？」

「いい、いい。聴かせてよ」

大人の促しに、ピアノの前に腰かけた亜美は、うやうやしげに蓋《ふた》を開けると、鍵盤の上を覆う緑色のフェルトを除けた。

図版４　「バッハ・フーガの技法」
「シマノフスキ・ピアノソナタ第２番」

Die Kunst der Fuge BWV1080

Contrapunctus 6

2e Sonate Op.21

「調律《チューニング》されているといいんですけれど……」

手と足の位置を確認すると、おもむろに左手の小指をそっと鍵盤の上に置いた。

──わっ。

ピアニシモで響く低いD音に、のっけから百合子は耳を奪われた。そこからA、Gと続くシンプルなメロディ。次いで現れる高音のメロディが低音との間に作る和音。二つの旋律が、調和を保ちつつ複雑に絡み合い、さらなる新たな第三音、第四音を、和音へと含ませていく。

亜美の指から紡《つむ》ぎ出されるハーモニーに、百合子はすぐにとりこになった。美しく響く和声。その中に時折現れる不協和音。唐突に現れる、細かなパッセージ。何よりもメロディがメロディを追いかけていく構造。その美しさに耳を奪われつつも、百合子はその一方で、わずかな疑問も感じていた。

確かにきれいな曲だ。なのに、どこか機械的《システマチック》な印象も伴《ともな》って聞こえるのはなぜだろうか？

百合子がそう考えている間にも、亜美は左から右へと目線で音符群を追いつつ、その指示を音楽へと翻訳していった。

そして──。

不意に亜美が、曲を中途で止めた。

彼女は、振り返ると言った。

「……楽譜がここまでしかなくて。こんな感じです。下手なピアノをお聴かせしてすみません」

「………………」

誰も何も答えない。

しんと静まり返る談話室。

「あ、あの、ごめんなさい。耳障りでしたか」

不安気な亜美に、漸く、大人が口を開く。

「……すごい。すごいよ亜美ちゃん。知らなかったよ、きみ、こんなにピアノが上手だったんだね？」

「確かに、ちょっと驚いた……」

悟もまた、そう言うとぱちぱちと手を叩いた。

気がつけば、談話室にいた全員が盛大な拍手を亜美に送っていた。

「すみません、本当にお粗末《そまつ》な演奏で。弾いたのもひさしぶりだったんです。ペダルもなんだか、踏みにくくって」

恥ずかしそうに、消え入る声。

だが、百合子は気づいている。

――どう？　これが、あたしの実力だからね。

一瞬交差した彼女の目線が、そう誇《ほこ》らしげに主張していたことを。

「ペダル？　そりゃあ、踏みにくいのは当然だよ。ピンヒールなんか履いてくるから」

大人が、亜美に言った。

「ぼくや皆みたいに、しっかりとしたスニーカーを履いてこなきゃね。きみだけだよ、そんな靴は。そんなんじゃ、山道で滑ってこけちゃうじゃないか。いや、それより亜美ちゃん、ぼくは感動したよ。どうしてきみは今まで教えてくれなかったんだい？　こんなにピアノが弾けることを」

「これまでお聴かせする機会がなかったので」

「じゃあこれからは聴かせてよ。そうだ、もっと弾いてくれないかな」

「えっ？　でも、譜面がありませんし……」

「譜面ならまだあるじゃないか。ここに」

「大人さん、それは」

もう一枚の譜面を指差した大人に、亜美はぺこりと頭を下げる。

「ごめんなさい。弾けないんです。シマノフスキは難しすぎて……」

「ええーっ？　そうなの？」

残念そうに、大人は口を尖らせた。

大人をなだめるように、亜美は言う。

「そもそもバッハでも難しいんです。複数のメロディが同時進行しますから。それでもバッハならなんとかなりますけど、これがシマノフスキのピアノソナタになるともっと高度になって、とてもじゃないけれど、私には難しすぎるんです」

「そういえば、聞いたことがあるな」

悟が、腕組みをしながら言った。

「バッハは、ひとつのメロディを主題にして、それを長くしたり短くしたり、ひっくり返したりしてはめ込んだアンサンブルを作るから、演奏するのが大変だって」

「平均律であることを生かした曲なんですよね」

右手の指を揉みながら、亜美が答えた。

「『フーガの技法』も四つのメロディが同時進行します。バッハは六つのメロディが同時進行するものを即興で弾いたらしいですから、すごいですよね」

――音楽、ピアノ、バッハ、そして平均律。

百合子はふと思う。もしかしてこれらのキーワードもまた、この館が「それ」であるということの、ひとつの象徴なのだろうか。つまり――。

「……『耳』」

「ん？　今、何か言った、宮司さん」

耳のいい悟が訊き返す。

「えっ？」

慌てて顔を上げる百合子。動揺した彼女の手が、不意に壁にぶつかる。

「あ痛っ」

と同時に、かちゃんと音を立てて、壁から何かが落ちた。

「どうした？　どこかにぶつけた？」

心配そうな悟。百合子はぶつけた手をさすりながら答えた。

「大丈夫。私は平気。でも」

「何か落ちたね？」

「うん」

その壁から落ちた何かを、百合子は拾い上げた。

懐中電灯だった。非常用に壁に備えつけられていたものだ。

試しにそれを振ってみると、レンズの奥でカラカラと、何かが転がる小さな音がした。

「ごめんなさい。懐中電灯、豆球が割れちゃったみたい……」

懐中電灯を元の場所にそっと戻す百合子に、悟は言った。

「あー、気にしないでいいよ。どうせ元からあまり人の来ない別荘だし、多少壊れたって構わないさ」

「でも」

「宮司さんだって、わざとやったんじゃないんだろう？　仕方ないって」

「それはもちろん。でも、どうしよう。懐中電灯が使えないとなると、万が一のことがあったときに困るよね」

何気ない百合子の一言。悟が訊き返す。

「万が一って、どんなとき？」

「それは、……」

百合子は、返す言葉につかえた。

万が一とは、どんなとき？——その、素朴な質問。

漸く百合子は、自分が口にした言葉の意味に気がついた。万が一、それが具体的にどんなことだと、今私は想定していたのか？

瞬間——誰かの視線。

百合子は素早く後ろを振り向く。

だが、そこには誰もいない。

5

百合子がカメラに振り向いたところで、画面が再び砂嵐に戻った。

十和田は暫くの間、じっとその砂嵐を見つめていたが、やがて呟くように言った。

「……同じだな」

それから、ソファに腰掛けたまま冷気が満ちる談話室の中を見回す。

「シェルピンスキー・ガスケットの絨毯。掛け時計。アップライトピアノ。食器棚。冷蔵庫。そしてこのソファにテレビ。すべて同じだ」

「違うのは？」

「時間だけだ。大広間において遺言を披露したのが、昼の二時。そして談話室が三時。だからあれは、昨日、いや違うな、おととい火曜日の昼間の出来事ということになる」

「根拠は？」

「志田幾郎の遺言によって、彼らは五覚堂から三十時間外には出ることができないとされていた。もし、その禁忌が最後まで有効だったとするなら、すでにこの館がもぬけの殻となっている以上、彼らがここにいたのもそれより前と考えるのが合理的だ。

また、低気圧の影響についても一切の言及がなかった。よって、これはおとといの出来事となる。もっとも、続きを見てみなければ確定的なことは何も言えないがな」

「それ以外の可能性があると?」

「三十時間が経過する前に、何らかの理由で、彼らのすべてがいなくなったのかもしれない」

「何らかの理由。例えば彼らが禁忌を破ること?」

「それもある。だがそれ以外もある」

「……ふふ」

神が目を細めた。

ほんの一瞬、十和田の皮膚を冷気が覆う。

沈黙。それから――十和田が言葉を継ぐ。

「……いずれにせよ、あやふやな想像をする以上のことは何も言えない。情報がまだあまりにも少ない。解っているのはせいぜい、関係者が誰か、彼らがここへ集められた目的、部分的な館の造り、それくらいだ。それ以外に何も解らないのでは明確な解を与えることもできない。もちろん、君が何を真の目的として僕にこんなものを見せるのかという疑問も含めてな。それでだ、神くん」

「なんですか?」

「これは明確に君への質問だとあらかじめ言っておくが、あの、大広間に描かれた曲線だが」

「ヒルベルト・カーヴですね」

「あれには何か、意味があるのか」

ぱちぱちと瞬きをしてから、神は答えた。

「無秩序に対してとりあえず付すレッテルを、人間は意味と呼びます。そしてこのレッテルにはさほど多くの種類はありません」

「やはり、まともには答えないか」

十和田は、口の端を歪めつつ、鼻頭までずり落ちた鼈甲縁の眼鏡を、くいと押し上げると、言った。

「ヒルベルト・カーヴ。無限に長い曲線を有限の中に畳み込む、空間充填曲線のひとつとしてダーフィト・ヒルベルトが考案したもの。コの字形の初期曲線から、これを四つにわけ、半分のスケールを持つ相似曲線をコピーしていく、という作業を無限に続けることで得られる」

「これにより、ある平面のすべての点を通過する曲線ができる」

「無限の長さを持ったこの曲線は、三次元へと拡張することができる。もちろんn次元でも可能だ」

「美しいパターン。ほかにはどんな性質が？」

「……自己相似性《フラクタル》」

十和田は顎を上げると、遠くを見るように目を細めた。

「四等分した各所に縮小コピーを貼りつける、そんな方法でつくるヒルベルト・カーヴは、ハウスドルフ次元が二のフラクタルだ。そしてフラクタルと言えば、まさしくあの絵だ」

「やはりご存じでしたね」

「当然だ」

嬉しそうな神に、十和田は心外だという顔をつくった。

「一般には別に有名な図形があるが、類似の漸化式《ぜんかしき》から導き出されるという点ではこれと差異はない。さらに」

絨毯の上を舞うような足元の模様を、十和田は指差した。

「これもあのガスケット、つまりフラクタルだ。五角形というのは珍しいがな」

「三角形が有名ですからね」

「あるいは五角形である必要があるということかもしれない。そう考えるとこの館も五角形をしているわけだが……五か」

十和田はふと、思いをめぐらすように目を細めて、呟いた。

「ピタゴラスは五という数字に『結婚』という深遠な意味を与えたが、さもありなんと思えるほど五は興味深い数字だ。例えば、対称群S_nのnが五以上において可解でなくなるのはなぜか。プラトンの立体が五つしかないのはなぜか。人間の手指が五本なのはなぜか。地球の大陸と大洋が五つずつなのはなぜか。五行思想において五つの元素が置かれているのはなぜか。そもそも人間はなぜ、かくも五という数字に一種の安定感を覚えるのか」

「だからこそ、志田幾郎も奇妙に感じたのではないでしょうか。なぜ人間の感覚が五つあるのか」

「視覚、聴覚、嗅覚、味覚、触覚の五覚か。だからこそ、ここも五感の哲学者である志田幾郎の館に相応しく『五角形』で構成された『五覚堂』なのだということか」

「かもしれませんね」

「ふうむ。……」

不意に訪れる、沈黙。

やがて――。

「余談がすぎた。本題に戻ろう」

十和田は、大仰《おおぎょう》な咳払いをひとつ挟んで言った。

「神くん、この後、彼らはどうなった？」

十和田に微笑みを返しつつ、神は答えた。

「彼らの間に、暫くは平穏な時間が流れました。束《つか》の間の平和です」

「だが、事件は起こる」

「はい」

「どんな事件だ？」

「それは、ご自身の目で確かめられては？」

「……じゃあ、見せてくれるか」

「もちろん」

十和田の促しに、神は頷いた。

「では、時間を進めましょう。第一の事件が起こった、まさにその直後の大広間に」

6

大広間。

時計が六時を示している。

外はぼんやりと明るく、燃える船の絵が飾られた奥側から、日の光が、手前側に向けて忍び込み、柱が影を作っている。

そこに集う人々は、七人。

ある者は落ち着きなくうろうろと部屋の中を歩き回り、ある者はただ呆然として青い顔で窓の外を眺める。ある者は壁の絵を食い入るように見つめ、ある者は苛立たしげに爪先で床を蹴る。そしてある者は柱に凭《もた》れたまま微動だにせず、ある者はただ無言で屹立する。そしてある者は、手にした白杖《はくじょう》で、いつまでもかつかつと床を突く。

七者七様、七人七色。共通しているのは、彼らがただ無言でいることだけだ。

やがて――。

手前側の扉から、ふたりの人間――男と老女が、大広間に入ってくる。

七人が、一斉に振り向いた。

現れたのは、胤次と鬼丸だった。

眉間に深々と皺を寄せた剣呑な顔つきの胤次は、同様に険しい表情を浮かべる鬼丸を後ろにしたがえ、はあはあという荒い息づかいのまま、七人の前に立つ。

「……今、見てきた」

努めて落ち着こうと意識した、低い声。

だがその声は、少しだけ震えている。

「胤次さん、何があったんです？」

さっきまで部屋中をうろうろと歩き回っていた男が、胤次に言った。

「妻は……万里はどうなってるんです？　それと、お義父《とう》さんは？　一体何が起こってるんです？」

亮だった。顔中に脂汗を浮かべた亮が、巨体を揺らして胤次につめ寄る。

「亮君、待て、落ち着け」

右手で亮を制すると、大きく咳払いをしつつ、胤次は努めて冷静さを保つように、一言一言を区切りながら、皆に告げた。

「頼む。皆も、俺の言うことを、まずは、落ち着いて聞いてくれ。いいか？　……今俺は、鬼丸さんと、小礼拝堂を見てきた」

「…………」

固唾《かたず》を呑んで次の言葉を待つ人々。

もちろん、その中には、百合子もいる。

「小礼拝堂の扉は、開かなかった。仕方がないから体当たりして無理やりこじ開けてきたんだが」

亮が叫ぶ。

「いたんですかっ？　妻は？　万里はっ？」

「ああ。いた。いたとも」

胤次は喘《あえ》ぐような声で、頷いた。

「あそこには正胤の兄貴もいた。確かにふたりとも、あの小礼拝堂にいた。だが……だがな」

胤次は、ためらうように一度目を伏せると――。

しかし意を決すると、その言葉を口にした。

「ふたりとも、すでに死んでいた」

※　図3「五覚堂の間取り図」参照

図３　五覚堂の間取り図

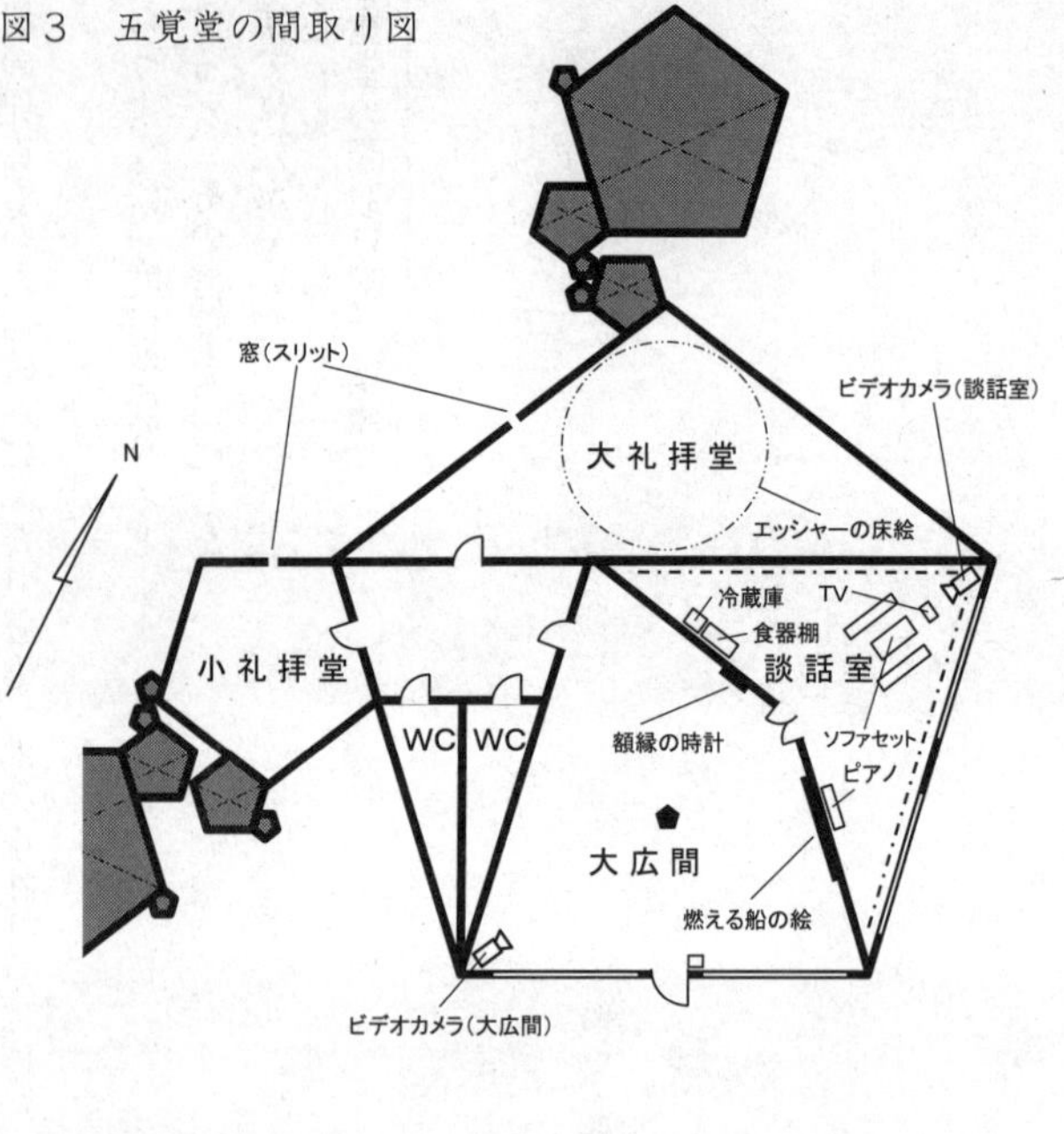
窓（スリット）
ビデオカメラ（談話室）
N
大礼拝堂
エッシャーの床絵
冷蔵庫
TV
食器棚
小礼拝堂
談話室
WC
WC
額縁の時計
ソファセット
ピアノ
大広間
燃える船の絵
ビデオカメラ（大広間）

読者のための覚え書き①　「五覚堂の関係者」

志田《しだ》 周《あまね》………故人。先々代。志田幾郎の父。
志田幾郎《いくろう》……故人。先代。五覚堂を建てた男。
　　　　　五感の哲学者と呼ばれた。

志田正胤《まさたね》……故志田幾郎の長男。
湊《みなと》 万里《まり》………志田正胤の娘。
湊 亮《りょう》…………湊万里の夫。

志田胤次《たねつぐ》……故志田幾郎の次男。
志田大人《だいと》……志田胤次の息子。
小山内亜美《おさないあみ》…志田大人の婚約者。

志田三胤《みつたね》……故志田幾郎の三男。
志田 悟《さとる》………志田三胤の息子。百合子の友人。

辻和夫《つじかずお》………志田家の顧問弁護士。
鬼丸八重《おにまるやえ》……志田家の使用人。

宮司百合子《ぐうじゆりこ》…主人公。

第Ⅲ章　小礼拝堂の殺人

1

南向きの窓。

朝方は左から、夕方になると右から、柔らかな陽光が部屋の中に射し込む大窓だ。ブラインドを挟んでわずかに開いたその隙間からは風が吹き込み、俺の頬を爽《さわ》やかに撫でる。

東京は春だ。ここ数日でめっきり暖かくなった。通りを挟んだ桜も三分咲きだ。仮庁舎、その三階南側に位置するこの部屋は、昨日から俺の執務室として与えられている個室だった。広さは十二畳ほど。さほど広いわけではないが、ひとりで使う分にはむしろ贅沢《ぜいたく》すぎると思う。デスクとラックがあれば十分なのに、本棚に花瓶、大《おお》袈裟《げさ》にも応接セットまであるのだ。そこまでなくともとは思うが、肩書がつき、それなりの立場となったということでもある。

とはいえ、そんなポジションに立った自覚などまるでない。だが、試しに部下にある資料の取り寄せを命じてみたところ、驚いたことにそれはわずか一日で届けられた。今まさに目の前にある一件書類がそれだ。それなりの立場とは非常に強い権力と責任とを伴う。だからこそ部屋も広いのだ。

それにしても――。

俺はデスクの上の、その一件書類に目をやった。

この、缶コーヒーの高さよりも分厚い、黒い綴《と》じ紐《ひも》で綴じられた書類。

二十二年前、一九七八年に起きた、ある事件の記録をコピーしたものだ。

すなわち、調書、報告書、写真、図面の束。そこに並ぶ手書きの文字、当時はまだ珍しかっただろう機械印字の文章、印鑑、拇印。それらはつまり、何千ページにも及ぶ、事件を立証するための書類群。

そのいずれにも、こう記載されている。

――被疑者、藤衛《ふじまもる》。

そう、これは、あの数学者の事件だ。

当時、有数の数学者たちが一堂に会した島。

俺たちが滞在していたあの島で、事件は起きた。

多くの尊《とうと》い命が消えた。

数学界は、優秀な数論学者を多数失った。

俺も、家族を奪われた。

被疑者はその島に一同を招いた藤だった。事件を首謀したと、ほかならぬ藤がそう自供したからだ。証拠には乏しかったものの、事件は彼の言うとおりの経過を辿っていたとしか解釈のしようがなく、藤はほどなくして死刑判決を受け、今では刑の執行を狭い一室で待つ身分となっている。

だが、真実はいまだ判然とはしていない。

まだ誰も、あの島で起きた事実を解明してはいないからだ。

それが証拠に現在、藤はこれまでの自供を覆《くつがえ》し、さらに新たな証拠も携えて再審請求を開始していた。あるいは死刑判決が取り消されるのではないかと言われているのは、元の事件を司法ですらきちんと解明できなかったからだ。

だから俺も、この目で事件の原典である一件書類に当たり確かめているのだが、案の定、これだけの厚みの中にさえ、俺が本当に知りたい真実は、一切含まれていなかった。もちろんそれは予想されたことだ。本当に大切なことは、決して目には見えない。形には残らないものだからだ。だが、もしもそうだというのならば——。

俺は顔を歪めつつ、頭を強く横に振ると、一件書類のそのページを開いた。

そんな馬鹿なと否定する感情に、書類に記されたその名前が現実を突きつける。

そんな動作を何度も繰り返し、その都度《つど》戦慄《せんりつ》しながら——俺はまた、自問する。

どうして奴の名がここにあるのだろうか？

これは一体、どういうことだというのか？

あの男はなぜ、あの時、あの場所にいた？


――コンコン。

扉を誰かがノックした。

内心を表情ごと心の奥底にしまい込むと、俺は、一件書類を素早くデスクの引き出しにしまい込みつつ、応じる。

「誰だ？」

「おはようございます。毒島《ぶすじま》であります」

ドアの向こうから聞こえる、くぐもった男の声。

その、妙な警察官口調。

「毒島……」

「お忘れですか、警視正。毒島です。昨年Y署でお世話になった、巡査部長の毒島喬《たかし》であります」

――忘れねえよ。

俺の脳裏に、愛嬌《あいきょう》のある犬顔がありありと浮かび上がる。

「入れ。ドアは開いてる」

「はッ」

返事と同時に、片開きの扉がきっと軋《きし》み、黒いスーツ姿の男が身体を滑り込ませるようにして、部屋へと入ってきた。

広い肩幅。顔面のパーツがすべて前に寄った、まるでブルドッグのような顔つきの男。あのときは普通の長さだった髪は、今は五分刈りになっている。厳《いか》めしさも増したが、それ以上にユーモラスさも増しているのはご愛嬌か。

昨年の事件――俺はそのとき、Y警察署でこいつに随分と世話になっている。

毒島は、俺のデスクの前で直立の姿勢を取ると、素早く敬礼をした。

「お久しぶりです、宮司警視正ッ」

「堅苦しいな。やめようぜ、そういうのは」

「そうはいきません。なにしろ、宮司《つかさ》司警視正がめでたくご昇進された上に、部屋持ちにまでなったのですから、一言お祝いの言葉を申し上げずにはいられんのです。というわけで、本当におめでとうございます、宮司警視正」

「部屋持ちか。分不相応な上に、よく解らない仕事だがな。しかし、わざわざ君はそれだけを言いに、警察庁《ここ》まできたのか?」

「まさか。本職本日別件の用事でこちらに参っておりますので、言ってみればもののついでです」

そう言うと毒島は、ピンク色の健康的な歯茎《はぐき》を見せた。

俺は、苦笑する。どうやら、こいつなりの冗談のつもりだったらしい。

「変わらんな、君は。まあでも、祝いの言葉はありがたく受け取った上で、その祝福を糧《かて》に仕事に邁進《まいしん》することとするよ。それより、そろそろ姿勢を楽にして、その辺にかけたらどうだ」

「はッ」

毒島は、再び素早く敬礼を解くと、応接セットのソファにすっと腰を下ろした。

「ところで、最近暖かくなりましたね」

「ああ。もう春だ」

「慣れない背広など着て、小汗など掻いてしまいました」

「何か飲むか？」

「はッ、何がありますか」

催促していやがったのか。苦笑しつつ俺は答えた。

「缶コーヒー一択だ」

「ではそれで」

「……ほらよ」

俺は、引き出しに常備している缶コーヒーを、毒島に放る。

難なくそれを片手でキャッチすると、毒島は缶のラベルをしげしげと眺めた。

「これ、X県限定のやつじゃないですか」

「去年そっちに行ったときに飲んで以降、なんだか癖になっちまってね。取り寄せてるんだ」

「苦《にが》すぎませんか？　これ」

「そんなことはないよ。そもそも君はコーヒーを甘くしすぎなんだ。ところで、Y署の皆は元気か？」

対面に腰掛けた俺に、毒島は返事代わりとばかりに、パカンとプルトップを勢いよく開けた。

「もちろん元気ですよ。船生《ふにゅう》警部補も」

「だいぶ仕事がやりやすくなったんじゃないのか」

「ええ、そりゃあもう」

缶を呷ると、毒島は言った。

「おかげさまで、いきなり体制がめちゃくちゃよくなりましたからね。新署長の毛利《もうり》さんは『ケツは俺が拭うからお前らは好きにやれ』って言ってくれますし、小沼《おぬま》一課長も切れ者で」

「そうか。そりゃよかったな」

「ええ。毎日現場でイキイキ仕事に励《はげ》めて、僕もさわちゃんも大感謝です」

「さわちゃん？」

「あ、船生警部補の下の名前です。船生さわ。聞いていませんでした？」

「初耳だ」

知らなかった。あの気の強そうな女刑事が、そんなフルネームだったとは。それにしても——。

ふにゅうさわ。彼女のイメージとは似つかない、その柔らかな音の並び。

「……はは、なんとも彼女にぴったりの名前じゃないか。しかし毒島君、ちょっと感心しないぞ、上官を『さわちゃん』呼ばわりするのは」

「だめですか？　可愛らしくていいと思うんですが。ていうか宮司警視正、今さらですが、本当にありがとうございました。X県警の、昨年のあのびっくり人事、警視正の根回しなんでしょ？」

「はて。何のことだ」

俺がとぼけると、毒島はにやりと笑みを浮かべた。

「季節外れの大型人事。うっとうしい上層部は更迭。本庁まで巻き込んだリフレッシュ。職員の大幅な増強。こんなの、年功序列でがちがちのX県警始まって以来のことでしたからね。これ、警視正がやってくれたんでしょ？」

「さあ、よく解らんな。少なくとも俺はそんなことをした覚えはない」

「またまたご冗談を」

「冗談じゃないぞ。俺はそんな人事のことなど、何も関わっちゃいないんだ」

そう、俺は人事になど一切関わっていない。そんな権限など持っていなかったからだ。

もっとも、自分の目をとおして見たX県警とY警察署の現状と問題点について、人事課の連中とディスカッションくらいはしたが。

「そうなんですか？　うーん」

納得がいかない、といった顔で腕を組む。そんな、野良犬がまずいものでも拾い食いしたかのような表情の毒島に、俺は一拍を置いてから訊いた。

「……で、毒島君。君はどうして今日ここに来たんだ？」

「それは先ほど申し上げたとおり、別件のついでに、宮司警視正にご栄転のお祝いの挨拶を」

「はぐらかさなくてもいい。挨拶なんて、電話や手紙やメールでだっていくらでもできるからな。そもそも別件のついでにと言うが、警察署の一刑事が県警《ホンチヨウ》をとおり越して警察庁《サッチヨウ》までくる用事なんかそうはないだろ。……率直に言えよ。何があった」

俺の促しに毒島は、ややあってから、飲みかけの缶コーヒーをそっと机の上に置いて言った。

「やっぱり鋭いですねえ。さすがは警視正」

「別に俺が鋭いんじゃない。君が解りやすいだけだよ」

「そうですか？　僕は普通にしていましたが」

「そこが解りやすいと言うんだ。で？」

「はい。実はですね」

漸《ようや》く、毒島がすっと居住まいを正す。

「先日、Y署にタレコミの電話があったんです」

「タレコミか。誰からだ」

「解りません。訊いても名乗りませんでしたから。でも声からすると、若い女かと思われましたね」

「君が電話を受けたのか」

「ええ。デスクに直接かかってきました」

「ふむ……」

タレコミ——。

電話で、あるいは封書で。警察署にはそんな情報提供がしょっちゅうある。そのほとんどは嫌がらせか悪戯《いたずら》の類なのだが、しかし稀《まれ》に犯罪に関係した内部情報が含まれていることもあるから侮《あなど》れない。

もっとも、これらの情報は通常、警察署だけで処理されて終わる。それをあえて俺に報告をしにきたということは、何か重大な犯罪にかかわるほどのタレコミだった、ということなのだろうか？

「で、内容は？」

「はい。それがですね」

毒島は、神妙な顔つきで続ける。

「女はこんなことを言っていたんです……『二十三年前の事件について、よく調べてみてほしい』」

「二十三年前の事件？ なんだそりゃ」

俺は首を傾げる。唐突に二十三年前の事件と言われても、凶悪犯罪から微罪にしかならないようなものまで、山ほどあるのだから、それだけでは何も特定できないに等しい。

「調べろと言われたって、それだけじゃ何も解らないぞ」

「僕もそう思いました。だから訊き返したんです。『それ、具体的に何の事件のことですか』って」

「ふむ」

「そしたら、女はこう言ったんです」

——都内にある志田幾郎宅で起きた殺人事件です。あの事件をもっとよく調べてみてほしい。

「志田幾郎？　っていうとまさか、あの大学者、志田幾郎じゃないだろうな」

「そうです。そのまさかの志田幾郎です」

「マジか」

俺は驚いた。志田幾郎は、日本を代表する哲学者であって「五感の哲学者」とも呼ばれた著名人だ。

そんな有名人の家で、殺人事件？

「本当にあったのか？　殺人事件《コロシ》が」

「ええ。なにせ昔のことで僕にもよく解らなかったもんで、遡《さかのぼ》って調べてみたところ、確かに二十三年前、そんな事件があったようなんです」

「どんな事件だ」

「志田家に勤《つと》める使用人が、家に侵入してきた不審者に殺《や》られたというものです。ちなみに不審者はすぐに捕まり、無期懲役の判決を受け、その後すぐに獄中死していますから、完全に終わった事件ですが」

「ふむ。人が死ぬ事件にこんな言い方はよくないかもしれんが、割とステロタイプな事件ではあるな」

「そうですね」

頷く毒島に、俺は続けて言う。

「で、電話の女は、とにかくこの二十三年前に志田幾郎の家で起きた殺人事件をもっと調べろと、そう君に要求したわけだな」

「そういうことになります」

「具体的に、どんなことを調べろと言ってきた？」

「それは、何も」

毒島は、首を横に振った。

「詳しく訊こうとしたんですが、女は『調べてみれば解る』と意味深にしか言わず……あ、いや、『志田幾郎の最初の論文集、その序文をよく読め』とは言っていましたね」

「最初の論文集？　意味が解らん」

俺は唸《うな》った。

タレコミの価値は、そのタレコミに含まれた具体的な情報にある。「今日、麻薬の取引が行われる」というタレコミにはまったく意味がなく、「今日、どこそこで、い

つい つ、だれとだれが、何々を取り引きする」まで備わって、初めて価値を持つのだ。

ただ単に調べろと言われただけでは、悪戯とも区別ができず、タレコミとしては無価値である。

強いて言えば、志田幾郎の最初の論文集、その序文を調べろというのが具体的な情報とはなるが、それが事件と具体的な関わりがあるとも思えない。つまり――。

「率直に言ってどうにもできんな」

「ですね」

「百歩譲って何かするとしても、都内で起きた事件なら、警視庁の仕事だろう。二十三年前なんて、すでに殺人の公訴時効も徒過《とか》してしまっているほど前の出来事だ。だとすればだ。なんだか、ますます訝《いぶか》しいぞ」

テーブルの上に身を乗り出すと、俺は言った。

「あらためて訊くが、毒島君。君はなぜわざわざこの話を俺のところに持ってきた？」

「…………」

口を一文字に結んだまま、何も答えない毒島に、俺は、なおも続ける。

「こんなつまらん情報、普通なら受けた担当者の胸にしまわれ、そのまま忘れられて終わるような話だぞ。だがそんな些末《さまつ》な話を、君は俺のところにあえて持ってきた。上司にあたる船生さんでも一課長でも本庁でもなく、警察庁にいる俺のところにだ。……正直に言えよ。この話、何か裏があるんだろ？」

毒島は、ほんの一瞬だけ逡巡《しゅんじゅん》する素振りを見せた後――。

「まったく、警視正には絶対に嘘が吐けませんね。実はですね」

目の焦点をテーブル上の一点にあわせたままで、口を開いた。

「タレコミそのものは確かに、ガセの域を出ないものです。だから話半分に応対していたんですが、電話を切るとき、女が気になることを僕に言ったんです。そのせいで僕は、この話を警視正のところに持ってこざるを得なくなった」

「気になること？　なんと言ったんだ、女は」

俺の問いに、毒島は一瞬の間を挟んで答えた。

「女は電話を切る間際、なんだか楽しそうにこう言ったんです。『警察庁の宮司司さんに、よろしく。もちろん、彼の妹の百合子ちゃんにもね』と」

2

正胤と万里、ふたりはすでに死んでいた。

胤次がそう告げてから、どれくらいの時間が経過しただろう。

何秒、あるいは何十秒か。その、ぴりぴりとした皮膚が裂けるような緊張感の伴う長い沈黙の後、突然、亮が叫んだ。

「……もう死んでいた、ですって？　ちょっと待ってくださいよ、どういうことですかそれ」

亮は、ヒステリックにまくし立てる。

「何かの冗談ですか？　胤次さん。そんな冗談、あまりにも性質《たち》が悪すぎますよ？」

「じょ、冗談なんかじゃねえ。いや、これが冗談だったら、俺もどれだけいいか」

喘ぐように胤次が答えた。亮はその語尾に被せるように食って掛かる。

「じゃあ、本当にふたりは死んだと言うんですか？　万里が？　お義父さんが？　馬鹿なっ。ふざけたことを言わんでくださいよ」

「まっ、待て亮君、落ち着けっ」

いきり立つ亮を、胤次は慌てて制止する。だが巨体の亮は、その制止を振り切ると、胤次の肩をがっしりとつかみ、その身体を何度も揺すった。

「どうしてふたりは死んだんだっ？　事故？　それとも病気？　一体何なんだっ？」

錯乱《さくらん》したような口調で目を吊り上げる亮。その剣幕《けんまく》に胤次は「そ、それは……」と口ごもりつつ、目を逸らしてしまう。

「おいっ、何か言ってくれよ、胤次さんっ」

「…………」

しかし胤次は答えない。答えられない。

そんな胤次に代わり、それまで彼の後ろでじっと侍っていた鬼丸が、意を決したように一歩前に出た。

「……わたくしからご説明をいたしましょう」

おずおずと怯えたような口調。

だが鬼丸は、腹の底から絞り出すようにして、気丈にもそのときの状況について語り始めた。

「さきほど、三十分ほど前でしょうか。わたくしは、この五覚堂の見回りをしていたのでございます」

「なんのためにです？」

思わず呟くように問うた百合子に、しかし鬼丸はすぐに答える。

「わたくしは長いこと、この志田家で家政婦としてお仕えしております。わたくしに与えられた仕事は、お部屋のお掃除をさせていただくこと、そして、朝夕深夜お屋敷に異常がないか、見回りをさせていただくことの二つ。それは、この五覚堂でも変わりません」

「そんなことは知っているよ。それより、何があったんだっ？」

亮が鬼丸を脅すように促した。

「は、はい。それでわたくし、さきほども談話室からこの大広間、大礼拝堂、お手洗い、そして最後に小礼拝堂を見回ったのでございますが……どうしたわけか、小礼拝堂には入れなかったのです」

「なんでだ？」

「鍵が掛かっていたからでございます」

「……鍵？」

亮が、眉の間に訝しげな二本の皺を寄せる。

その横で、大広間の堅い床にかつんかつんとステッキを突きながら、不審げな顔つきで三胤が言った。

「小礼拝堂に、鍵だと。そんなものがあったか」

「はい。さして目立つものではございませんが、開き扉の真ん中に、確かにひとつ、スライド式の鍵がございます」

声を震わせつつ、鬼丸は続ける。

「わたくしがいくら開けようとしても、扉は開きませんでした。最初は何かが引っ掛かっているのかと思ったのですが、そういうわけでもないようです。それで、どうやらこれは鍵がかけられているらしい、つまり中に誰かがいるらしいと、解ったのでございます」

「なるほど、よく解った。それから鬼丸さん、あなたはどうしたんだ」

先を促す三胤に、鬼丸は答えた。

「わたくしはまずノックをして『失礼いたします。鬼丸でございます』と呼びかけました。ですが返事がございません。大声で何度か呼びかけているうち、おかしいと気づきました。中にどなたかがいらっしゃるにしては、扉の向こうにまったく人の気配がないのです。動く気配も息づく様子も、何も……」

思い出すことそのものが苦痛なのか、つらそうな表情を見せつつ、なおも鬼丸は続けた。

「とにかく変なことが起きている。そう思いました。それでわたくし、すぐに人を呼びに行ったのでございます」

「ふむ」

三胤が顎に手を当てる。病み上がりのこけた頬にはうっすらと無精髭が生え、目の周りは黒く落ちくぼんでいる。だが、その瞳だけが爛々と、妙なぎらつきとともに揺らめいて見えたのは、気のせいだろうか。

それにしても――。

百合子には、気になることがあった。だから彼女は、やり取りが小休止したそのつかの間の間隙《かんげき》に、口を挟む。

「あの、鬼丸さん？」

「なんでございましょう、宮司様」

「しつこいようですが、小礼拝堂の扉には、鍵がついているんですよね？」

「はい。スライド式の鍵でございます」

「それが掛かっていると、扉は開かなくなる？」

「左様でございます」

「あの、本当に外から開けることはできなかったんですか？　例えば普通のシリンダー錠でしたら、合い鍵さえあれば外から開け閉めができます」

「おっしゃるとおりでございます。しかし、実はこの鍵は、内側からしか開け閉めができない造りになっているのです。スライド式の鍵とは言いつつ、ほとんどただのつっかい棒のようなもので」

「つまり、かんぬきのようなものですか」

「そのとおりでございます」

「なるほど、だから外からは開けられないんですね。開けようとすれば、力ずくでないと開かない」

「そのとおりでございます。はい。ですからそのつっかい棒が……スライド式の鍵が掛かっている以上、非力なわたくしにはもはやどうしようもありません。力のありそうな方にご対応を仰《あお》ぐしかなかったのです」

「それで鬼丸さんは、胤次さんを呼びに行ったんですね」

「はい」

鬼丸はこくりと頷くと、先を続ける。

「最初、わたくしは正胤様をお探しいたしました。まず長兄に決定権があるのが、古くより志田家のルールでございますので。ですが、正胤様は大広間にも談話室にもおいでになりませんでした。そこで、談話室でお休みになっていらした胤次様を起こして、このことをお話ししたのでございます。そうしたところ、胤次様はすぐ『それは変だな』とおっしゃって、一緒に小礼拝堂に赴かれました」

「……そこからは自分で話そう」

漸く冷静さを取り戻した胤次が、一同に向かって口を開いた。

「鬼丸さんと一緒に小礼拝堂に行った俺は、開かない扉を見て、確かに中で何か異変が起こっているのだと感じた。小礼拝堂は、この扉以外に出入り口はねえ。推理小説でいうところの密室ってやつだ。その密室で、何かが起きていると」

ふと百合子が、胤次に訊く。

「窓から中に入れたりはしないんですか」

胤次は、怯えたような目を百合子に向けて答える。

「そうか、君はまだ小礼拝堂を見てなかったんだな。ならば説明しなけりゃならんが、言われるようにあの礼拝堂にはひとつ窓がある。だがあれは、窓というよりも、ただの隙間に近いものだ」

「隙間？」

「そう。縦に開いた隙間《スリット》だよ。幅は握りこぶしひとつぶんくらいしかねえ。あんな隙間を人間がとおり抜けることはできんのだ」

確かに、どんなに細い体軀でも、身体の厚みは二十センチくらいはある。握りこぶしひとつぶん程度の隙間をとおり抜けることは、まず不可能だ。

胤次は言った。

「つまり部屋は密室、だとすれば中には確実に鍵を掛けた人間がいるはずだ。なのに……。なんだか嫌な予感がした俺は、慌てて皆をこの大広間に集めた。だが……」

胤次は、周囲をちらりと窺うように見やった。

彼の言いたいことは容易に解った。

胤次は皆を集めた——だが、見当たらない人間がふたりいたのだ。

正胤と、彼の娘である万里が。

「当然、あの親子は小礼拝堂にいるのだろうと俺は思った。だが問題は、呼びかけにも応えねえふたりに、一体何があったのかということ」

「…………」

固唾を呑みつつ、一同はその言葉の先に耳を傾ける。

胤次の肩をつかんでいた亮も、今は手を情けなくだらりと下ろし、青い顔でその言葉を待っている。

「扉は依然として開かん。ノックをしても、返事も人の気配もねえ。意を決すると俺は、扉に向かって何度も体当たりをした。開けられないなら無理矢理にでもこじ開けるしかねえからな。何度も負荷を掛ければきっと開くはず、そう思った俺は、渾身《こんしん》の力で扉に身体をぶつけたんだ。何回やったかは忘れたが、そのうちばちんとでかい音がして鍵が壊れ、扉が開いた。そして……俺は見たんだ」

ごくりと唾を飲み込むと、胤次は厳《おごそ》かに言った。

「正胤の兄貴と、万里ちゃんが死んでいるのをな」

呆然とした表情で、亮が言う。

「死んだ……万里が……？　どうして？　た、胤次さん、一体ふたりに、何があったんですか、どんなふうに死んでいたんですか？　事故か、何かですか？」

「いや」

胤次は、首を横に振った。

「あまり言いたくはねえが、そして残念なことだが、あれは、絶対に事故なんかじゃねえ。あれは……殺人だ」

「……殺人？」

殺人。つまり人殺し。

穏やかじゃない単語に、亮が強張《こわば》った小声を漏らす。

亮だけでなく一同に緊張が走る。

胤次は、なおも続ける。

「兄貴と万里ちゃんは、小礼拝堂で倒れていた。あの様子は少なくとも事故じゃねえ。明らかに誰かが人為的に命を奪ったに違いねえ」

「だから誰かに殺されたってことですか？　万里が？」

亮が、目を吊り上げて叫ぶ。

「誰がっ？　なぜそんなことをっ？」

「お、落ち着け亮君」

いきり立つ亮を、両手で制する胤次。

その横で、ステッキをかつかつと忙しなく床に突きながら、三胤が言う。

「だが胤次兄よ、あんたは今『明らかに誰かが人為的に命を奪った』と言ったが、正胤兄と万里ちゃんはどうやって殺されていたのかね」

冷静な口調。はっと我に返ったように、亜美もまた口を開く。

「そ、そうですよ。もし本当にそんな事件が起きたのなら、一体どうなっているのか、教えてください。というか今すぐ現場を……小礼拝堂を、私たちも見に行かないと」

「いや、行ったらだめだ」

「なぜですか?」

「君は……君たちは、見ないほうがいい」

「どういう意味ですか」

不審な表情の亜美たちを一瞥《いちべつ》すると、胤次は告げた。

「君たちが見るには、あれは、あまりにも、むごすぎる」

「………」

固まる一同。ややあってから胤次は言った。

「兄貴はな、血まみれになって部屋の中央に仰向けに倒れていた。胸には刺し傷があって、そこから血が溢れ、床に血の池を作っていた。一方の万里ちゃんも、部屋の片隅で壁にもたれるようにして冷たくなっていた。彼女の首にも、真横に大きな切り傷があって、そこから止めどなく血が流れた跡があった」

「刺し傷に、切り傷……」

さっきまでの剣幕が嘘のように、力なく呟く亮に、胤次は言った。

「つまり小礼拝堂には、二つの赤い血だまりがあった。まるで、ぽっかりと開いた落とし穴が二つあるみてえにな」

「で、でも胤次さん。そんな人を殺せるような刃物なんか、この屋敷の一体どこに？

……あっ」

亮が、目を見開いた。

「そうか、果物ナイフだ」

胤次が首を縦に振った。

「亮君の言うとおり、ふたりを殺した凶器は、果物ナイフだった。なぜそう言えるのかというと、万里ちゃんがその果物ナイフを手にしていたからだ」

「……万里さんが？」

悟が、驚いたように言った。

「それって、どういうことです？　まさか？」

「そう、そのまさかだ、悟君」

胤次がためらいがちに答えた。

「彼女は、果物ナイフを使って自分の頸動脈《けいどうみゃく》を切り裂いたらしい。つまり、自殺したんだ」

「自殺？　ということは、正胤伯父さんは……」

「ああ。万里ちゃんが殺したんじゃねえかと思っている」

「ま、まさか」

絶句する悟に、胤次は眉を顰《ひそ》めつつさらに続けた。

「にわかには信じられん。だが、あの状況と、小礼拝堂が密室になっていたことを考えると、俺にはそうだとしか考えられねえんだ」

「………」

一同は、言葉を失った。

百合子もまた、絶句しつつ考える。

あの万里が、父である正胤を殺して自殺した。

そんなことがあり得るのだろうか。だが――。

ふと彼女の脳裏に、自己紹介を交わしたときの、万里の様子が思い出される。

万里のあの、存在感のなさ。変化に乏しい表情。

何よりもその陰鬱《いんうつ》さが、彼女本来のものではないらしいということ。つまり万里は、かつてはもっと元気で、溌剌としていたのだという、事実。

そんな彼女に、マイナスの変化をもたらしたものは、何だったのだろうか？　例えばそれは、亮との結婚。半《なか》ば親の都合で行われたというそれが、万里の望まないものだったということが、あったのではないか？

例えばそれは、亮と正胤との板挟み。妻として、また娘として、人知れずストレスを抱えていたということが、あったのではないか？

だとすれば、万里が発作的に犯行に及んだということも、ないとはいえないのではないか？

もちろんそれらは、すべて憶測、想像にすぎないのだが——。

やがて、胤次が溜息混じりに言った。

「いずれにせよ、俺にはもうそれ以上、あのひどい現場を直視することはできなかった。死体もどうすることもできねえ。仕方なく、小礼拝堂はもとどおり扉を閉めて、そのままだ。今の季節なら、すぐに腐敗することもねえだろう。俺には、そうするしかなかったんだ」

「…………」

再び、沈黙。

そこにいる誰もが——被害者である万里の夫であるはずの亮でさえも——何も言うことができなかったからだ。

だが、そんな中――。

「あの」

百合子がまた、そろりと手を上げる。

彼女だけは、言葉を持っていたからだ。

言葉、それはすなわち――。

「お訊きしたいことがあるんです。胤次さんと、鬼丸さんのおふたりに」

『質問』だ。

百合子に身体を向けた胤次と鬼丸に、彼女は落ち着いた口調で『質問』を投げる。

「思い出してください、おふたりが小礼拝堂に入られたときのことを。その、何か『おかしなこと』はありませんでしたか？」

「『おかしなこと』……だと？」

胤次が、吐き捨てるように言った。

「そりゃあ、あったさ。兄貴と万里ちゃんが死んでいた。あれがおかしなことじゃなければ、何がおかしなことになる」

「すみません。そういう意味ではなくてですね」

百合子は、やんわりと言った。

「そういう明らかな異変の陰で、何か気になることがなかったかを、お伺いしたいんです。記憶の片隅にある、ちょっとしたこと、本当にほんの些細《ささい》なことで構わないので……」

「そんなの別にどこにもなかったよ。そもそも覚えてねえ、思い出したくねえ……」

胤次が、思い出すのも苦しげに、顔を両手で覆った。

だがその後ろから、おずおずと鬼丸が言った。

「あの……これをおかしなことと言っていいかどうかは、わたくしには解らないんですが」

「構いません。何でも言ってください」

「胤次様が小礼拝堂をお開けになったとき、実はわたくし、床に妙なものが落ちているのに気づいていたのでございます」

「妙なもの？　それはなんですか」

「白くて、四角いものです」

「具体的には？」

「わかりません。でも……そう、あれはたぶん、スポンジのような」

「……スポンジ？」

鸚鵡《おうむ》返しに訊き返す百合子。鬼丸は答える。

「はい。あの質感は、ええ、たぶんそうです。でもスポンジといっても、五センチ角くらいの、細かい場所を掃除するときに使うような小さなもので……ええ、本当に何気なく落ちていただけですので、大方、以前掃除したときにでも落としたのだろうと、勝手に納得していたのですが、改めて考えてみれば、あれは何なんだろうかと、訝しく思えるのは事実です。……すみません、本当につまらないことで」

「いえ、そんなことはありません。ありがとうございました」

鬼丸に礼を述べると、百合子は腕を組み、ふうむと唸った。

五センチ角の、白いスポンジ。

そんなに意味があることとは思えないものだ。

だが、まったく意味がないこととも思えない。

ほんの些細なことが大きな意味を持つ場合もあれば、大掛かりな出来事の割に大して意味がないことだってある。ある事象に意味があったかどうかは、すべてが詳《つまび》らかになった後でしか評価し得ないのだ。つまり、すべては結果論。だから、何も解っていない今こそ、ほんの些細なことであっても、手がかりとなる可能性があると言えるのだ。

すなわち――密室でふたりが死ぬという、この事件。

万里が正胤を殺害して自殺したという解釈が成り立つ一方、それが不審さを伴うこともまた事実。

だとすれば、事象の本当の形を詳らかにするため、ほんの些細な出来事も見逃してはならないのではないか。これこそがまさに、眼球堂と双孔堂の事件において、百合子が十和田に教わったことでもあった。

だから――。

百合子は考える。

現場に落ちていた、小さなスポンジ。

大切なものは目に見えない。だからこの小さな物体の存在にも、きっと目に見えない隠れた意味があるはずだ。

その、隠れた意味とは何なのか？

そして――。

百合子は思う。

もし、十和田先生が私の立場にいたならば。

先生はこの出来事をどう解釈するだろうか？

3

談話室の時計が、八時を回った。

読者のための覚え書き②

現場図１　第一の殺人

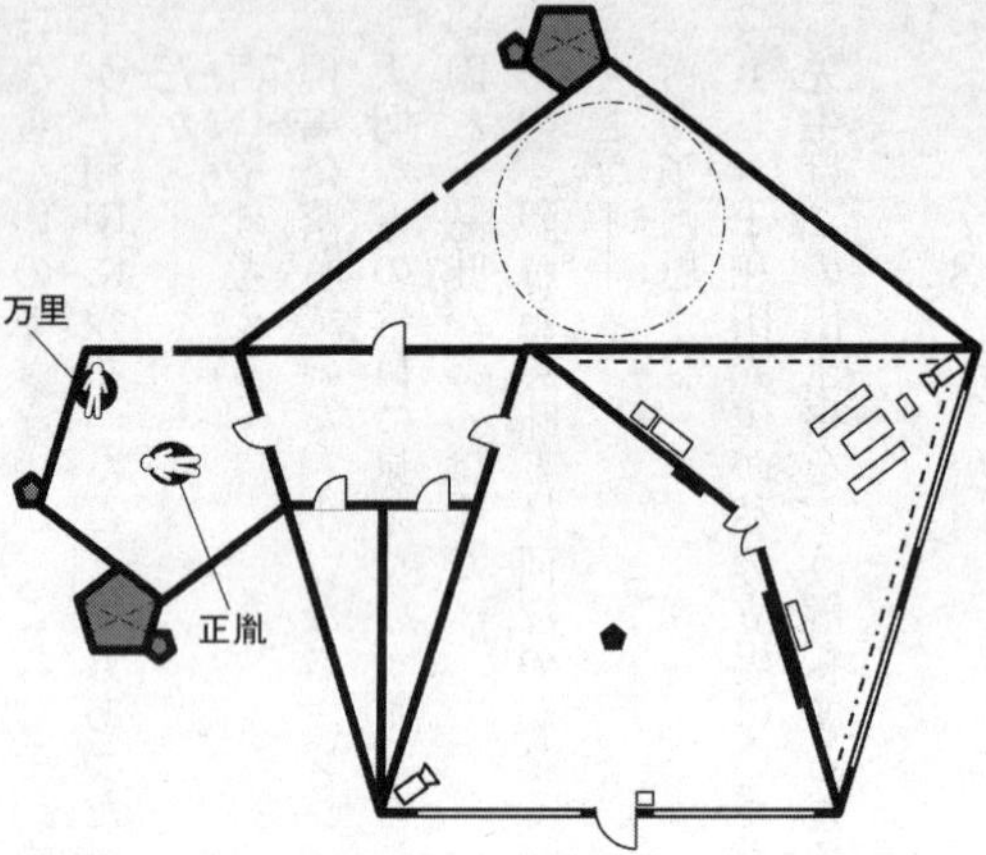

読者のための覚え書き③

図４　小礼拝堂の鍵

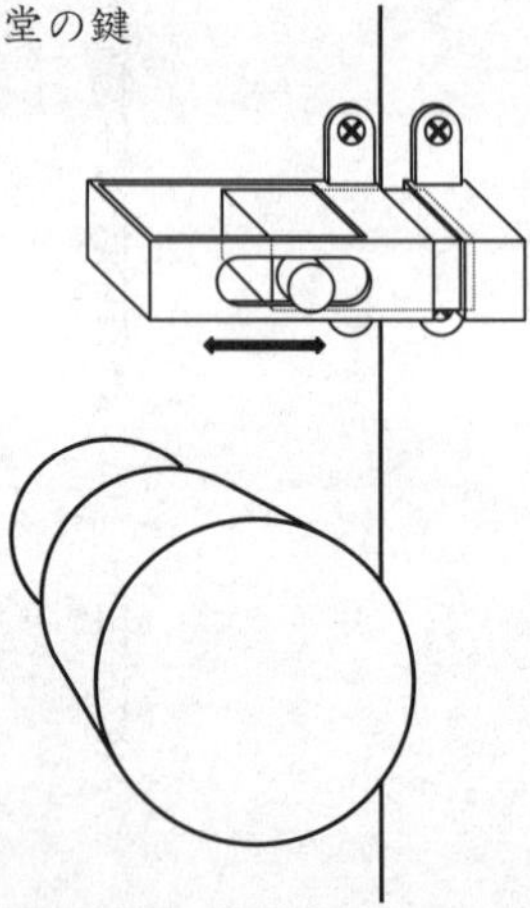

一同は各々、ソファに腰掛けたり、アップライトピアノの前で椅子に座って頭を抱えたり、床にへたり込んだりと、それぞれの時間を過ごしていた。

百合子もまた、悟とともに、すでに定位置となった壁際で、何ごとかをぼんやりと考えている。

「本当にごめんね、宮司さん」

ふと悟が、青い顔で呟いた。

「山奥に閉じ込めるだけならまだしも、こんな事件にまで巻き込んでしまって、本当に申し訳ない」

消沈した元気のない声だ。親戚の突然の死を聞かされたのだから当然のことだ。あるいは、睡眠不足も手伝っているのかもしれないが――。

だから百合子は、ことさら明るい声で答えた。

「いいの、気にしないで。志田君のせいじゃないから」

「でも」

「私なら大丈夫。びっくりはしたけれど、こういう事件のことはお兄ちゃんからよく聞いているから慣れているし。さすがに、当事者になったのは初めてだけれど」

あはは、とわざと明るく笑い飛ばすように言った百合子に、悟は力のない笑顔で続けた。

「ありがとう、気を遣ってくれて。でもまさか、ここに来て一日も経たないうちに、こんなことが起こるなんて……僕も夢にも思わなかったよ」

「それは確かにね」

「万里さん、本当に自殺なんかしたのかな。僕には信じられない。しかも、正胤伯父さんを殺してだなんて」

「……………」

「確かに、万里さんは最近ふさぎこんでた。亮さんとの関係でも、正胤伯父さんとの関係でも、かなり悩んでいた。でも、だからといってあの万里さんがそんなことをするなんて……僕にはやっぱり、信じられない」

「……………」

百合子は、あえて何も答えなかった。

たとえ二言三言であっても、一度は言葉を交わしたことのある人を凶悪犯だと考えることには抵抗感を持つものだ。とはいえ可能性だけを考えれば、なお万里が父正胤を殺害して、その後自殺をしたということも、決して否定はできない。

いや、否定するどころか、そこには肯定する要素しかない。なにしろ、密室となった小礼拝堂において正胤を殺害できたのは、彼女だけなのだから。

しかも彼女には動機がある。すなわち、おそらくは望まない結婚を強いられ、父正胤を恨んでいたから。あるいは、夫である亮と、彼を疎ましく思い始めた正胤との間で板挟みになり、悩んでいたから。

ならば、何かのきっかけで衝動的に果物ナイフを手にした万里が、鍵を掛けた小礼拝堂で、ふとした弾みに父を殺してしまったという可能性だって、決して考えられなくはないのだ。

ただ、万里が凶行に及んだ可能性に言及できる一方、その真逆の可能性を考えられることもまた事実。

つまり、これが万里の犯行ではない可能性も。

「どうかした？　宮司さん。気分が悪い？」

雰囲気を察して、悟が百合子を気づかう。

だが、百合子はその問いかけにさえ気づかず、黙考を続ける。

万里の犯行ではない可能性――。

胤次が述べた犯行現場の状況からすれば、事故のせいとは考えづらい以上、それは万里のほかに犯行に及んだ者がいるという可能性をも意味する。

とすれば当然、疑問が生ずる。

その者とは、一体誰なのか？

百合子はなおも集中して、問いに対する解を探すべく、思考を推し進める。

そう──まずは、その者が、正胤である可能性はあるだろうか。

この問いに、百合子はすぐさま結論を導く。その可能性は、おそらく限りなくゼロに等しい。なぜなら、小礼拝堂にあった二つの死体のうち、凶器となったナイフを手にしていたのが万里だったからだ。

あれがもし正胤の犯行であるならば、彼は万里の喉笛を掻き切って殺害した後、自らの胸を心臓に届くほどの強さで突き刺し、激痛にも、切創《せっそう》からあふれ出る血飛沫《ちしぶき》にも動じることなく、そのナイフを万里の手に握らせると、自らは部屋の中央へ行き、そこで息絶えた、ということになる。

言うまでもなくこのシナリオには、二つの無理がある。

ひとつは、自分の胸に致命傷を与えた正胤に、その後それほどの行動ができるだけの余裕があったのかどうかが疑問であること。もうひとつは、胤次が彼らの血だまりを「落とし穴が二つある」と形容していたことから明らかなように、正胤が血を流して移動した形跡が見られないということだ。もし正胤が万里を殺害したのなら、血だまりは、正胤の身体からとめどなく流れる血液によって、二つの落とし穴を連結するような形で残されるに違いない。

だとすれば──。

どういう結論が適切か。

百合子は無意識にごくりと唾を飲み込んだ。

凶行が、万里によるものではないとすれば。

凶行が、正胤によるものでもないとすれば。

凶行は、一体誰の仕業であると言えるのか。

この疑問に対し、ひとつ明らかに言えることがある。

それは、凶行に手を染めたのは、正胤でも万里でもない、今ここにいる誰かだということだ。

すなわち、この五覚堂の中にいるうちの、誰か。

亮か、胤次か、大人か、亜美か、三胤か、悟か、辻か、鬼丸か、とにかく彼らのうちの、誰か。

そして、百合子のこの推論は、すでに彼女が別途見つけ出している「強い傍証《ぼうしょう》」により、極めて高い信憑性《しんぴょうせい》を持つものとなっていた。すなわち——。

「ねえ……志田君」

不意に百合子は、悟にだけ聞こえるひそひそ声で、その傍証をそっと問うてみる。

「私ね、あの殺人の謎が解けたと思う」

「えっ何？　謎？」

「しっ」

百合子が悟の唇の上に人差し指を置いた。

「ごめん、小声でお願い」

「あっ、ごめん」

驚いたような顔のうちに、ほんの少しのはにかみを含みつつ、悟は続ける。

「でも、その、殺人の謎が解けたって、一体どういうことなんだ？」

「うん。あのね」

息を継いでから、百合子は言った。

「小礼拝堂は密室になっていたって、胤次さんと鬼丸さんが言っていたよね。内側からしか掛けることのできない鍵が掛かっていたし、狭い窓《スリット》から侵入することも不可能。だから犯人は中にいるふたりのいずれかであるはずだって」

「ああ、そうだね。確かにそう言ってた」

悟は首を縦に振った。

「信じられないけれど、小礼拝堂が密室になっていたのじゃ、悔しいけれども、反論できないよね。そう信じるしかない」

「それなんだけど、私、たぶん万里さんは犯人じゃないと思う」

「どういうこと？」

「あの小礼拝堂は密室じゃなかったから。だから万里さんは犯人じゃない」

「密室じゃ……ない？」

眉根を寄せた悟に、百合子は続ける。

「そう。小礼拝堂は厳密には、密室となっていなかったの。なぜなら、ふたりを殺してから外に出て、それから密室に見せかける方法があったから。つまりね、あの殺人事件には別に真犯人がいるの。その真犯人がふたりを殺し、凶器となったナイフを万里さんに握らせると、さも自殺したかのように見せかけて小礼拝堂を出て、それから密室をつくった」

「つまり、密室があるせいで、僕らは万里さんが犯人だと信じ込んでいるけれども、実は密室を作る方法はある。だから真犯人がいるんじゃないかってこと？」

「そう。あの密室は、トリックによってつくりあげられたもの。だから密室じゃないの。真犯人は別にいる」

「なるほど……」

悟は、感心しつつも、いまだ疑わしげに訊く。

「でも、本当にあるのかな、そんなトリック」

「ある。やり方も、たぶん解った。ヒントが十分にあったから、それらを組みあわせて考えれば、スライド鍵を外から掛ける方法は考えつく……っていうか、たぶんこれしかないと思う。繊細《せんさい》なトリックだから、成功させるためにはかなりの練習と実験が必要だったと思うけれど」

「練習と、実験か」

なおも怪訝そうな顔で、悟が言う。

「で、それ、具体的にはどんなトリックなのかな」

「うん。ええとね……」

その方法を説明しようとする百合子。

だが、それを口にする前に——。

「悟君、ちょっといい?」

会話に割って入った者があった。

振り向くと、相変わらずばっちりとメイクを施《ほどこ》した、隙のない亜美がいた。

亜美は、眉間に皺を寄せて、悟に尋ねる。

「話をしているところを邪魔しちゃってごめん。救急箱がどこにあるか知らない?」

「救急箱? どうかしたんですか」

「ばんそうこうが欲しいんです。血が止まらなくて」

「怪我してるんですか? 亜美さん」

心配げに問う悟に、亜美はすぐに訂正する。

「あの、私じゃないんです。胤次さんが」

「胤次さんが？」

「腕に怪我をしてて……小礼拝堂の扉に体当たりをしたときに、深く擦りむいてしまったみたいで、血のにじみが止まらないの」

「それはまずいですね。でも」

悟は首を横に振った。

「申し訳ないけれど、救急箱がどこにあるか僕は知りません。家じゃないから勝手が解らなくて。まさか宮司さんは持ってたりしないよね？　キズバン」

「バンドエイドのこと？　ごめん志田君、私も持ってない」

「そうか。うーん」

「キズバンでしたら、私が持っております」

不意に、いつの間にか現れた辻が、会話に入ってきた。

亜美がすぐに答える。

「よかった。大き目のもの？」

「はい。大きいものから小さいものまで、いくつか種類がございます。ただ、お話を聞いている限りですと、傷の範囲がかなり広いようです。場合によっては、キズバンを貼るより包帯を巻いたほうがいいかもしれません。私が拝見しましょう。応急処置には多少の心得もございます」

「そうなんですか。でしたら胤次さんを見ていただけませんか」

亜美の言葉に、辻は頷いた。

「承知しました。すぐにでも」

「ありがとうございます。こちらです」

亜美は辻を、ソファに座ってつらそうな顔をしている胤次のところに連れていく。

その辻の背に向かって、ふと——悟が問う。

「あの、辻、さん？」

「なんでしょうか？」

振り向く辻に、悟は訊いた。

「その、ふたりが亡くなって、警察に通報はしないんですか？」

「警察に……ですか？」

「はい。今この五覚堂で起こっているのは、変死か、自殺か、殺人事件か、いずれにしても尋常じゃない事件です。すぐに警察に通報すべきだと思うんですが……」

どうしてしないのか、と言いたげな悟に、辻は、片方の眉だけをつうと上げて答えた。

「胤次様、三胤様のご意向です」

「父さんたちの？」

「はい。さきほどご意思を確認したところ、とりあえず警察には連絡せず、時間の経過を待つとのことでした。遺産相続権をお持ちのおふたりの意思を尊重する私といたしましては、警察に連絡できる立場にはございません」

「そんな。先代の遺言は、こんなときにまで効力を発揮するんですか？」

「はい」

呆れたような表情の悟に、いかにも厳かに、辻は言った。

「申し訳ありませんが、遺言は絶対なのです」

――三十時間、この敷地を出てはならぬ。

――三十時間、外部と連絡を取ってはならぬ。

警察を呼ぶことは、当然これらの禁忌に触れる行為だ。そして禁忌を犯せば、胤次と三胤は遺産相続の権利をすべて失ってしまう。

それは、単に一割分の相続権を失うということだけを意味するものではない。正胤が死んだ今、彼の遺産――つまり、志田幾郎の遺産を継いだ正胤の遺産、つまり八割分の遺産をも失うということを意味するのだ。

彼らだって当然、これがすぐに警察に知らせるべき殺人事件だと理解している。だが、その警察に届け出るために誰かが五覚堂を出た瞬間に、あるいは携帯電話で一一〇番を掛けた瞬間に、彼らはその莫大な相続権を失ってしまうことになるのだ。

胤次と三胤は、それを恐れている。

だから、警察には連絡を取らないのだ。少なくとも、遺言に示された三十時間が経過するまでは。

「でも、今は非常事態です。そんなふうに、遺言だなんだと言っている場合ではないんじゃないですか」

抗議する悟に、辻はしかし淡々と言った。

「申し訳のないこととは承知しております。しかしながら私も、先代から長らく信任を受け、この遺言の執行を厳命されている身です、弁護士という職務上も、たとえこのような事態になったとしても、なお遺言について厳格に運用しなければならぬものと考えているのです」

「………」

返す言葉につまる悟。辻は三角形の眉を片方だけ上げながら、なおも言う。

「今いかにするか。その直接の決定権は、当主の座を正胤様から相続された形となった胤次様にあると考えられます。また当然、三胤様も胤次様を補佐する立場にいらっしゃいます。そのおふたりが三十時間の経過を待つとご判断された以上、私といたしましても、そのご決定を左右できる立場にはございません。もちろん、現場はそのまま保存しておりますし、所定の時間が経過し次第、すぐ警察に来てもらうことになろうかとは思いますが」

「……解りました」

仕方ないという表情を浮かべつつ、悟は頷いた。

「ご納得をいただき、ありがとうございます」

深く頭を下げると、辻は続けた。

「ともかくも、これは先代から示された、時価総額にして数十億円という莫大な遺産の相続に関する手続きなのです。そして今ここにいるのは、多くがそれを受け取り得る立場の方々。非常事態ということは私も承知しておりますが、何卒《なにとぞ》手続きの重要性に鑑《かんが》み、ご理解をいただきたく思います。では」

4

——ここで、またもぷつりとビデオテープは途切れた。

それが、単にそこでテープが終わったのか、それとも意図的に終わらされているものなのかは解らない。だが十和田は、それが後者であると直感していた。

彼は、ソファの上で腕を組んだ姿勢のまま、それまでの一連の映像を反芻《はんすう》するように静かに頷くと、やがて、画面で荒れ狂う砂嵐にむけてゆっくりと長い溜息を鼻から吐き――。

「……なるほど」

鼈甲縁の眼鏡のブリッジを押し上げた。

「どうですか」

相変わらず、底知れない微笑を湛えつつ、神が問う。

「もうすでに、解ったこともあるでしょう」

「ああ、うん、そうだな」

十和田は、顎の無精髭をぞりぞりとなぞりながら答えた。

「今までの映像から、二点ほど読み取れることがあった。まあ、誰にでもすぐに解るようなことばかりだが」

「お聞きしてもいいですか」

「答えを知っている人間がそれをわざわざ尋ねるのは、嫌味というものじゃないのか」

「『嫌味』の概念もお持ちだったんですね。でもいいでしょう、それこそ、いつも十和田さんが周りの人間たちにやっていることですからね」

「そうだったか？　記憶にはないが」

十和田は、そんなことはどうでもいいのだとでもいう顔つきで、話を先に進める。

「まず一点目は、密室のトリックだ。大体解った。百合子くんが言っていたように、あのスライド式の鍵には、簡単な仕掛けが施してあった。このトリックによって、密室の偽装が可能となっている」

「百合子ちゃんの推理は正しいと」

「そうだ。彼女が言っていたように、すでに現場には十分にヒントがあったからな。それらを組みあわせて考えれば、スライド鍵を外から掛ける方法はすぐに見つかる」

「具体的には？」

「説明させるのか？　面倒だな」

言葉どおりのうっとうしげな表情をしつつ、十和田は続けた。

「スライド式の鍵というのがポイントだ。仕掛けそのものは単純だが、しかしこのトリックは、完成までにやや時間を必要とする。またこれも百合子くんも言っていたことだが、成功させるためには事前にかなりの練習と実験を要しただろう。それにしても、弾性を用いるというのは、目のつけどころとしてはなかなか面白い」

「固体には弾力性があります。金属や岩石、ガラス、それこそダイヤモンドにも」

「この場合にはとりわけ、ヤング率が小さく多孔質《たこうしつ》であることが重要となる。結果、このトリックに相応しい材質がまさにあれだったということになるわけだ。それから……」

不意に、十和田は黙り込んだ。

「どうしたんですか」

「……なあ神くん。僕は本当にわざわざ説明しなきゃならないのか」

「したくなければそれで十分ですよ。でも」

神は、一瞬の間を置いた。

「その推理にはひとつ瑕疵《かし》がありますね」

「ああ」

十和田は、あっさりと首肯した。

「君がいうとおり、確かにこの推理にはある問題が存在している」

ぞりぞりと顎をさすりながら、十和田は続けた。

「この事件が発生したのは、昨日、すなわち水曜日の未明、彼らが大広間に集まったのは、その後、同日午前六時のことだ」

「推論の根拠は？」

「三つある。時計と、悟の言葉と、日光だ」

十和田が、人差し指で天井を指差した。彼の指先はもちろん、天井ではなくその上、この五覚堂を今も燦々《さんさん》と照らす太陽に対し向けられたものだ。

「事件が発覚し、百合子くんたちが大広間に集められたとき、あの額縁の中の時計は六時を示していた。かつ、日光はあの『燃える船』の絵がある側、つまり日が昇る方向から大広間に射し込んでいた。加えて、悟の『一日も経たないうちに、こんなことが起こるなんて』という言動からは、彼らが五覚堂に来たおととい火曜日から二十四時間以内の出来事であることを示唆する」

「では、その推論の帰結は？」

「寒すぎる」

十和田は、一拍を置いて続けた。

「事件発生時に十分な温度が存在しないんだ。残念だが、これがトリック成立における致命的な障壁となる」

「つまり、推理は完成していない」

「そうだな。これが昼間ならば、何の問題も……」

「何の問題もない？」

「いや……おそらく十分な融点には達するが、にしても時間が足りない。うーむ」

十和田は、低い声で唸った。

「もしかしたら融点が固定しているという先入観そのものが錯覚だということなのかもしれないな。君がさっき言ったとおり、ダイヤモンドですら実際にはたわみを持ち得るのだからな。すなわち解はなお正しく、あとは抜け道を考えればいいだけのことだ。そしてそれは、必ずどこかにある」

「楽観的なんですね」

「楽観的でなければ、数学者などになるものか」

「全面的に賛同します。数学者として」

神は、嬉しそうに言った。

「お互い、天職に就《つ》けて幸せですね」

「そもそも数学者が職業と呼べるものであるかどうかは知らないがな。話を元に戻すが、二点目は、だとすれば、あの事件を起こしたのは、正胤でも万里でもない第三者であるということが推測できる」

「真犯人がほかにいる。なぜそう思われますか？」

「さっきも言ったとおり、トリックを施せば密室を作り上げることができるからだよ。正胤か万里が犯人なら、そんなことをする必要がない、という見方もある」

「鍵が細工されている事実そのものが、外部から関与する第三者の存在を示唆するということですね」

「加えて、別に真犯人がいるだろうという推測に関しては、何よりも強固な証拠がもうひとつある」

「その証拠とは？」

「……君だ」

十和田は、いかにも嫌そうな眼差しで神を指差した。

「今まさに、君が、僕に、この事件をビデオで見せていること。これこそが最大の証拠だ。もし正胤か万里が犯人だとしてあっさりと事件が完結してしまったら、話が続かないだろう？」

「そうですね、ふふふ。十和田さんの言うとおりです。おっしゃるとおり、こんなところで話を終わらせたりはしませんよ。私、こう見えて底意地が悪いですからね」

嬉しそうな神に、十和田が顔を顰めて言った。

「君の底意地が悪い？　嘘をふたつも吐くんじゃない。君は複雑だが決して意地は悪くないし、底だってまだ見せてはいないじゃないか。……ところで神くん。そんな意地悪ではない君にひとつ頼みがあるんだが」

「なんですか」

「この館の中を案内してくれ」

「案内？　今ですか？」

神は目をぱちぱちと瞬かせた。

「お渡しした見取り図だけでは不足ですか？　ビデオにはまだ先があります。それを見てからでもいいと思いますが」

「見るのは後回しだ。館について気になることがある。もう夕方だ、早くしないと暗くなる」

「せっかちですね、十和田さん。まだ三時を過ぎたばかりです。そんなに急がなくても……」

「馬鹿言うな」

十和田は、目を三角にして抗議する。

「思い立ったが吉日という言葉がある。それでなくとも着想はすぐ形にしないと消えてしまうものだということは、君もよく知っているはずだが」

「そうですね」

「それに、そんなに急がなくてもなどと言うがな」

十和田は、すっくと立ち上がると、神を促した。

「人間には、そもそもそんなに時間は与えられていないんだ。人生は長く見積もってもわずか七十万時間、四千万分、二十五億秒だ。そのうちの一時間、一分、一秒を無駄にすることがいかに罪であることか。だからすぐに案内をしたまえ。この五覚堂を。ほら、神くん、早く立つんだ、さあ、今すぐ」

5

気がつけば、一晩が明けていた。

眠い目を擦りながら一件書類から顔を上げると、すでに朝方の鋭い光が、窓から斜めに射し込んでいるのが見えた。

もう朝だ。集中しているときの一刻の、なんと短いことか。俺は伸びをすると、落ちそうなほどデスクの端に追いやられていた缶コーヒーに口をつけた。

昨夜から俺は、自分のデスクの前で一睡もすることなく一晩を過ごしていた。

不夜城と異名を取る中央官庁において、職場に泊まることはさほど珍しいことではない。大部屋では寝袋にくるまっている者や、徹夜でパソコンと向きあい続けている者もいる。彼らは日夜、抱えている仕事と向きあい格闘しているのだ。

だが、俺がこの夜を費やしていたのは、それらの理由からではなかった。

俺のデスクの上にあるのは、ある事件に関する一連の書類だ。太い背表紙にはこう書かれている。

――「志田家家政婦殺害事件」。

これはもちろん、デスクの引き出しに大事にしまっているあれとは別のものだ。発生時期は近しいが、その中身はまったくの別のもの——つまり、昨日毒島が持ってきた情報《タレコミ》がもたらした「志田幾郎の家で発生した、よく調べてみるべき、二十三年前の殺人事件」の一件書類である。

あのタレコミに、俺はひどく驚いた。

驚いたのは内容ではなく、女が述べた続く一言に対してだ。つまり——。

——警察庁の宮司司さんに、よろしく。もちろん、彼の妹の百合子ちゃんにもね。

戦慄した。なぜ、この女は俺と妹の名前を告げたのか？

もちろん、俺の名前をその女が知っていること自体は必ずしも不思議ではない。公人である俺の名前は出版物を調べさえすればすぐに解ることだからだ。だが妹は違う。社会では彼女の名前はまだ公のものではない。ましてや彼女と俺が兄妹であるなど簡単には解らない。

加えて、この電話がほかならぬY署になされたという事実。

Y警察署、ここは昨年のダブル・トーラス事件を管轄した警察署だが、そこに俺が関わっていたことを知る者など、ごく一部の警察関係者を除けばほとんどいないはずなのだ。

したがってこのタレコミには、いくつもの不審がひそんでいた。すなわち、女がなぜ俺と百合子の名前を知っていたのか、そしてなぜY署にその電話を掛けてきたのか。

そもそも、タレコミの主である女は何者なのか。

残念ながら、それらに関しては何も解らずじまいである。女は自分自身に関することをすべて煙《けむ》に巻いたままで電話を切ってしまっていたし、電話を逆探知する暇もなかったからだ。

とはいえ、それ以外の手掛かりがまったくないというわけでもない。

タレコミが示す情報そのものが、女に関する何らかの手掛かりとなり得るからだ。すなわち、女が問題にしていた志田家の事件を調べることで、女の正体や目的が解るかもしれない。

俺はとりいそぎ、その事件を当時管轄していた都内D署に連絡を取り、事件の関係書類を取り寄せるとともに、部下にも指示して、志田幾郎の最初の論文集――女が述べていたもの――を国会図書館から入手した。

こうして書類と書籍が、所轄の担当者と部下たちの手により、昨日夜には俺の手元に届き、そして――。

そこから十時間。

二十三年前の、まだオール手書き時代で読みにくい調書。さらには、志田幾郎の最初の論文集である『論文Ⅰ』の序文。寝るのも食うのも忘れてそれらを読み込むにつれ、俺にも漸く、その事件の全体像が理解できた。
つまり、事件はおおむね次のような形をしていた。

一九七七年。一月。

都内S区、その中でも特に落ち着いた高級住宅街D町の一画に、五百坪という桁外れに大きな敷地を持つ古い家があった。

表札に掲げられている名前は「志田周」。医療法人医周会の会長にして、日本医師会から政界まで影響力を持つ大物だ。

そんな志田周の家からD署に通報があったのは、その、氷点下近くまで冷え込んだ明け方のことだった。

――家に何者かが侵入したらしい。

その報《しら》せに、D署は機敏に動く。

志田家は、夜中に近くの派出所から定期的な巡回も行っているほどの要人宅。そこへの不法侵入となれば、D署のメンツにかけても放ってはおけない。

早速、当直の警察官が数人、志田家へと駆けつけた。

いくつもの部屋を持った重厚な平屋建ての家屋《かおく》。広大で由緒正しい日本庭園。警察官たちはもちろん、そんな古式ゆかしい家がいまだ都内に存在していたことにもびっくりしたのだが、何より彼らが驚いたのは、庭の中央に設けられた、錦鯉が何百と泳ぐ巨大な池に浮かぶ、ぶすぶすと燻《くすぶ》る小さな船だった。

志田周をはじめとする家人に事情を訊くと、彼らは口々にこう言った。

——庭池にはいつも和舟をひとつ浮かべている。人ひとりが乗れる程度の小さなものだが、どうやら家人が全員寝静まっている間に何者かが忍び込み、あの船に火をつけたらしい。

彼らが燃えている船に気づいたのは、夜中のことであった。

すぐに警察官たちは、薄氷を割りながら、庭池へと下半身をずぶ濡れにして入っていった。そして寒さに震えながら船を引き揚げると、すぐ家人の言葉が正しいことを確かめた。

船の上半分は炭《すみ》になり、底板を除いてほとんどが失われている。焼失には一定の時間がかかるから、火がつけられたのは確かに昨夜半であったのだろう。

また、それが煙草の吸い殻などによる失火でないこともすぐに解った。

なぜなら船からはガソリンの臭いがしたからだ。この小火《ぼや》は明らかに、誰かが船にガソリンを撒き、火をつけることにより発生したものなのだ。

しかも、それだけではなかった。

ガソリンの酩酊感を誘う臭いの中に混じる、強烈な刺激臭。

火事跡の見分の経験もあり、それが何かを知っていた警察官たちは、色めき立つと、すぐさまその臭いの発生源を探した。

そして、それはすぐに見つかった。つまり——。

白いカルシウム質。

炭化した毛髪。

紫か赤か黄色にぬめった肉の塊。

激しい炎に舐められ、変質したそれら。

警察官たちは険しい顔をあわせて頷いた。

人がひとり、焼死している。

しかもこれは単なる家宅侵入や放火などではない。

状況から、おそらくこれは、殺人事件だ。

形相《ぎょうそう》の変わった警察官たちに、あらためて事情を訊かれた志田家の人びとだったが、やがてそのうちのひとりがはっとしたように周囲に尋ねた。「ところで、優《ゆう》ちゃんはどこに行った？」

優ちゃん——柿崎《かきざき》優という名前の若い家政婦。彼女の姿が家の中のどこにも見えないということに気づいたのだ。

再び、戦慄が走る。

よく見てみれば、無残《むざん》な遺体の表面に残されていた布の破片――それはほとんどが炭化し、また表面がすすで汚れて判別もし難くなってはいたが――にうっすらと浮かぶ模様が、昨晩、彼女が着ていた衣服とよく似ているという。

警察官たちはすぐその散逸《さんいつ》した遺体を回収すると、司法解剖に付すべくB区にある監察医務院へと送付した。

またD署は、すぐさま人員態勢を倍増し、容疑を家宅侵入から放火、殺人へと切り替えると、周囲の捜索を開始した。志田家の人間の関与のみならず、もっと広く第三者の犯行が疑われたため、その捜索は広範囲、しらみつぶしに行われた。

その成果だろうか。はたしてその日の午前中には、D町内をうろついていた不審な男が見つかることになる。

右手にポリタンク、左手の麻袋には血まみれの肉切り包丁とライターを持ち、うわごとを呟きながらD町を裸足《はだし》で徘徊《はいかい》していたその気味の悪い男を、D署はすぐさま緊急逮捕した。

男の身元は、すぐに明らかとなった。

金澤要《かなざわかなめ》。五十歳になる彼は、医療法人医周会が経営する病院に入院している男だったのだ。

さらにその日の午後には、司法解剖の結果も報告された。

判別が極めて困難ではあったものの、歯科治療の跡などから、遺体は確かに志田家の家政婦である柿崎優であると断定された。年齢はまだ十九歳、富山に生まれごく普通の家庭に育った彼女は、高校を卒業すると同時に上京し、知り合いのツテにより志田家で仕事をするようになったという、可憐《かれん》な少女であったのだという。

そんな彼女の、いたましい最期《さいご》。

だが、司法解剖の結果は、単に彼女が燃やされたことのみならず、もっと恐ろしい事実を示していた。

柿崎優はいかにして殺されたのか?

それは——。

俺は、死体検案書の文章に目を走らせる。

検視官の手書き文字だ。きっちりとした楷書《かいしょ》で、沈着かつ几帳面な性格であることが見て取れる。だがよく見れば、その字がわずかに震えていることにも気づく。百戦錬磨の検視官ですら動揺を隠せなかった遺体の状況とは、一体どんなものか。

その下に並ぶ文字列を、俺は目で追う。

——死体の状況。四肢《しし》を肩甲骨、大腿部において断裂する創傷《そうしょう》。頭部を頸部《けいぶ》において断裂する創傷。腹部にみぞおちから下腹部までの五十センチにわたる切創。妊娠跡あり。十二指腸、小腸、大腸、両肺、肝臓、両腎臓、心臓に別添図のとおりの三十五ヵ所に及ぶ切創。頭部は眉上から後頭部にかけて頭蓋骨を切断。大脳が右脳、左脳に分断された跡あり。

――以上に基づき、本被害者の直接死因は出血多量によるショック死と思料。また、切創等の血液痕及び、手首及び大腿部と踝《くるぶし》の皮膚に残る縄縛痕等から、被害者は開腹の後死亡、その後四肢さらに頭部を切断された上で、焼損したものと推定。

――なお検視官補足意見（小職の権限逸脱と解しつつも一言付言）。これほどの死体はかつて検視したことはなく、したがって加害者に対しては極刑をもって断ずるべきものと思料。

「……いたましい」

それ以上、字面を追えなくなった俺は、死体検案書から一旦顔を上げると、眉根を揉んだ。

なんと凄惨な殺し方だろう。

俺もさまざまな事件を見聞きしてきたが、これほどの辱《はずかし》めを受けた被害者の遺体には、いまだお目にかかったことはない。なお書き以下で一言、付言せずにはいられなかった検視官の心情が、俺にはよく理解できた。

事件の被害者。まだ十九歳の少女。

彼女が受けたのは、身体をばらばらにされ、さらに炎で炙《あぶ》られるという仕打ちであったのだ。

書類には、事件以前に撮られたという柿崎優の写真も挟まっていた。おそらくは志田家の関係者が写したものだろう、色あせたマット地のカラー写真には、屋敷の門塀と門松とを背後に、三十過ぎくらいの痩せぎすの男と、中年の女性、そして彼らに挟まれた、屈託《くったく》のない笑顔の柿崎優が写っていた。

華奢《きやしゃ》な身体。細面の顔に二重《ふたえ》瞼の大きな瞳。化粧気のない純朴な笑顔。その口元から覗く、チャーミングな八重歯。

裏面には「お正月。八ヵ月。和夫さんと鬼丸さんと」と、彼女の筆記によるものだろうか、丸みのある可愛らしい書体で書かれていた。

日付は事件の十日前。つまり彼女はこの十日後に殺されたことになる。調書には、彼女が死亡時に妊娠していたことも記されていた。このときの彼女は、まさか十日後に悲惨な死を迎えようなどとは、夢にも思っていなかったに違いない。

それにしても――。

俺は、そのページをそっと閉じると、それから付箋を挟んでおいた別のページ、加害者である金澤要について、その出自と人生の概要を記した捜査報告書を開き、そこを再読する。

四国に生まれた金澤は、高校を卒業するとすぐに上京し、下町の町工場に勤め始め、ほどなくして仕事仲間の妹と結婚。だが、三十を過ぎたころから精神を患《わずら》い、会社を退職。その後、妻とも別れ、住居も失った彼は、最終的には医周会の病院に収容されることとなってしまった。

このとき、彼には強い妄想癖があり、自分をある種の神だと信じ込んでいたらしい。時には暴力衝動も見せたことから、病院では一貫して隔離病棟に暮らしていた。四国の実家からは入院費用を除く一切の支援もなく、それからの二十年近く、彼は病室の灰色の壁だけを見て孤独に過ごしてきたのだ。

そんな金澤が病院から脱走したのは、まさに事件の前夜のことだった。

当直の看護婦がたまたま、彼の病室の鍵を掛け忘れたことを奇貨《きか》として、金澤は病院を抜け出したのである。病院の倉庫から、ガソリンやライター、廃棄物として保管されていた肉切り包丁、タオル、ロープを持ち出した彼は、その足で夜半、ある場所へと向かった。

すなわち、自分を閉じ込めていた病院の理事長、志田周の家へと。

どうして金澤がそこへ向かったのか。あるいはなぜ彼が志田周の家を知っていたのか。詳しい理由はいまだ解らないままだ。というのも彼は動機について一切を口にしないまま、この世を去ってしまったからである。

だが、動機が何であれ、彼がD町を真夜中、裸足のままで志田家までの短くない距離を移動し、屋敷を囲う高い塀を乗り越え、不法侵入を図ったということは、残された状況からまず間違いのない事実だった。

たまたまそんな彼と遭遇してしまったのが、哀《あわ》れな柿崎優だったのだ。彼女の姿を見つけた金澤は、タオルを猿轡《さるぐつわ》代わりにして口をふさぎ、ロープでぐるぐる巻きに縛って身動きができないようにすると、志田家の広い庭の片隅で、彼女を殺害、解体するという凶行に及んだのである。

事を終えた彼は、庭池に浮かべてあった船に遺体を放り込んだ。そして持参したガソリンをまいて火をつけると、すぐ志田家を後にしたのである。

捜査報告書は、その後D町を徘徊している金澤を確保し、緊急逮捕したくだりをあっさりと記載しただけで終わっていた。だがその末尾にはさらに「爾後《じご》経緯」と題した書面が一枚、添付されていた。

当時の担当者が、事件のその後について関係資料を収集してまとめたその書面には、二点の記載があった。

ひとつは、金澤がその後T地裁で無期懲役の判決を受けたこと。本来ならばその凶悪性にかんがみ、死刑判決が相当と見られるような案件だが、無期懲役に軽減されたのは、逮捕後一貫して意味不明の供述を繰り返し、まともな調書すら残せなかった金澤に、心神耗弱《しんしんこうじゃく》が認められたためであること。

　そして二つめ。金澤はどうやら、心身が耗弱したまま刑務所に収監されると、ひと月もたたずに病死したこと。死因は心筋梗塞であり、これについては心不全の既往症が、収監のストレスにより増悪したためらしいこと。

　結局のところ、加害者による供述が十分でなかったこの事件は、状況証拠から判断される部分が多く、また有力者である志田周に配慮し広く報道規制が敷かれるなど、D署としてはかなりやりにくい事件であったことが、捜査報告書からもありありと見て取れるものだった。

　背筋を反らすと、俺は、椅子がきいときしむ音を耳にしながら、瞑目して、あの言葉を反芻する。

　――都内にある志田幾郎宅で起きた殺人事件です。あの事件をもっとよく調べてみてほしい。

　タレコミ電話の主であるその女がそう訝った理由。事件をじっくりと掘り返してみるに、今の俺にはその理由がなんとなく理解できていた。

　この事件、言われるまでもなく、あまりにも不審な点が多いのだ。

　例えば、加害者である金澤について。彼の行動が衝動的なものでありつつも、他方ではやけに高い計画性を有しているように見えること。

彼の目的は、ともかく志田家に何らかの害を為すことであったはずだ。彼の動機は、自分が閉じ込められていた病院、そこを経営していた志田家に対する逆恨みであっただろう。だから彼は、誰でもいいから志田家の人間を傷つける目的で、病院を抜け出ると、倉庫で必要なものを入手し、犯行に及んだのだ。これは極めて計画的な行動である。

にもかかわらず、彼は裸足で志田家に向かい、事後も逃げることなく、その周辺を放心状態で歩いているなど、あまりにも衝動的だ。

高い計画性と、そこに垣間見える衝動性。

この二つの行動は大きく矛盾してはいまいか。

あるいは、そもそも彼の残虐な行為そのものに、はたしてどんな意味があったのかということも訝しい。

金澤は、被害者である柿崎優を解体したうえで焼却しようとした。加害者の行動として、死体をバラバラにするというのはままあるが、通常は死体を分割し運びやすくするために行うもので、すぐ焼却するつもりだったのならその必要はない。そもそも腹を切り裂いたり燃やしたりといった行為が尋常ではなく、これらの行為が単なる逆恨みによるものであると言われても、容易には肯《うなず》けないのもまた事実だ。

一体、いかなる理由が、彼をしてそこまでの行為に及ばせたのだろうか。

さらには、捜査そのものが全体的にあっさりと終わらされていることもある。これだけの状況証拠が揃った事件であるからには、警察署として効率的に事件をまとめてしまいたいと考えるのは当然のことだし、時の要人宅における事件とあらば、あまり表ざたにもできない状況であったのは理解できる。

とはいえ、それにしても、あまりにも事件が中途半端に片づけられているような印象があるのだ。

すなわち、その背後に、何かの事情があったということなのだろうか。

だが——。

「ふうーむ」

それらの不審を、俺は溜息とともに一旦脇に置く。

不審は尽きない。だが一方で、これはあくまでも二十三年前、すでに終わっている事件でもある。

当時の事情など、今ではもはや知りようもないし、そもそもすでに公訴時効となっている案件である。タレコミの女がいくら訝ったところで、もはや警察にはどうしようもない事件なのだ。

そして——ややあってから。

俺は、デスクにある電話の受話器を取り上げると、外線発信から、ある電話番号をプッシュする。

ほどなくして、受話器が女の声で喋る。

『ただ今お掛けになった電話番号は、電源が切られているか、電波が届かないところにおられるため、掛かりません。ご用件のある方は、ピーと……』

がちゃ、と受話器を乱暴に置くと、俺はちっと舌打ちをした。

百合子はどうやら、携帯の電源を入れ忘れているらしい。何かあればすぐに連絡が取れるように、携帯を持たせているというのに、これじゃ意味がない。

もっとも、そんな文句など、午前様どころか帰宅すらしない日々を送る兄が言えたものではない。

だから、俺は思う。

百合子はきっと、大学の仕事中で、携帯電話の電源を入れられない状況にあるのだろう。ならば今日こそ、仕事を早めに切り上げて、百合子の大好きな栗まんじゅうでも買って帰ってやるか。

そう勝手に納得した俺は、とりあえず、溜息とともに目の前の書類をぱたんと閉じた。

6

「ここが小礼拝堂か。寒いな」

大広間を抜け、小さな部屋を経てから、小礼拝堂の扉を開けた十和田は、開口一番そう言った。

言葉のとおりに、ひんやりと冷気が淀《よど》む、五角形の小部屋。

薄暗い室内には明かりがなく、スリット状の窓から忍び込む光だけが、小礼拝堂の床をぼんやりと照らしていた。三時を過ぎた今、その色には黄色味が増している。

「氷点下ではないが、十度もないな」

口から白い息を漏らしつつ、十和田は、身体を竦めたまま小礼拝堂の壁沿いに顔をくっつけるようにして、ぐるりと右回りに歩き始めた。

そんな彼の後ろを、神が悠々《ゆうゆう》とついて歩く。

「困りましたか、十和田さん」

「ああ。盛大にな。だが予想どおりではある。ところで、死体がないな」

「ないですね」

「撤去したのか」

「あるのに見えないだけかも」

「しらばくれるな」

首を傾げる神を一瞥すると、十和田は言った。

「正胤は心臓を刺され、万里は首を切られて殺されたんだ。死体だけじゃなく、血飛沫やら血だまりだってひどいはずだ。きれいに片づけたんだろう」

「それも含めて、あるのに見えないだけかも」

「暖簾《のれん》に腕押しか」

苦笑しつつ、十和田は壁に指を這わせる。

「むき出しのコンクリートだな。コンクリートの断熱性能は厚さ一センチの段ボール紙にも劣る。それと」

小礼拝堂の扉を入って右側の壁面。

縦に開いたスリット状の隙間の前で、十和田は立ち止まる。

「この隙間だ。天井から床まで開いていて、幅は約十センチメートル。窓ガラスははめ込まれておらず、外気が直接入ってくる構造だ。これだと、昼はまだいいが夜はたまらんな。なにしろ天井も床も保温層がなく、隙間風がダイレクトに吹き込むんだからな。しかも」

十和田はいきなり、その隙間に自分の肩を押し込む。

「僕の身体でさえ、これ以上奥には進まない。この状態では確かに、隙間からの出入りは不可能だと言える」

腕だけは半分ほど差し込むことができたが、そこから先は、身体の厚みが邪魔をして、隙間をとおり抜けることはできなかった。

「壁にはほかに窓もなく、天井や床の開口部もない。つまり、入り口の扉が閉ざされてしまえば、ここは完全な密室となるわけだ」

「そうですね」

「つまり胤次の言葉に、嘘偽りはない」

「彼の証言には疑いがあったと？」

「そうとは言っていない」

十和田は、首を横に振りながら答える。

「人間の使う言葉は、ときに大きな錯誤を生む。その最大の原因は伝聞だ。言葉を裏づけるには、実際に自分の目や耳を使って確かめる必要もあるという、ただそれだけのことだ」

「自分の目や耳を使う。首肯しかねますね。論理に五感を持ち込むことで、見えないものを見てしまう危険性は？」

「あるな。だから数学に五感は不要だ。だが、理解の一助となることはある」

「そうでしょうか」

「君もあと十年も実地研究していれば、自ずと理解するだろう」

にやりと口角を上げた十和田に、神が眉を顰める。

「それは、私にも放浪の旅を薦めているということ？」

「二年間一緒にいて、君も十分にその意義を悟ったものだと思っていたが」

「意義はともかく、放浪はご遠慮します」

両掌を上に向け、やれやれと肩をすくめた神の語尾に、十和田が被せるように訊く。

「嫌か、放浪するのは」

「嫌じゃありません。ただ、理由がないだけです。逆に問いますが十和田さん、あなたが放浪する理由は？」

だが神の問いは無視したまま、十和田は再び扉の前へと戻ると、ノブ付近に目を近づけた。

「最大の問題が、この鍵だ」

そのスライド式の鍵を、指先でそっと押しながら、十和田は言う。

「金具が一部壊れているのは、胤次が強引に開けたせいだ。だがかんぬきは生きている。油もしっかりと差してあるから、大した力がなくとも簡単に動くが、とはいえ扉の遠心力で動いてしまうほどゆるいわけでもない」

「つまり、十和田さんの解は正しい」

「どうだろうな」

十和田は隙間に目を細めつつ答える。

「今言えるのは、さっきと同様、一点の障壁を除いて証明は完遂しているということのみだ」

「しかし、その障壁が高い」

「今の季節が夏だったら、問題はないんだがな」

「そうですね、ふふ、いっそのことここが南半球だということにでもしてみますか？」

「面白い発想だ。もちろんそうなればありがたいことだが、残念ながら、ここはれっきとした北半球だ。まだ冷え込む四月の、雪山の懐に抱かれた五覚堂において、その事実は動かない」

「動かないものを動かすにはどうすればいいか」

「そここそが問題解決の肝だ。ふうーむ」

腕を組むと、長い時間低い声で唸ってから、十和田は振り向いた。

「まあいいや。この場所でとりあえず解るべきことは解ったからな。じゃあ次に、大礼拝堂を案内してくれるか」

「ここか」

十和田は、その空間に足を踏み入れるとすぐ、腕を組んで、感嘆の声を上げた。

「部屋の形は、頂角百八度の二等辺三角形。正五角形をなしていた小礼拝堂とは似て非なる趣だ。床面に描かれたモノトーンの絵画。そして隙間から射し込む一条の光。確かにこれは、『大礼拝堂』と呼ぶに相応しい」

大礼拝堂の壁は、小礼拝堂と同じく一面無機質なコンクリートで構成されていた。部屋の左側の壁に一ヵ所だけ、縦長の隙間が開けられている。

隙間の幅も、小礼拝堂と同じく十センチ程度、天井から床まで一直線に開いた窓からは日の光が射し込み、薄暗い大礼拝堂を照らしていた。

「あの窓も、外と直接つながっているのか」

「ええ。ただのスリットですから」

淀みなく答える神に、なおも十和田は問う。

「小礼拝堂もそうだが、開口部に窓ガラスをはめないのには、どんな意味がある」

「貼られたレッテルを読めば、すぐに解ります」

「神《設計者》のみぞ知る、か」

苦笑する十和田に、神は言った。

「沼四郎のこんな言葉をご存じですか？　『自然光はガラスを通過した瞬間に、特定の波長成分を失い、本来持つべき要素の一部を大いに欠く。すなわち自然性を喪失する。それは、すでに人工物なのである』」

「知っているよ。かつて、著作を読んだからな」

「だとすれば、解は自明です」

「人工的な光が嫌われたということか。あるいは礼拝堂には自然光のみが求められるということか」

十和田は、天井を見上げた。

「だからこそ、大礼拝堂にも小礼拝堂にも明かりは存在しないというわけだ」

その天井には——先刻の小礼拝堂と同じく——照明の類はどこにもなかった。

「自然光ではない光は、ここでは許容されない」

「だから電灯を設《もう》けなかった。実に不便ですね」

「不便さよりも哲学を優先した、ということか」

「そんな哲学は捨ててしまうべきだと思います」

「いや、人間は哲学を持つからこそ生きられる」

「同意します。それが意味のある哲学であれば」

微笑みつつ、神は隙間からわずかに吹き込む風に、黒髪を押さえる。

「もちろん、この大礼拝堂の意匠が持つ価値は否定しません。閉ざされた空間に設けられた唯一の開口部。縦長のスリットから射し込む光は、まさに救いの手を象徴するものです」

「しかも、天界には決して手が届かないように、人間がこのスリットを通過することはできない。君、『光の教会』は知っているか？」

「もちろんです」

「茨木《いばらき》に建つ教会堂。そこにあるのは十字架状のスリットを設けた壁面だ。偶像崇拝を禁止するプロテスタントにおいて、装飾や像、壁画を排除した先に、このような簡素な意匠が誕生した」

「自ら輝く十字は、威厳《いげん》も生み出します」

「のみならず、射し込む日光自体が教会内に巨大な十字を作る」

「まさに、神の十字ですね」

「安藤忠雄《あんどうただお》の名を世界に知らしめただけのことはある。翻って……」

十和田が、大礼拝堂のスリットを指差す。

薄暗い部屋、その中央やや左に縦に開いたスリットからは、まるでコンクリートに囲まれ淀んだ空間に救いの手を差し伸べ浄化せんとばかりに、日の光が筋をつくり侵入していた。

「これだ。五覚堂は『光の教会』と似て、しかし非なるもの。例えば、ここに設けられた二つの礼拝堂は、少なくともプロテスタントのものではない」

「そうですね」

「キリスト教のものですらなく、特定の宗教を意図したものですらない」

「志田幾郎は無宗教でした」

「したがってこの礼拝堂も、礼拝をするためにつくられた宗教的施設と考えるよりも、彼自身の哲学が色濃く反映された空間であると考えたほうがいい」

「そこには設計者である沼の信念も反映されていたでしょう。彼はあのアーキテクチュアリズムの信奉者にして創始者であったわけですから」

「だからこそ訝しい。ここにあるのは確かに『礼拝堂』と名づけられた空間だが、その正体ははたして何なのか」

「……つまり？」

会話そのものが楽しい、そんな表情で小首を傾げた神に、十和田はかつかつと踵を鳴らして言った。

「ここは、彼らの哲学と信念に基づき、彼らのために作られた空間だ。十字架ではなく単なるスリット、部屋から排除された装飾。何のために使われた部屋なのかが、心から気になるところだな。……この点、手がかりとなりそうなものが、いくつかあるが……」

神がその内容を問う前に、十和田はすたすたと扉へと歩を進めると、扉の中央にある大きな金具に目を近づけた。

「まずはこれだ」

「鍵ですね」

「そうだな。これも破壊されてはいるが」

十和田はかくんと頷くと、眼鏡越しにその金具を見つめた。

「こいつは、小礼拝堂にあるのとまったく同じ形をしている。同型写像だ。だが比率《スケール》が違う」

十和田は、その大きなスライド式の鍵の長さを、親指と人差し指を伸ばして測る。

「二、三。ほぼ三倍だ」

「小礼拝堂のものよりも、大きいですね」

「大きいだけじゃない。このかんぬきは、小礼拝堂のものと異なり、容易には動かない。これは、鍵をかけるのにより多くの力を必要とするということを意味する」

「つまり、小礼拝堂の鍵に施されていたような仕掛けは、ここでは使えない」

「そうなるな」

「ところで十和田さん。鍵はなぜ相似形なのだと思いますか？」

「明確には答えられん。だが、おそらくは」

十和田は、鼻先でずり落ちそうになっている鼈甲縁の眼鏡をそっと押し上げながら、答えた。

「これも、ある種の自己相似だということだ。あるいは相似比率が意味を持つのかもしれないが……それはさておき、次の手がかりが、これだ」

「床絵ですね」

「そう。この二等辺三角形の内心を中心にした円形の絵。有名なエッシャーの『天国と地獄』、あれの巨大な複製《レプリカ》だな」

※ 図版5「エッシャーの『天国と地獄』」参照

床絵を斜め上から眺めつつ、近寄っていく十和田。

そのとき――。

「お」

十和田の右足が滑り、身体がぐらりと神に倒れる。

左足でたたらを踏み、すんでのところでバランスを取り戻した十和田の顔は――。

神の、すぐ横にあった。

図版５　エッシャーの「天国と地獄」

M.C. Escher's "Circle Limit IV"

至近で目があうふたり。

ぱちぱちと目を瞬きつつ、神は驚いたように言った。

「十和田さんでも、転ぶんですね」

「転んじゃいない。滑っただけだ」

すぐに十和田は、ずり落ちた眼鏡を押し上げた。

天国と地獄。その無限に続く天使と悪魔の床絵。十和田はそのわずかに濡れた表面でわざと右足を滑らせつつ、何事もなかったかのように続けて言った。

「見れば解るように、この絵は極めて強い自己主張を持つ絵だが、これははたして、何を意味するものなのか」

「私への質問ですか」

「そう捉えてもらって差し支えない」

「そうですか。ならばお答えします。これは……」

神は、もったいぶったように数秒を挟んでから、言った。

「『象徴』です」

「象徴？」

「そうです」

神もまた、十和田と同じように、その床絵に目を細めた。

「これは、施主《せしゅ》である志田幾郎が描かせたものです。つまりこれこそが、彼の内心の象徴」

「具体的に、何の象徴なんだ」

「さあ。何でしょうね」

「…………」

暫しの沈黙。

十和田がやがて、ぼそりと呟くように答えた。

「……『無限』か？」

神は首を横に振った。

「『有限に封じ込められた無限』です」

「双曲空間だからか。つまりこれは、有限円の中に封じ込められた、無限に続く自己相似だと」

「はい。言い換えれば、これは輪廻《りんね》です」

神が、口の端をわずかに上げた。

「輪廻にからめ捕られた人間は、決してこの空間からは抜け出せない。辺縁にいくほど距離が縮み、決して辺縁に辿り着けない。不可能なんです。人間が双曲空間の輪廻から解脱《げだつ》すること、つまり、算術の檻から脱出することなど」

「なるほど、算術の檻、か」

十和田は、暫し俯《うつむ》いたまま——。

ややあってから、神に問うた。

「なあ、神くん」

「なんですか？」

「もし君ならば、どうする？」

「何をです？」

「この算術の檻、つまり輪廻から抜け出るには」

「…………」

神も、暫し沈黙した後——。

ややあってから、答えた。

「掛けます。ゼロを」

7

再び、六時。

外は明るい。だがその日の光は、半日前に彼らがここに集まったときとは逆、手前側から、奥の壁の燃える船を照らすように射し込んでいた。

そんな大広間に、人々は集う。

これはまさに、半日前の再現。

ただ、人間の数が違っている。

男ひとり、女三人の、計四人。

瞑目したまま微動だにしない者。不安そうな顔で天井をじっと眺めている者。現実を遮断するかのように座り込み顔を伏せている者。窓際で物思いに耽っている者。だが彼らの誰もが、お互いを拒絶しているかのように、無言でいる。

そんな、時が止まってしまったかのような映像《シーン》。

だが時間は少しずつ、しかし確実に過ぎていく。

気づけば、わずかに針を進める長針。

そして、わずかな身動《みじろ》ぎをする人々。

そんな、長く短い五分が経過すると――。

――ばたん。

唐突に音がした。

その方向に、いち早く志田悟が顔を向ける。

向かって左側の扉が開き、対照的なふたり、太った男とやせた男が現れる。

大広間の中央に大股で入ってくる彼らに、それまでずっと顔を伏せて、ひざを抱えていた小山内亜美が、すっと立ち上がった。

「ねえ、一体何があったの？　教えてよ、どうしてあたしたちはまた、ここに集められてるの？」

搾《しぼ》り出すような声。だが——。

ふたりの男はそんな精一杯の問いに答えることもなく、ただ無言でちらりとお互いに視線を交わすのみ。

そんな様子に、亜美はなおもいらつきを顕わにする。

「大人さんはどうしたの？　胤次さんは？　どうしてほかに誰もいないのよ？　あの部屋で何があったの？　ねえ、黙っていないで、何か言ってよっ」

悲鳴のような訴え。

その荒らげた語尾には、さしもの鉄面皮でも隠しきれない彼女の本心が表れる。

そんな彼女に、ふたりの男のうちのひとり——太った男、湊亮が、意を決したように答えた。

「まずは落ち着いてくれ、小山内さん。いや、きみだけじゃない。皆、頼むから、落ち着いておれの言うことを聞いてくれ」

亮は、両手で一同を制しながら、一言一言を確かめるように言った。

「まずは経緯から話す。最初にあの部屋の異常に気づいたのはこのおれだ。便所に行ったその帰り、ふとあの部屋に行こうとして、扉が開かないことに気がついた。鍵が掛かっていたんだ」

「鍵？　なんで？　いや、そもそも湊さんはなんで入ろうとしたの？　あの部屋に」

「……特に意味はないが」

「そうなの？　でもあえてあそこに行く必要なんかないんじゃないの？　あんな、大礼拝堂になんか」

「そんなこと言われても知らん。単なる興味本位だったんだ、責められても困る」

「でも」

亜美のなじるような口調に、亮もまた苛々とした態度で答える。

「気持ちは解るが、とりあえず今は落ち着いておれの言うことを聞けって、さっきも言っただろうが」

「…………」

不承不承といった様子で、しかし亜美は黙した。

それを確認すると、ふうとひとつ肩で息を吐いてから、亮は続けた。

「……で、これはおかしいとおれは思った。だって、そうだろう？　窓は例の細長いあれだけだし、大礼拝堂に出入りできるのもあの扉しかないんだ。扉に鍵が掛かってりゃ、それは中に誰かがいるということになる。それに、こいつは一回目とまったく同じシチュエーションだ」

——一回目。

その単語に、ごくりと誰かが音を立てて唾を飲み込んだ。一回目とはもちろん、あのことだ。とすると——。

亮は胸のあたりを右手で握るように押さえた。まるで、今にも上ずっていきそうな自分自身に、冷静さを保つことを言い聞かせるような所作。息を整えると、亮は続けて言った。

「もちろん、扉をノックしてみた。『おい、誰かいるのか？』と、呼びかけもした。だが、返事はなかった。予想どおりだったと言うべきか、案の定と言うべきか。それでおれはすぐ談話室に戻ると、急いで辻さんにこのことを話したんだ。……そうだな、辻さん」

「左様でございます」

痩せた男——辻和夫弁護士が、一歩前に出た。

「湊様のお話には、私も面食らいました。最初は冗談かとも思いましたが、小礼拝堂での一件もございます。状況が状況ですので、私はまずご報告せねばと胤次様か三胤様を探しましたが、談話室にも、大広間にも、おふたりの姿はみえなかったのです。

そこで私は年長の湊様にご判断を仰ぎました」

「正直に言えば、仰がれても困ったんだよ。だが、胤次さんも三胤さんもいないんじゃ仕方ない。だからおれは、さっきと同じように皆をまずここに集めて、辻さんとふたりで五覚堂の中を調べることにしたわけだ」

青みがかった顔のまま、辻は無言で頷いた。

亮は続けて言った。

「それからだ。とにかくおれたちは胤次さんたちがどこかにいないかくまなく探した。談話室も、トイレも、そしてもちろん、遺体がある小礼拝堂も」

気が進まなかったがな——と、顔を顰めた。

「お義父さんと万里が死んでいるのを見ながら部屋を探るのは、本当に嫌なものだった。医師として人の死を見ることはままあるが、まさか義父と妻のあんな姿を目にするとは思ってなかったからな。だが結局のところ、それだけ嫌な思いをして探しても、小礼拝堂にはふたり以外には誰もいなかった」

「大人さんは？　大人さんもどこにもいなかったの？」

亜美が、声を裏返して問う。

亮が、顰めた顔のままで答える。

「ああ、どこにもいなかったさ。だから、ここにいる皆を除いた三人、つまり、胤次さんと三胤さん、そして大人くんは、大礼拝堂にいるはずだということになったわけだ。おれは辻さんと相談して、あの鍵の掛かった扉をこじ開けようと考えた」

辻が、さらに亮の言葉を引き取る。

「確かめる必要があったのです。皆さんが、はたして無事でいらっしゃるのかを」

不意に、じっと天井を眺めていた鬼丸八重が、呟くように問う。

「それで、あの扉、大礼拝堂の扉は開いたのですか？」

「ああ、開いたさ」

亮は、吐き捨てるように答えた。

「鍵そのものは小礼拝堂のものと同じ造りだから、きっと壊せるに違いないと。そう踏んだおれは、胤次さんがやったように、扉に何度も体当たりをした。そしたら」

亮は、両手でドアが開くジェスチャーを見せながら言った。

「案の定割とあっさりと鍵が壊れて、扉は開いた」

「で？　どうなっていたの？」

いきり立ち、亮につめ寄る亜美。

「大人さんは無事だったのっ？　大礼拝堂の中はどうなっていたの？」

「だから待て、落ち着けっつってんだろが」

「小山内様、湊様も、どうか今は冷静に」

怒鳴《どな》りあうふたりの間に割って入り、それぞれをなだめながら、辻は言った。

「お願いです、おふたりとも冷静に。私たちはこれから、ただ見てきた事実だけをそのまま申し上げます。ですからどうか小山内様も、何卒ありのままを受け入れてくださいますよう」

「ありのまま？　それって、どういう意味よ？」

「そのままの意味です」

「…………」

呼吸を落ち着かせた亮が、やがて辻の言葉を継ぐ。

「大礼拝堂の扉が開いた。中は薄暗かった。だが隙間から射し込む光で、部屋の中がどうなっているかは大体解った」

固唾を呑む一同。亮は、ぐるりと皆を一瞥すると、続けて言った。

「大礼拝堂は随分ひんやりとしていた。身体をちぢこませながら様子を窺うと、部屋の中央、あの変な丸い絵の中央に、何かが見えた。どうやら、そこに何人かの姿があるようだった。おれは慌てて、滑る床に気をつけながら駆け寄った。辻さんがおれの後ろに続いた。そして、近くまできたおれたちは……見た」

「見た？　何を？」

「三人が、倒れているのを」

無言のまま、悟が三角形の眉を顰める。

「そ、それって」

亮が、亜美から視線を逸らせたままで繰り返した。

「倒れていたんだ。胤次さん、三胤さん、そして、大人君の三人が」

「そ、そんな……」

亜美が喘ぐ。

「倒れていたって、も、もちろん寝ていたんでしょ？　怪我をして動けなかったんでしょ？　そうなのよね？　ねえお願い、そうだって言って」

だが——。

亮はそんな亜美に、非情にも首を横に振る。

「すまん。そのときにはもう、誰ひとりとして息をしていなかった。……死んでいたんだ。三人とも」

「嘘」

亜美が一歩後ずさる。すぐにその身体は、がくがくと震え出した。今にも倒れてしまいそうな彼女を、横から辻がそっと支える。

そのとき——。

「あの、湊さん」

窓際でじっと立ち尽くしていた宮司百合子が、亮に問うた。

「教えてください。胤次さん、三胤さん、大人さんの三人はどんなふうに亡くなっていたんですか？」

「…………」

亮はしかし、その問いにすぐ答えることはなく、口を真一文字に結ぶと、まず黙りこんだ。

言うべきだ。言わなければ。だが、言いたくない。そもそもどうやって言ったらいいかも解らない――彼の痙攣する眉は、そんな逡巡を雄弁に述べていた。

そして、十秒ほどの後――。

意を決したのか、漸く亮がそのときの状況を口にする。

「胤次さんと大人君は、どちらも床絵の上で、右目から血を流して倒れていた。ふたりとも仰向けだった。どうやら、何か鋭いもので、目から後頭部までを一突きされていたようだった」

「つまり、殺されていた？」

「……ああ」

ためらいがちに、亮は頷いた。

「三胤さんはその横でうつ伏せになって、口から血を吐いて、倒れていた。死んでいた。いや、死んでいたというか」

　亮は、まるで悪夢を振り払うかのように、頭の上で腕を何度も振りながら言った。

「自殺していた。三胤さんは、あのステッキを喉まで貫通させて自ら死を選んでいたんだ」

「ステッキ？　それって、あの？」

　顔を顰める百合子。

　亮は、胃の中の内容物をすべて吐き出すような、苦しげな顔で言った。

「ああそうだ。あのステッキだ。先っぽに釘みたいな鋭い突起が四つついている、三胤さん愛用のあのステッキだよ。たぶん、いやもちろん信じたくないが、三胤さんはあのステッキで、胤次さんと大人君の目を突いて殺したんだ。それからステッキの先

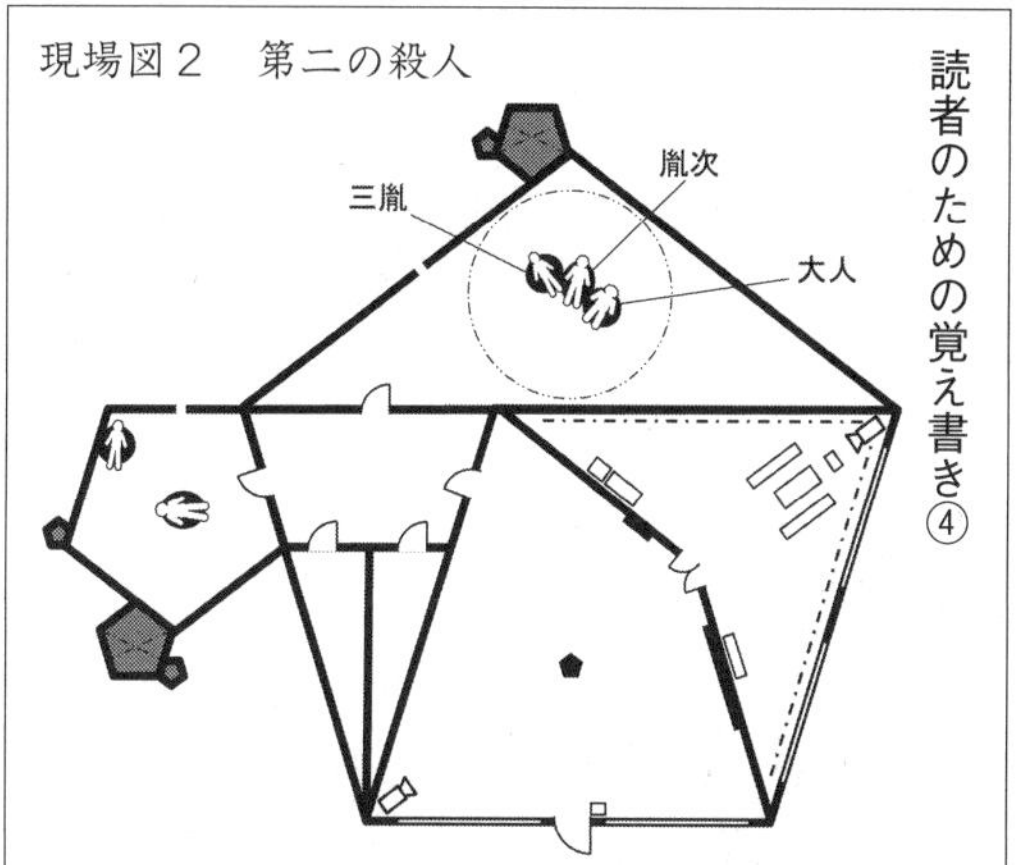

端を口に含むと、うつ伏せに倒れて自殺したんだよ」

第Ⅳ章　大礼拝堂の殺人

1

談話室の時計が、七時を回った。

薄暗い部屋の中、まんじりともしない時間を過ごしているのは、五覚堂に残された六人だ。

「……ねえ、一体どうしてこんなことになったのよ」

不意に、ソファの裏側に座り込んでいた亜美が、吐き捨てるように言った。

完璧なメイクも今はせず、髪もぼさぼさのままの彼女は、ヒールの靴も無造作に脱ぎ捨て、裸足《はだし》になっている。

「なんであたしたち、こんな目にあってんの？　どうして大人さんは死んだの？　あたしこれからどうなんの？　どうすればいいの？　まったく……こんなの、考えもしてなかった。とんだ番狂わせだわ」

いつもの丁寧な口調ももはや消え、そこには彼女の本来の性根《しょうね》が垣間見える。だが、そのことにあえて言及する者はない。

「誰か説明してよ、何か言ってよ。一体これ、どういうことなの？」

「やかましいぞ、ちょっと黙っててくれ」

苛ついた口調で、亮が答える。

「どういうことなのか、だと？　それが解れば何も苦労しないだろう。ましてやおれらがどうなるか、どうすればいいかなんて、そんなの誰に解るっていうんだよ」

「そんな言い方しなくたっていいじゃない。あっ、もしかしてあんた、何か知ってるんじゃないの？　当主になった正胤の娘婿なんでしょう？」

「知るもんか。そもそもお義父さんも万里も死んでるんだ。知りようがない」

「ふーん……っていうかあんたに訊きたいんだけどさ」

「何だよ」

「もしかしてあんた、本当はちょっとだけ喜んでるでしょ？　正胤のことを恨んでたって聞いてるよ？」

「な、何を」

あからさまに狼狽《うろた》える亮。

亜美は、狡猾《こうかつ》な表情でまくしたてる。

「図星だった？　でもあたし知ってるよ。あんたさ、医周会の後継者にしてもらう予定だったのに、仕事ができなくて外されそうになってたんでしょ？　それでなくたって、舅《しゅうと》ってのは嫌なもんだよね。だからあんたにとって、正胤が死ぬことは目の上のたんこぶがいなくなって、後継者の地位も安泰《あんたい》になることと同じ。願ったりかなったりだったたんじゃないの」

「ふ、ふざ、……」

ふざけるな、と怒鳴りたいのだろう。だが、亮の大きな身体は、ただ興奮に上下するだけで、大声が発せられることもない。

そんな亮の様子に、なおも亜美が調子づく。

「あっ、そう考えると万里が死んだのも好都合だよね。だって、正胤の資産は万里を通じてすべてあんたに相続される可能性が高いんだもの。しかもそれだけじゃない。胤次や三胤があんたにとっては志田家を仕切る上では邪魔な存在になるわけだし、ってことは……」

「だ、黙れっ」

亮の言葉が、漸《ようや》く形になる。

「それ以上、ふざけた、ことを、口走るな」

「…………」

ひと区切りずつ、殴りつけるような迫力のある亮の言葉に、さすがの亜美も気勢を削がれ、口を噤《つぐ》む。

そんな彼女に、ふー、と大きく肩で息をしてから、亮が静かに反論する。

「……まったく、よくもそこまで好き勝手が言えるもんだ。そもそもお前だって、おれのことをとやかく言える立場などにはなかろうに」

「……何が言いたいのよ」

「お前こそ猫を被っているって言ってるんだよ。いや、もう化けの皮もはがれたか」

「…………」

「全部知ってるんだぞ？　お前、大人君に取り入って、志田家の財産を狙っていたんだろう？」

「……ええ、そうよ」

亜美が不遜に顎を上げ、亮を睨む。

「でもそうだとして、それが何？　そうよ、あんたの言うとおり、あたしの目的はこの家の財産だ。それは事実。そのためにあたしは、手練手管《てれんてくだ》で大人さんに取り入ったんだしね。愚鈍《ぐどん》なあいつはすぐにあたしの虜《とりこ》になった。お陰で、あたしが志田家の妻の座に就けるのも、もうすぐだった。なのに……」

「ははっ、開き直ったな」

「開き直ったら何が悪いっての？　でも言わせてもらうけれどね、そんな女でも多少の愛情はあるの。あたしにとって、あの人、大人さんがとても大事な人だったのは事実なのよ」

「嘘を吐け」

「嘘じゃない。嘘でなんか、あるもんかっ」

唐突に、悲鳴にも似た声で叫ぶ。

「あたし、大人さんを好きになっちゃったんだよ。そりゃ、最初はなんて幼稚《ようち》で鈍くさい人だろうって思った。でも知りあってみて解った。あの人はすごく純粋な人なのよ。子供っぽいところもあるけれど、つきあっていくうちに、いつの間にかあたしのすごく大切な人になってた。もちろん、志田家の財産も大事だけど、大人さんも大事だった」

返す言葉に詰まる亮に、亜美の言葉。

真摯《しんし》さを含んだ、彼女はなおも続ける。

「だから……大人さんが死んだなんて、殺されたなんて、あたしは信じない。信じられない。でも大人さんは現にここにいない。これ、どういうことなの？　どうしてこんなことになったの？　あたしは、それが知りたいだけなのよ」

顔を伏せると、亜美は小さく嗚咽《おえつ》を漏らす。

亮もまた、呟くように言った。

「それは……おれもだ。あいつは、万里は、もしかするとおれのことを最後まで信用してはいなかったかもしれない。お義父さんの指示で、無理やりおれと結婚させられたようなものだったからな。だが、それでもおれは、万里のために、お義父さんに認められようと、精一杯努力したんだ」

「………」

再び、痛々しさを伴う沈黙が、談話室に淀む。

亮と亜美、彼らが取り乱すのも仕方がないことだ。なにしろ彼らは、配偶者と婚約者という大切な身内を失ったのだから。それも事故ではなく、おそらくは人の悪意が絡む事件によって。だから、彼らが行き場のない感情を爆発させたくなるのも、十分に理解ができる。

だが──。

そこに、誰もがあえて口にはしないが、誰もがやはりひとつの疑念を抱いていた。

それは本当に、彼らの本心なのだろうか？

それさえも、周到に用意された演技ではないという保証が、どこにあるのだろうか？

──なおも、静まり返ったままの談話室。

やがて、悟がふと思いついたように提案をした。

「あの、皆さん。いずれにせよもう、今のこの状況は僕らの手には負えません。無関係の宮司さんも巻き込んでしまっています。だとすれば、僕らはこの話を今すぐしかるべき方々に委ねるべきだと考えるのですが、どうですか」

「しかるべき方々？」

訊き返す亮に、悟は頷く。

「ええ。事件を解決する専門家の方々に」

「つまり、一一〇番するってことか」

「はい。それが今、最も適切な対応です。そうしなければいけません」

悟が、亮を促した。

だが彼はうんともすんとも言わず、ただ困ったような顔で辻を見る。

「そうすると、どうなる？」

視線を受けて、辻が答える。

「警察にご連絡をなさる行為は、もちろん遺言の禁忌に触れます」

「この期に及んでもまだ遺言だと言うのか。そんなに遺言だの禁忌だのは大切か」

亮の問いに、辻はただ淡々と頷いた。

「大切です。それを守ることが、志田家に長年お仕えをさせていただいた私の使命なのですから」

「うう、む」

呻く亮に、悟が言う。

「亮さん、今は遺産のことを考えている場合じゃない。人が五人も死んでいるんですよ？　この一件をすぐに警察に連絡して、事件の解明を彼らに任せるべきです」

「だ、だが」

「時間が経つと、それだけ手がかりも失われていくといいます。真相究明のためにも、今すぐ連絡を」

「ちょ、ちょっと待ってよ」

誰かが悟と亮の間に割り入った。それは――。

「警察？　それは絶対にだめ」

赤い目をした亜美だった。彼女はきっぱりと言い切った。

「警察には連絡しない。なぜならそれは禁忌だから。禁忌を犯せば志田家の遺産はなくなってしまう。そりゃあ、あたしに権利はないけれど、婚約はしていたから、相続は無理でも何がしか取れるはずよ。でも、そもそもの遺産がなくなってしまえば、それすらできなくなる。だから誰にも知らせない。そうでしょ？　あんただって同じ気持ちなんでしょ？」

「そ、そうだな」

同意を求められた亮が、ためらいつつも追従《ついじゅう》する。

「悟君の言うとおり、原因究明も大事だ。だが、遺言に示された三十時間も大事だ。うん」

「何を言っているんですか、ふたりとも。そんな場合じゃないでしょう？　まさか、事件もこのまま放っておくっていうんですか？」

憤る悟を、亮が宥める。

「まあ待つんだ、悟君。君の気持ちも解るが、遺産の行方も今は大事だと思わないか？　確かに三十時間は長い。だが残りの時間はもうあとわずかじゃないか。それくらいの時間、待つのもひとつの手だと思うぞ」

「で、ですが」

「よく考えて？　悟君だって、今後のことを考えたら、決して悪い話じゃないでしょ？」

亜美が悟に畳み掛ける。彼女の目には、もはや涙は浮かんでいない。

「大人さんが殺されたことに、あたしは本当にむかついてる。でも、ここで警察に駆け込んだら、それはそれで負けよ。だって、それだと私は大人さんもお金も失ったことになるじゃない。私はそんなのは嫌。絶対に認めない」

「……………」

もはや沈黙するしかない、悟。

辻が、おもむろに訊いた。

「皆様、警察にはご連絡をなさいますか？」

その問いに、誰も首を縦に振る者はいなかった。

結局――。

事件は五覚堂という箱に閉ざされたまま、ただ時間だけが、三十時間というゴールに向けて、緩慢《かんまん》に過ぎていく。

そんな中、百合子がふと、呟くように言った。

「……犯人、一体誰なんでしょうか」

その何気ない一言。弛緩《しかん》しかけていた一同に、再びぴりりと一条の緊張が走る。

大仰な咳払いの後、亮がその問いに答える。

「それは、さっきも言ったが三胤さんだよ。そう考えるのが合理的だと思うけれど、違うとでも？」

「いいえ、そういうのじゃないんです」

小さく口角を上げると、百合子は、続けて述べた。

「大礼拝堂では、胤次さんと大人さんが、どちらも右目を後頭部まで一突きされて殺されていました。凶器はステッキで、もうひとり、三胤さんがそのステッキを喉に突き刺して、やはり死んでいました。だから、亮さんが言っていたとおり、三胤さんがステッキで胤次さんと大人さんの目を突いて殺し、それからステッキの先端を口に含んで、うつ伏せに倒れて自殺したのだと、そう考えるのが、自然ではありません。それは確かです」

「だろ？　仮に胤次さんか大人君がやったのだとすると、ふたりは目から後頭部まで貫通するほどの重傷を負ったにもかかわらず、即死しなかったということになるが、これはさすがに無理があるからな。どっちにしろほかに解釈はないんだから、犯人が誰かなんて、もはや疑問の余地もない」

そうだ、そうに違いないと、首を何度も縦に振る亮に、悟が抗議するように言う。

「父さんが犯人？　まさか。父さんがそんなことをするはずありません」

「じゃあ、ほかの誰がやったと？」

「それは、……」

答えられず、沈黙する悟に代わり、百合子がなおも疑問をぶつける。

「わかりました。三胤さんが犯人だとしましょう。でもそうなると、三胤さんは、胤次さんと大人さんという、比較的体格のいいふたりを相手に立ち回ったことになります。あの病弱な三胤さんに、本当にそんなことができたでしょうか？　三胤さん、先日まで入院していたそうですし、まだステッキに頼るくらいだったんですよ」

「いやだからさ」

亮が、むきになって反論した。

「状況証拠ではそう解釈するしかないとおれは言っているんだ。もちろん三胤さんが病気がちだったのは知っているよ。だが、この山奥までひとりで来れるくらいまで体力は回復していた。それに、ステッキに頼ったと言うが、そもそも凶器になったのもあのステッキだ。ステッキに頼っていたんじゃなくて、それが凶器であることをカムフラージュするために持っていた、と考えるべきなんじゃないか？」

「ええ。確かにそのとおりですね」

百合子はにこりと口角を上げ、首を縦に振った。

「確かに亮さんのおっしゃることは筋がとおっていますね。納得しました」

「わ、解ったなら、それでいいんだが」

百合子の微笑みに、亮が気まずそうに視線を逸らせた。

もちろん、彼女のその微笑みに「反論の余地はあるが、あえて言わないでおく」という意味が含まれていることは、百合子自身しか知らない。

一拍を置いてから、百合子は再び疑問を述べる。

「では、大礼拝堂における殺人が三胤さんによるものだとします。では、小礼拝堂の殺人については、どう解釈したらいいでしょうか」

小礼拝堂の殺人――。

それは、正胤と万里が被害者となった第一の事件。

本当のところ百合子は、すでに悟にこっそり話をしたように、この第一の殺人に関するトリックを突き止めていた。だが、そのことにはあえて触れず、彼女は問いだけを一同に投げる。

「……む」

この問いに、亮はまた困ったように呻いたきり、口を噤んでしまう。

そんな彼に代わり、亜美が答える。

「それもさ、もう解ってるんじゃないの？」

「どういうことですか？」

「あのとき胤次が言ってたじゃない。万里が果物ナイフで正胤を刺し殺して、自分も首を切ったんじゃないかって」

「つまり、万里さんが犯人だと」

「そうよ。そう言ってるでしょ」

「ちょっと待て」

亮が会話に割って入った。

「万里がそんなことをするわけがないだろう。俺の妻は悪人じゃない」

「そうかもしれないけど、でもあんた、それ以外にどう考えるのよ？　これってさ、あんたの口ぶりを借りれば、まさに『合理的』ってことなんじゃないの？」

もはや、本性を押し隠そうともしない亜美に、亮は続けて言う。

「ご、合理的かどうかは知らん。でも考えてもみろ。事件は二つ、小礼拝堂だけじゃなく、大礼拝堂でも起きた。まずそれぞれの事件がまったく別個に起きたとは考えにくいんじゃないか？」

「どういうこと？」

「それぞれの事件に、別々の犯人がいるんじゃなくて、同一犯がやったんだろうってことだよ。そのほうが合……自然だ。そう、そうだよ」

亮が、ぱっと両手を広げて主張する。

「おれには解ったぞ。これはきっと、すべて三胤さんの仕業だ。叔父さんが小礼拝堂の殺人も、大礼拝堂の殺人もやったんだ。そうに違いない」

「ちょ、ちょっと待ってよ」

亜美が、不服そうに言う。

「それってまるで根拠がなくない？　勝手に話を進めないでよ。どうして三胤が四人も殺さなきゃいけないわけ？」

「そりゃあ、お前……あ、そうか。お前は知らないのか」

亮が、亜美のことを嘲笑《あざわら》うように言った。

「知らないなら教えてやるよ。三胤さんはな、志田家のつまはじきなんだよ。昔から身体が虚弱《きよじやく》で、上のふたりとは違って頭も悪く、性格も偏屈《へんくつ》だった。結婚もせず、子供がいないから養子を取らざるを得なかった。エリート揃いの志田家では、まさに鬼子扱いだったってな」

三胤は、未婚？　初耳だ。妻とは死別と聞いていたが、どういうことだ？

怪訝に思う百合子の隣で、亜美が答える。

「確かに初めて聞くわね。でもそうだとすると、三胤は、実の兄ふたりを恨んでたってこと？」

「そうだよ。大いに恨んでいたと思うな」

「でもさ、だからって殺す？」

なおも疑わしげな亜美に、亮は言う。

「ああそうだよ。殺したんだよ。現に皆殺しにされたじゃないか。そりゃあ、それほどのことをする気持ちはおれには理解できん。だがその理解できないほどの仕打ちを、三胤さんは受けてきた。それほどに恨みつらみは深かった。だから殺した。つまりそういうことなんだよ」

亮はひとり腕を組むと、勝手に納得した。

だが、そんな彼に——。

「すみませんが、亮さん、僕もそれは違うと思います」

悟が再び、静かな口調で抗議をする。

「は？　違う？　何が違うんだ悟君」

「父さんは、そんな人間じゃありません。そのことは僕が一番よく知っています。確かに僕は、父さんが正胤伯父さんと胤次伯父さんの愚痴《ぐち》を言うのを何度も聞いたことがあります。でも父さんは、そういう不満の一切を胸に収めて、残り少ない余生を、できるだけ平穏に過ごしたいとも言っていました。あのときの、落ち着いた声……僕なら解ります。あの口ぶりに嘘はありません。だから、そんな父さんが凶行に及ぶわけがないんです」

「ははっ」

亮は、両掌を上に向けて言う。

「そりゃあ、口では何とでも言えるからな。だが三胤叔父さんの心の底では、沸々《ふつふつ》とどす黒い何かが蠢《うごめ》いていたんだ。人間の情念とはそういうものだ。さすがの君でも、そんな腹に一物ある人間の言葉は見抜けまいよ」

「確かに、そうかもしれませんね。でもそれならば、逆に亮さんにお訊きしますけれども」

悟が、きっぱりとした口調で亮に問いを投げる。

「仮に、父さんが殺したいと思うほど正胤伯父さんと胤次伯父さんを恨んでいたのが事実だとして、その子供である万里さんや大人さんまで殺す必然性はどこにありますか？」

「それは……うん、恨みを持っている人間の子供だ、同様に恨めしかったってことじゃないのかね。坊主憎けりゃ袈裟《けさ》まで憎いと言うだろう」

「でも一方で、亮さんと亜美さんは殺されませんでしたよね？」

「む」

悟の追及に、たじろぎながらも亮は答える。

「そ、それはだな……そう、おれたちは血がつながっていない、血族じゃないからだ。だから殺されなかった」

「坊主憎けりゃ袈裟まで憎いのに？」

「そ、そんなの、どこまでが袈裟なのかだけの問題だ。おれたちは単に袈裟じゃなかったってことだろうよ」

ふん、と鼻から息を出しながら答える亮に、今度は亜美が問う。

「でもさ、三胤が正胤と万里も殺したとしてもさ、ひとつ大きな問題が解決してなくない？」

「問題？　なんだよそれは」

「密室だったんでしょ、小礼拝堂は」

「あっ……」

「三船はどうやって、あの密室をつくったっていうのさ？　あんた、それをどうやって説明するの？」

「そ、それは」

さしもの亮も、この問いには咄嗟《とっさ》に答えられず、漸く数秒の後、言った。

「な、何かのトリックを使って、密室に偽装したんだよ。ああ、そうだ、そうに違いない」

「トリックって、どんなものよ？」

「知らん。大方、時間差で鍵が掛かる仕組みか何か、とか」

「答えになってない。具体的には？」

「しつこいぞ。知らんって言ってるだろう」

「知らないなんてなおさら答えになってないでしょ？」

「うるさいうるさい。知らんもんは知らん」

亜美の厳しい追及に、亮はいい加減な答えだけを繰り返していった。

亮、亜美、そして悟。彼ら三人が、そんなひと悶着《もんちゃく》を繰り広げている間――。

じっと、百合子は佇《たたず》んでいた。

佇み、そして考えていた。

トリックは、ある。私は知っている。

だから、三胤が犯人だとは限らない。

いや、おそらく三胤は犯人じゃない。

だが、そのことを百合子は言えない。

むしろ、決して口にしてはならない——そんな雰囲気を、十二分に感じ取っていた。

だから百合子は、何も言わず、じっと黙考だけを続けている。

そんな彼女の傍に——。

「……まさか、志田家がこんなことになろうとは、わたくし、まったく思いもしませんでした」

いつの間にか、鬼丸が立っていた。

志田周、幾郎、そして正胤と、三代に亘《わた》る長い期間を家政婦として仕えた老女。彼女が、悲痛な表情を浮かべつつ、そっと百合子にだけ聞こえる声で、話し始めた。

「志田家は由緒正しき名家でございます。それであるがゆえに、数多の政争に巻き込まれたと聞いています。それこそ、お家断絶の危機もありましたし、燃える船の悲劇もありました。ですが志田家は、幾多の危難を乗り越えて、ようやく二十世紀の終わりまで存続してきたのです。それが、この期に及んでまさかこんなことになろうとは。わたくし、本当に信じられません」

「…………」

顔にいくつもの皺を刻みつつ、顔を伏せた鬼丸。

彼女は、志田家に長く仕える家政婦だ。百合子が思う以上に、志田家に対する忠誠心や思い入れは深く、なおのこと、志田家を襲ったこの悲劇を受け入れがたいのかもしれない。

だが――。

一方で、百合子は聞き逃してはいなかった。

今、鬼丸が発した、燃える船という言葉。

だから百合子は、鬼丸に尋ねる。

「あの、鬼丸さんは『あの絵』が何なのか知っていますか？」

「あの絵？」

きょとんとした表情で、鬼丸が顔を上げた。

「あの絵とは、どの絵のことですか？」

「大広間に掛かっている絵のことです」

「ああ、あの白黒の大きな絵のことですか。あれは五覚堂竣工《しゅんこう》当初から、あそこに掲げられているものと聞いていますが、詳しくは存じません。でも、それがどうかしたのでしょうか？」

「あの絵には、題名があるんです。『燃える船』という」

「燃える、船？　まさか」

目を丸くした鬼丸に、百合子は言う。

「はい。さっき鬼丸さんは『燃える船の悲劇もあった』とおっしゃいましたよね？　あの絵にはまさに、その悲劇と同じ題名がつけられているんです。鬼丸さん、そのもしよろしければ、もう少し詳しく教えていただけませんか、その悲劇のことを」

「……………」

逡巡しつつ、やがて鬼丸は、「……部外の方に申し上げるのは、はなはだ恥ずかしいことではあるのですが」と前置きして、言った。

「二十三年前の冬のことです。D町にあった志田家のお屋敷で、その悲劇は起きました。それは、私の同僚でもあった家政婦が惨殺されるというものでした」

「惨殺……ということは、殺人事件？」

「ええ、殺されたのはお屋敷に来てまだ二年にも満たない若い女の子で、妊娠もしていました。犯人は彼女を殺害すると、死体をお屋敷の庭の池に浮かべてあった船に放り込み、船ごとガソリンを掛けて燃やすという暴挙に出たのです」

「ひどい」

「船は燃え上がり、遺体は焼けました。広いお屋敷で、炎が延焼しなかったのと、奇跡的にお腹の赤ちゃんが生き残ったのだけは、本当に幸いでしたが」

「だから、燃える船とおっしゃったのですね。それで、犯人は？」

「すぐに捕まり、その後、獄中で死んだと聞いています」

「つまり、事件は解決している……」

「ええ。当時当主だった志田周様も、このことはくれぐれも他言無用とおっしゃりました。ですのでわたくしどもも、どなたにも申し上げることもなかったのですが」

「ふうむ」

唸る百合子。もちろん納得しているわけではない。

二十三年前の、燃える船の悲劇。

大広間にある、燃える船の絵。

この二つの事実が示すのは、単なる偶然の妙《みょう》なのだろうか。それとも、何かの因縁が存在していることの証左なのだろうか。

考え込む百合子に、やがて鬼丸は、ふと思い出したように言った。

「もしかして、これは何かの暗示というものではないのでしょうか」

「暗示？　どういうことですか」

「あの絵は、先代がわたくしどもに何かを伝えようとして掲げたものなのではないか、そんな気がしてならないのです」

「つまり、あの絵は志田幾郎さんの遺言だと？」

「ええ」

鬼丸は頷いた。

「先代はそれは優秀な方でしたが、口下手で、人と接するのも苦手で、何と言いますか、人嫌いなところがございました。亡くなられた奥様と知り合われたのもお見合いでございましたが、あまり仲よくされていたことはありませんでしたし、正胤様をはじめとするお子様がたとも、少し距離を置いて接していらしたように思います。もちろん仕事はきちんとなさっていましたし、公的な場での社交を嫌がるお方でもありませんでしたが、一方では『こんな仕事はできればしたくない、ましてや政治家になどなりたくない、本当はぼくは研究に没頭したいのだ』とわたくしにぼやかれたこともあります。孤独を好まれていたのです」

人嫌いの幾郎がぼやくくらい、鬼丸は十分に信頼されていたのだろう。とはいえ幾郎が孤独を好んだというのは本当だろうか。それは本当に、彼が望んでいたことなのだろうか。

「ですが、先々代のご期待は大きく、先代の望みは叶いませんでした。だから先代は密かに悩まれていたのでしょう。そんな葛藤の最中に起きたのが、あの燃える船の事件でした。先代はショックだったに違いありません。自分の家の中で起きた凄惨な事件、しかも殺されたのがあの優ちゃんだったのですから……そして、このことが引き金になったのでしょうか、それ以降、先代は自室に引きこもられてしまったのです。医師としてのお仕事も、数学のご研究もすべてを投げ出され、お部屋から出ることもなくなってしまいました。先々代の周様には、ゆくゆくは幾郎様を政治家にしようとのお考えがあったようですが、何しろ当の幾郎様がそのような有り様でしたから、結局はお諦めになったと聞いています」

「ある意味では、二十三年前の事件が志田幾郎さんと志田家にとっての転機となったわけですね」

「左様でございます。ただ、先代は数年ののち、今度は哲学者としてその才能を如何なく発揮されるまでに社会復帰をされ、周様が亡くなられてからは、志田家当主としての業務もつつがなくこなされるようになりました。結果としてお家も安泰となったわけです。そのような経緯《いきさつ》から、わたくしは思うのです。そのことに関わる何かの教訓を、先代はあの絵をお掲げになることで、わたくしどもに伝えようとしたのではないか、と」

「ふむ、なるほど……」

相槌を打つと、百合子は目を閉じる。

口下手だったという志田幾郎が、志田家の転機を象徴し、暗示し、伝えるために掲げた絵。

だがそうであったとしても、ならば彼が伝えようとしたこととは何だったのか。もしかすると――。

二十三年前の殺人事件。

殺された若い家政婦。

そして、燃える船。

これらのことは、あるいはまさに百合子の目の前で起きた、二つの殺人事件とすら、何らかの因果関係を持ち得るのではないだろうか？

だとすれば、この絵の持つ本当の意味とは、教訓のような端正なものではなく、もっときな臭《くさ》く、より生々しい何かなのではないだろうか？

――そういえば。

百合子は、ふと思い出し、鬼丸に訊く。

「……鬼丸さん、あの小礼拝堂の殺人現場に、スポンジが落ちていたとおっしゃっていましたよね？」

「ええ。申し上げました」

「直接確認してないので、鬼丸さんに訊くのですけれど、それ、もしかして、表面にぽつぽつといくつも穴が開いていませんでした?」

「えっ」

鬼丸が目を丸くした。

「は、はい、確かに開いておりましたが」

「その穴、スポンジの全面に開いていましたね」

「そ、そうです」

「そして、各面に開いている穴は九つで、すべて正方形。真ん中に開いている穴はとりわけ大きかったはずです」

「そこまでは覚えていませんが、言われてみればそんなふうだった気もします。しかし、どうしてそれを?」

「やっぱり。それ『メンガーのスポンジ』です」

「めんがー?」

「ええ」

百合子は頷いた。

「一次元におけるカントールの集合を三次元に拡張したものです。自己相似性を有し、表面積は無限大なのに体積はゼロになっているという、変わった立体ですね。もちろん、こんな図形は現実には存在し得ないので、鬼丸さんが見たというスポンジは、あくまでもこれを模《も》したものだろうとは思いますが」

「え……え……？」

聞き慣れない単語群。目を白黒させる鬼丸に、百合子はにこりと微笑む。

「突然変なことを言ってしまってすみません。でもそのスポンジがメンガーのスポンジだとすれば、きっとそれも、大きな意味を持っていると思うのです」

「は、はあ」

困惑した表情の鬼丸をよそに、百合子はひとり、心の中で考える。

小礼拝堂には、メンガーのスポンジ。

大礼拝堂には、エッシャーの双曲空間。

談話室には、バッハのフーガやシマノフスキのソナタ、そしてシェルピンスキー・ガスケット。

大広間には、ヒルベルト・カーヴ。

そして――。

燃える船《バーニング・シップ》。

「これって、やっぱり……」

百合子はそこから、ひとつの帰結を導き出す。すなわち——。

——数学。

それは、複雑な世界の中に隠れつつ、その世界を律する原理原則、対称性、法則性、規則性、これらを導き出す学問。

そのための道具として計算や数式、理屈や論理が存在しており、すなわち数学とは、これらの道具を駆使して、世界からその隠れた骨組みを掘り出すためにあるのだと、百合子は考えている。

だとすれば——。

もし、事件を数学的に捉えたとき。

今、この五覚堂に顕在《けんざい》しているこれらの共通項には、一体、いかなる骨組みが隠されているのか。

もっとも、ある意味で、それはすでに明白になっている。

それは、つまり——。

「宮司様、少しよろしいでしょうか」

「…………」

「宮司様？」

「あっ、ごめんなさい」

鬼丸の再三の問いかけに、ようやく百合子は答えた。

「考えごとをしていました。どうかしたんですか」

そんな百合子に、鬼丸は言った。

「あ、いえ、わたくしこそ、一生懸命お考えのところをお邪魔してしまって申し訳ないのですが、その、わたくし、実は……聞いていただきたいことがあるのです。ほかでもない宮司様に」

「聞いてほしいこと？　私にですか」

「左様でございます。お見受けする限り、宮司様は大変に頭の回転が早いお方です。であれば、わたくしが見聞きした、あのおそろしい現象についても、もしかすると何かの答えを出していただけるのではないかと思いまして」

「おそろしい現象？」

「はい」

鬼丸は、神妙な表情のまま頷いた。

「もしかすれば、なんとも馬鹿馬鹿しいこととお笑いになるかもしれませんけれども……実はわたくし、見てしまったのです」

「何をですか？」

「人魂《ひとだま》をです」

「ひとだま？」

百合子の声が大きくなる。

耳のいい悟が、ちらりとふたりのほうを見る。

鬼丸はすぐに「しっ」と言って人差し指を唇に当てると、声のトーンを下げて続けた。

「……そう。人魂でございます」

「人魂って、その、あれですよね、霊魂というか、幽霊というか、オバケというか。とりあえず、どういうことか詳しく説明してもらえますか」

「はい」

鬼丸は、顔を斜め上に向けると、記憶を言葉へと変換していく。

「昨日、深夜のことでございました。目が覚めたわたくしは、お手洗いに行こうと、勇気を振り絞り、談話室から出て大広間を横切っていたのです。ふと、窓の外に視線をやると、わたくし、そこで見てしまったのでございます。窓の外を、緑がかった光が、右から左に、ゆうらゆうらと飛んでいくのを」

「それは、つまり」

――人魂。

唐突なオカルトめいた話。

面喰らった百合子は、ややあってから漸く気を取り直したように鬼丸に訊く。

「ええと、それは明るい光でしたか？」

「いいえ。たどたどしく、ぼんやりとした、かなり弱い光でした」

「建物からどのくらいの距離を飛んでいたかは、解りますか？」

「遠近感がなかったもので、はっきりとはしませんが、おそらくは建物から十メートルくらい離れたところで、高さは地面から一メートルくらいのところを飛んでいたと思います」

「それが、右から左に、飛んでいた」

「はい。ゆらゆらと揺れながら」

「うーん」

百合子は腕を組む。

話を聞いて最初に考えたのは、それは、何かの見間違いではないのかということだった。

そんな深夜にこの五覚堂の周辺までくるような人間はいないだろうし、だとすれば大広間の窓ガラスに反射した照明の光を、鬼丸が人魂と勘違いした可能性のほうが、明らかに高いからだ。

だが鬼丸は、そんな百合子の内心を表情から読んだのか、目を眇めた。

「お疑いになっていますか？　見間違いではございませんよ。わたくしはっきり見たのです。あれはれっきとした人魂でございます。間違いありません」

「疑ってはいません。でも鬼丸さんは、その正体が何かを確かめはしなかったのですね？」

「確かめてみるなど、まったく思いもよらないことでしたから。そのときのわたくしはもう、怖くて怖くてたまらなかったのです。そもそも、外に出ることが禁忌でございましたし、出たところで、真っ暗な上に、下手をすると転んでしまうかもしれません。ですから、正体を確かめるなんて、できようはずもなかったのです。しかも、おかしなことはそれだけではないのです」

「それだけじゃない。どういうことですか」

鬼丸はなおも神妙な顔で言った。

「人魂を見てしまい、おそろしくなったわたくしは、その後すぐに談話室に戻り、部屋の隅で震えておりました。なにしろあんなことがあった後です。きっとあれは亡くなった志田家の方々の無念の魂に違いない、そう考えておりました。とその瞬間、建物のどこかで、音が鳴ったのです」

「音？　どんな音ですか？」

「何かが裂《さ》けるような音です。『ピシッ』という音。それも何回も。『ピシッ、ピシ

ッ、ピシッ』」

ピシッ——。

「……それは、大きい音でしたか？」

百合子の問いに、鬼丸は首を横に振る。

「いいえ。壁の向こうで鳴っているような、くぐもった音です。ですから皆さん、各々談話室でお休みになっておられましたけれども、その音に気づかれた方もいらっしゃらないようでした」

「…………」

「そんな音まで聞こえてしまい、わたくし、目をぎゅっと瞑《つむ》ると、必死になって念仏を唱え続けたのでございます。そうこうしているうちに、何もないまま、また眠ってしまったのでございましょうか。気がつくと朝になっておりました」

「うーん」

——ラップ音、という現象がある。

死者の霊魂によって引き起こされるという、一種のポルターガイスト現象で、ぽきぽきと何かを折るような音だったり、ドアのノック音だったり、あるいは家屋がきしむ音だったり、あるいは、ピシッと何かが裂けるような音だったりする、らしい。

もちろん、言うまでもなく、これは科学的に確認あるいは立証された物理現象ではなく、単なるオカルト、勘違い、または詐話《さわ》の類であり、いつもならば一笑に付すべき話だ。

だが——。

百合子は、もう一度、鬼丸の話を反芻《はんすう》する。

建物の外を飛んでいた人魂。

その直後に鳴ったラップ音。

この二つを見聞きしたという鬼丸の表情にはもちろん、百合子を騙《だま》してやろうというような悪意は微塵も見当たらない。

だとすれば——。

「……まさか」

そんなこと、あるはずないじゃないか。

心の中でつまらない妄想を笑い飛ばす。

だが——。

彼女はふと、二つのことに気づく。

ひとつは、背筋を立ち上る薄気味悪さに、無意識に二の腕を抱《いだ》く自分がいることに。そして——。

「…………」

じっと様子を窺うように無言で身体を百合子に向けている悟が、すぐそこにいたことに。

2

役所の一室。

苛立つ気持ちを抑えきれず、俺は、デスクの上を人差し指でとんとんと忙しなく叩いていた。

百合子が昨夜――家に帰ってこなかった。

T大の大学院生である妹。彼女がゼミでさまざまな仕事を任され、それらに忙殺されているのは知っている。一晩くらいは外泊しなければならない場合があることも知っているし、突然そうなることがしばしばあるのも知っている。現にこれまでも、彼女が急に泊まり込みになったことは何度もあった。

だが、そんなとき、百合子は必ず俺に連絡した。

基本的には電話で。それが難しい状況ならばメールで。高々一晩でも、帰宅しないことで俺が心配するということを知っているからこそ、百合子は必ず俺に連絡をくれた。これこれこういう理由で、どこどこに泊まって、いついつにちゃんと家に戻るから、心配しなくていいよ、と。

そう、だから俺はこれまで、渋々ながらも妹の外泊を認めてきたのである。にもかかわらず――。

百合子は昨晩初めて、俺に無断で外泊をしたのだ。

昨晩、俺が栗まんじゅうを手に帰宅したとき、家に百合子の姿はなかった。どうやら彼女はまだ帰ってきていないようだった。もっとも、百合子の帰宅が俺よりも遅くなるのはよくあることだ。俺は先に夕食を済ませてしまうと、前日の徹夜疲れもあってか、ついうとうとと目を閉じた。ほんのうたた寝だ。だがそのつもりが、ふと気がつくと、朝の六時になっていた。

ところが、その時間になってもまだ、百合子は帰ってこなかったのだ。

家の電話への着信も、携帯電話へのメールもない。当然、書き置きのメモもない。

俺は途端に心配になった。なぜ百合子は帰ってこないのだろう。もしや何かあったのだろうか。まさかとは思うが、彼女の身に、何かよからぬことが起こったのではないか？

すぐに百合子の携帯に電話を掛けてみる。

だが、どうも電源が切られているらしく、何度掛けても、スピーカーの向こうでは昨日と同じ定型文が流れるだけだった。なぜ電源が入っていないのか。電池がなくなったのか？　それとも——。

いてもたってもいられなくなった俺は、まだ早朝だということを承知しつつも、百合子の研究室にも電話を掛けてみた。

幸いなことに、ゼミには人がいた。

助教授だという稲葉《いなば》という男が、飄々《ひょうひょう》とした調子で俺に言った。

『宮司さんですか？　今はいませんねー』

「いないのか？」

『ええ、昨日から一日中ゼミを不在にしています。教授からは、宮司さんたちはお休みだと聞いていますが』

「は？」

俺は、素《す》っ頓狂《とんきょう》な声を上げた。

「休み？　なんでだ」

『さあ。僕には学生のプライベートに踏み込む権利はないので、なんとも』

「む……そうか」

『ご用件はそれだけですか？　では、これで』

心の中で舌打ちしつつ、電話を切ろうとした俺は、そのときふとある違和感に気づき、慌てて再び受話器を耳に押し当てた。

「あ、ちょっと待て」

『なんですか?』

「稲葉さんといったか、君、さっき妹は休みだと言っていたが」

『はあ、確かに言いましたが』

「確かこういうふうに言ったな。『宮司さんたちはお休みだ』……『たち』っていうのはどういうことだ? 休んでいるのは百合子だけじゃないのか?」

『あー、えーとですね、その——』

稲葉が急にしどろもどろな口調になる。

何か隠しているのか? 俺は低い声で訊く。

「君、何か知っているな?」

『それは、なんと言いますか、えー』

「百合子と一緒に休んでいるのは誰だ」

凄《すご》みを利かせる俺に、観念したのか、暫く間をおいてから、稲葉は答えた。

『……同級生です』

「何人だ?」

『ひとりです』

「ひとりか。そいつは男か？　それとも女か？」

『……男です』

──男、だと？

俺の目の前にさっと黒いカーテンが下りる。

「その男と、百合子は何をしている」

『さ、さあ、そこまでは』

「何も知らないのに、なぜそこまで狼狽《ろうばい》するんだ。隠しているとためにならないぞ」

『…………』

やがて稲葉は、諦めたように答えた。

『一緒に小旅行、だそうでして、ハイ』

「しょ、小旅行だと？」

ぽとり、と受話器を落とす。

遠くから聞こえてくる、『でも志田君は、そういう相手ではなく……も、もしもし、どうしたんですか、もしもーし？』という声は、もはや俺の耳には入ってこなかった。

俺の脳裏に渦巻くのは、ただひとつ。

稲葉が言った、台詞。

つまり、これは――。

男。一緒。小旅行。

無断外泊。しかも男と。

「馬鹿なっ」

思い返すほどにとめどなく湧《わ》き上がる苛立ちに、俺はデスクの足をがつんと力いっぱいに蹴った。

だが――。

「ぐっ」

デスクを支える鉄の角柱はびくともせず、ボワーンと長閑《のどか》な音色《ねいろ》を響かせるだけで、結果として損をしたのは、ただ俺の足だけで終わる。

情けない気分に苛まれつつ、俺は、その痛む箇所をさすりながら盛大な溜息を吐いた。

まったく――どうにもならん。

とりあえず仕事場には来てみたものの、朝からこんな調子では、少なくとも百合子の居場所と無事が確認できるまでは、まるで仕事にもならないぞ。

だが俺は、必ずしも単に百合子が男と無断外泊していることに苛ついているのではなかった。

おととい、毒島から聞いた、あのタレコミ。

その主である女は、俺の名前とともに、百合子の名前も告げていた。まさかとは思うが、そのタレコミと、百合子の初めての無断外泊との間に、何か関係があるような気がしてならなかったのだ。

考えすぎかもしれない。杞憂《きゆう》なら杞憂でいい。百合子はたまたま、何かの事情で俺に電話できずにいるだけだ。同行している志田とかいう男とも、女のタレコミとも無関係に。だが――。

微妙に、俺の首筋がざわつく。

今さら気づいたからだ。その苗字に。

「ちょっと待て……『志田』？」

――コンコン。

不意に、扉を誰かがノックした。

びくりと身体を震わせた俺は、慌てて背筋を伸ばすと、わざとらしく咳払いをひとつ打ち、何事もなかったかのような表情で扉の向こう側に低い声を投げた。

「……どうぞ」

言うや否《いな》や、扉がガチャリと開き、そこからひょっこりと男が顔だけを覗かせた。

「失礼しますッ」

その、愛嬌のあるブルドッグ顔。

「おはようございます、宮司警視正ッ」

「あー……なんだ、君か」

毒島だった。俺は、安堵とも呆れとも区別のつかない溜息を吐きながらも、「まあ入れよ」と言って、毒島を部屋に招き入れる。

一旦後ろを向いて、几帳面な所作で扉を閉める毒島に、俺は椅子に座りながら訊いた。

「おとといの今日でまた東京くんだりまでやってくるなんて、君は暇なのか？　仕事はどうした」

「暇じゃないですよ。ただ平和なだけです」

にやり、と口角を上げて、毒島が答える。

「花火さえ上げなければ、Y署管内は爺婆《じじばば》が農作業ばかりしているような土地柄ですからね。落ちついたものですよ」

「と言いつつ、最近はそんなシニアが陰惨《いんさん》な事件を起こしたりするじゃないか」

「そりゃあ、たまにはそんなこともありますよ。でも今はほぼ開店休業状態です。そのお陰か、さわちゃんのお肌も絶好調」

「まったく、口が達者な奴だな」

苦笑する俺に、毒島はソファにどかりと腰掛けた。この男は日に日に階級を無視して厚かましくなっているような気がする。

「それに、今日僕がここに来たのは本当に本当の仕事ですよ。警察庁《サツチョウ》、県警《ホンチョウ》も交《まじ》えた打ち合わせがあるんです。まあ、午前中だけですけど」

「珍しいな。広域捜査か？」

「そうですね。まあ、それを言い訳にして、出張旅費の消化を幹部がしているという噂もあります。僕はその随行」

「そうか、そいつはご苦労なことだ。……ほれ」

俺は、ストックしてある缶コーヒーを投げた。

おとといと同じくそれを片手でキャッチすると、毒島は、まるで野球選手の守備を思わせる流れるような動作で、プルトップを開けた。

ごくごくと喉を鳴らして缶コーヒーを呷るブルドッグに、俺は問い掛ける。

「で、気になってるんだろう？」

「何のことです？」

「いつもとぼけてばかりじゃあ能がないな。解ってるんだぞ、気になっているのは。さもなくばわざわざ俺の部屋を訪ねる理由なんかないからな」

「そうですか？　僕にとっては、警視正の部屋が一番落ち着くってだけの話なんですが」

「部長級の部屋で落ち着く主任級なんか見たことないぞ」

「じゃあ、僕が最初のケースってわけですね」

「ああ言えばこう言うだな」

俺は苦笑しつつも、真顔で訊いた。

「で？」

「はい」

毒島は、今度は素直に返事をすると、居住まいを正した。

「確かに気になってます。あのタレコミの件。その後どうなりましたか」

やれやれ、漸く話が前に進む。

脚を組み、その膝の上に手を置くと、俺は言った。

「色々と調べてみたよ。D署にも協力してもらってな。ひとつ申し訳ないが、あれは君の所轄外の事件になるから、立場上、俺が君に一件書類を見せたりするわけにはいかないことは納得してくれよ」

「もちろん解っています」

「だが口頭でなら色々話せる。実はな、ちょっと興味深いことが解ったんだ」

「どんなことですか？」

毒島が、身を乗り出す。

「例の二十三年前の事件、あれな、タレコミの女が言ったとおり、確かにちょっと複雑な背景があった。俺の見立てとしても冤罪《えんざい》だった可能性が高い」

「冤罪？　それ本当ですか」

俺は「ああ」と頷くと、先を続ける。

「もっとも二十三年前の事件では、今さらどうしようもないことだ。被疑者もすでに死んでいるからな。とはいえあの事件には、不可解な点がかなりあった。時の有力者の家で起こった事件という背景を考えれば、D署に何らかの圧力が掛かった可能性も高い。だが何より臭うのは」

「臭うのは？」

鼻をひくつかせる毒島に、俺は言った。

「論文だ」

「……論文？」

毒島が首を傾げた。その五分刈り頭から、たくさんのクエスチョンマークが放射状に飛び出している。

そんな毒島に、俺は説明する。

「志田幾郎の論文だよ。つまりあの家で事件当時、当主の後継者だった男が、事件から三年を経過し哲学者となってから書いた一冊の本だ」

「そこに、何か書かれていたんですか」

「そうだな。うん」

俺は、若干言葉を濁す。

「まあ、もちろん単なる偶然かもしれんのだがな。意図せずしてそうなることもあり得るわけだし。だが、ああもはっきりと書いてあるのでは、たまたまだとは言い切れない、とも言える」

「はあ」

ぴんとこないという表情だ。

だが俺は構わず続ける。

「とにかくだ。そういったことを踏まえても、やはりあの事件は冤罪だった可能性が高いということになるんだよな」

「なんだかよく解りませんが」

困ったような顔をしつつ、毒島は言った。

「いずれにしても、それなら大問題ってことになりますね。警視正も言われたとおり、今さらどうしようもないことだとは思いますが、しかるべき報告はしておかないとまずいんじゃないですか」

「そうだな。だがまあ、この件についてはもう少し調べて、確証が得られてから対応を考えるつもりだ」

「そうですか」

小さく息を吐いた毒島に「あー、ところで毒島君」と言った。

「話は変わるが、君にひとつ協力してほしいことがあるんだが」

「協力？　なんですか」

「君、携帯電話の場所を探知できる知り合いはいないか？」

「携帯電話の探知ですか？」

毒島が、額に皺を寄せた。

「そりゃまあ、いなくはないですけど」

「おお、それはよかった。実は、個人的にとある端末が今どこにあるか調べたいんだが、その知り合いに探知をお願いすることはできないか？」

「えっ？」

困惑するような表情を、毒島は見せた。公職にある者の職権乱用的な申し出なのだから、当然といえば当然だ。だが——。

「無理にとは言わん。でもお願いしたい」

ここは是非とも、無理をとおしたい。

毒島はうーんと長く唸ってから、答えた。

「まあ、あくまで内密でってことであれば、できるとは思います。あまり気乗りはしませんけど……」

「助かる。ちなみに時間は掛かるか？」

「基地局のログをたどるだけなので、さほど時間もかからないかと。ッていうか警視正、誰の携帯の場所を探り出そうとしているんです？」

「そいつは、うん、ちょっと言えないな」

俺は適当にごまかした。

「事件がらみですか？」

「事件がらみといえば、あー、まあそうとも言える」

「ふうん？」

目を細め、疑惑の視線を送る毒島。俺ははぐらかすようにまくし立てる。

「まあ、とにかくだ。ちょっと君のそのツテで、今現在その携帯電話がどこにあるか、場所を探知してほしいんだよ。内密に。頼むよ。な？」

両手をあわせ頭を下げた俺に、毒島は慌てて言う。

「やめてくださいよ警視正、そんな頭を下げなくても警視正にはいろいろご恩があるんですから、ノーと言うはずがないじゃないですか。でも、最近は個人情報の問題云々ありますから、あくまでも内密ってことでお願いしますね」

「解ってる。ありがとう」

「じゃあ、早速ですけど番号は何番ですか？」

俺は、どんな数字よりも濃密に暗記している十一桁の番号を述べた。

毒島はその番号を素早く手帳に書き留めると、すぐに自分の携帯電話から何者かに電話をした。

そして――。

「……すぐ調べてくれるそうです。三十分ほど待ってくれと」

「そうか、本当に助かるよ。ありがとう」

「お礼なら、そいつにあった機会にでも、直接言ってやってください」

「そうだな。しかし、よく引き受けてくれたな」

「『本当なら正式な依頼状がなきゃやらんが、毒島の頼みならやってやる』って言ってました」

「持つべきものは友だな」

「ありがたい人脈ですよ」

もちろん、そうそう都合のいい人脈が築けるものではない。これも毒島の人徳がなせるわざか、それとも人懐こい犬ならではの特技か。

「そういえば」

毒島が、思い出したように言った。

「なんだ?」

「百合子さん、無事ですか?」

「なっ?」

唐突な一言。

俺はどきりとしつつも、動揺をひた隠しにして言う。

「どうしたいきなり。妹がどうかしたか」

「ほら、例のタレコミですよ。女が言っていたじゃないですか。『妹の百合子ちゃんにも』『よろしく』って」

「む」

すぐには何も言えず、俺は無意識にじっとりと汗のにじんだ額を手で拭う。

毒島は、缶コーヒーの残りをずるずると音を立てて啜りつつ言う。

「なんで女はあんなことを言ったんでしょう。なんだか気になるんですよね。いや、僕なんかよりも、警視正が気にならないわけがないと思いますけれど……ああッ」

毒島がいきなり、手をぽんと打った。

「なんだよ突然」

「解りましたよ」

「な、何がだ？」

「さっきの番号」

毒島が、人差し指を立てた。

「あれ、妹さんの携帯番号ですね？」

「む」

「もしかして、連絡が取れないとか？」

「…………」

すぐには言葉を返せずに、視線を逸らせる。

そんな仕草をごまかすように、俺は胸を張り、わざと上官風を吹かせて言う。

「だったとして貴様、それが何だと言うんだ」

「別にどうとも言いませんよ。妹さんが心配だっていう気持ちは僕にも十分理解できますから」

「…………」

「あんなタレコミもありましたからね。でもまあ、妹さんと連絡が取れないこととは、あまり関係ないと思いますよ。たぶん、男とこっそり旅行にでも行っているんじやないですか」

「ぶ、毒島、貴様なぜそれを？」

うろたえる俺に、むしろ毒島が驚いたように目を見開いた。

「ええっ？　すみません、ただの冗談だったんですけど、まさか……えーと、本当にそうなんですか？」

「………」

「あのー、そのー……なんかすみません……」

「いや、いいんだ……」

ふたりとも無言になった。

やがて毒島が、申し訳なさそうに言う。

「警視正の妹さんって、おいくつでしたっけ」

「二十三だ」

「院生でしたよね。T大の」

「修士《M》課程の二《2》年生だ」

「頭、いいんですね」

「お陰さまでな。俺とは似ていなくてよかった」

「いえ、よく似てると思いますよ。……それにしても、二十三ですか」

回想するように目を細める、毒島。

「なんだよ、いきなり遠い目をしやがって」

「いや、実はですね、僕にも女兄弟がいるんです」

「そうなのか」

「ええ。歳が三つ離れた姉です。ふたり姉弟なんですよ」

毒島は指でVサインをつくる。

「ふうん」

「姉はですね、昔からすごく優等生で、親の言うこともよく聞くいい子だと、近所でも評判だったんです。弟の僕が言うのもなんですが、美少女としてもちょっとばかり有名でして」

「なるほど、君とはまるで似ていないんだな」

「まあ、否定できませんね」

「で、そのお姉さんがどうかしたのか」

「はい。姉がですね、あるとき初めて親に反抗したんですよ」

「反抗。何をしたんだ」

「男と外泊したんです。親に無断で」

「…………」

絶句する俺に、毒島は言った。

「もちろん親は激怒しましてね。帰ってくるなり姉はこっぴどく叱られました。でも姉は、反省するどころか『私ももう大人なんだからね』と言い放つと、家を飛び出してしまったんです」

「……家出か」

「そうです。で、そのまま、無断外泊した件《くだん》の男の家に転がりこんで、それからというもの、ずっとそっちで暮らすようになってしまったんです」

「その男というのは？」

「今の姉の旦那です」

「なるほど、結果的には丸く収まったというわけだ。で、この話の落ちはなんなんだ」

「はい。実は……姉が無断外泊をして、家を飛び出したのが、まさに二十三のときだったというわけでして」

「ぐ……」

聞かなければよかった。

がっくりと肩を落とす俺に、毒島は言った。

「あ、あの、つまりですね、僕が言いたいのは、誰でも大人になるってことなんです」

「んなこた解ってるよ」

「いいえ、解っていません。やきもきする気持ちも解りますけれど、それはもう、なんというか、否が応でもあらがえないというか、自然の摂理というか、致し方のないことなのではないかと思うわけですよ、僕は。つまり僕の言わんとしているのは」

「うるせえ、つべこべ言うな」

俺は、手を振って毒島を制止した。

「解ってる。解ってるよ。だが百合子は違う。絶対に違う。そりゃあもう、大人かもしれないが、違う。断じて違うぞ。貴様の姉とは違う。たぶん」

「そうですね」

にっこり、と毒島が笑顔をつくった。

「何が言いたい」

「いえ別に何も」

そのブルドッグ顔が無性に腹立たしい。

畜生《ちくしょう》。犬風情がそんな憐《あわ》れむような表情で俺のことを見るんじゃないよ——。

「…………」

「…………」

「なあ毒島巡査部長」

「なんですか警視正」

「今夜、時間あるか」

「……ヤケ酒ですか」

「知らん。だが暇か」

「えーと、その……」

脅迫するような口調の俺に、毒島が申し訳なさそうな顔で頭を下げた。

「すみません。傷心《しょうしん》の警視正にとことんおつきあい申し上げたいのはやまやまなんですが、実は先約がありまして」

「先約？　何の約束だよ」

「はい。実は今日、午後から休みを取って、海釣りに行く予定なんです」

毒島はそう言うと、くいっと竿を上げるジェスチャーを見せた。

「釣りか。君にそんな趣味があったとはね」

「趣味というかなんというか」

なぜか頭を掻きつつ、曖昧に答える毒島。俺はなおも訊く。

「ひとりで行くのか？」

「いえ、署長とです」

「ああ、毛利さんか」

「はい。署長が昨日、僕のところに来ておっしゃったんです。『いいかい、毒島君。熱い心も大事だが、刑事に必要なのは、まず冷静さだよ。それを養《やしな》うためにはどうすればいいと思う？　釣りだよ釣り』」

毛利署長の口真似だ。無駄によく似ている。

「それで、一緒に？」

「ええ。なんでも今は新月の大潮だから、たくさん釣れるらしくって」

「連行される、と。だから俺とはつきあえない」

「そういうわけです」

すみません――と再度頭を下げた毒島に、俺は言った。

「謝る必要はないよ。俺よりも直属の上司とのコミュニケーションのほうがはるかに大事だからな。それに、休んで釣りに行くとは言っても、どうやら限りなく業務に近いもののようでもあるしな」

「そうですね。とはいえ、決して夜釣りが楽しみじゃないってわけでも、必ずしもないような気がするんですけど、たぶん、多少は」

「どっちだよ」

――ピピピピピピ。

毒島の胸ポケットから、甲高い電子音が鳴り響く。

「あ、すみません」

素早く携帯電話を取り出すと、毒島は後ろを向いて電話に出た。

はい、はい、なるほど、などと相槌を打ちつつ、手帳に素早くペンを走らせながら、数分。

毒島は携帯を切ると、俺のほうを向く。

「誰だ？」

「さっきの友人です。妹さんの携帯電話の電波のログが確認できたそうです」

「そうか。で、携帯は今どこだ？」

毒島はメモを指先でなぞりながら言う。

「とりあえず一週間分遡って調べてもらったので、時系列で言うとですね、まず、昨日まではずっと都内にあったようです。が、昨日の早朝からはかなり早いスピードで線路沿いを北上しています。どうやら新幹線に乗ったようですね。ただ、電波の捕捉が途中でできなくなったそうで、ログは一旦、そこで途切れています」

「どこで途切れた」

「A県です。東北ですね。途切れた地点は県庁所在地の駅周辺だそうです」

「A県か」

まだ雪が残る、寒い地方だ。

基幹駅でログが切れているとなると、百合子はその周辺にいるということだろうか？

考え込む俺に、毒島はなおも言った。

「あ、警視正。話はまだ続きが。実はですね、その後一瞬だけ電波が捕捉された記録があったそうです」

「なんだとっ」

俺はどんとデスクに手をつくと、身を乗り出した。

「それはいつ？　どこだっ？」

「時刻は昨日の深夜。今朝の午前二時と言ったほうがいいでしょうか、場所は、基地局からすると、A県B町の山奥の方だそうです」

「B町だって？　県境じゃないか」

そして、同じA県内でも、在来線とバスを使わなければ行くことのできない辺境である。

そんなど田舎にいるのか、百合子は。

だが、どうしてそんなところに？

「毒島君、細かい住所は解るか？」

「はい、もちろん聞き取ってます」

「そうか。よし」

俺は、椅子から立ち上がると、ハンガーに掛けてあったジャケットを乱暴にはぎ取り、そのついでに鞄の中に志田家家政婦殺害事件の一件書類も突っ込んだ。

「あれ警視正、どちらへ？」

「決まってるじゃないか。行くんだよ、そこに」

「えッ、これからですか？」

毒島が派手に驚いた。

「当たり前だ。今はまだ十時だ。すぐ出発すれば、十分間にあう。遅くとも午後四時には着くだろう」

「それはそうですけど、でも……仕事は？」

なおも困惑したような表情の毒島に、俺は、ジャケットの袖に手を通しながら、言い放つ。

「仕事？　そんなもの知るか。今は百合子の危機だ。それより優先すべきことなんかないんだよあるものか。……というわけで行ってくるぞ。あ、毛利さんにもよろしく伝えてくれ。……じゃあな」

図版6　メンガーのスポンジ

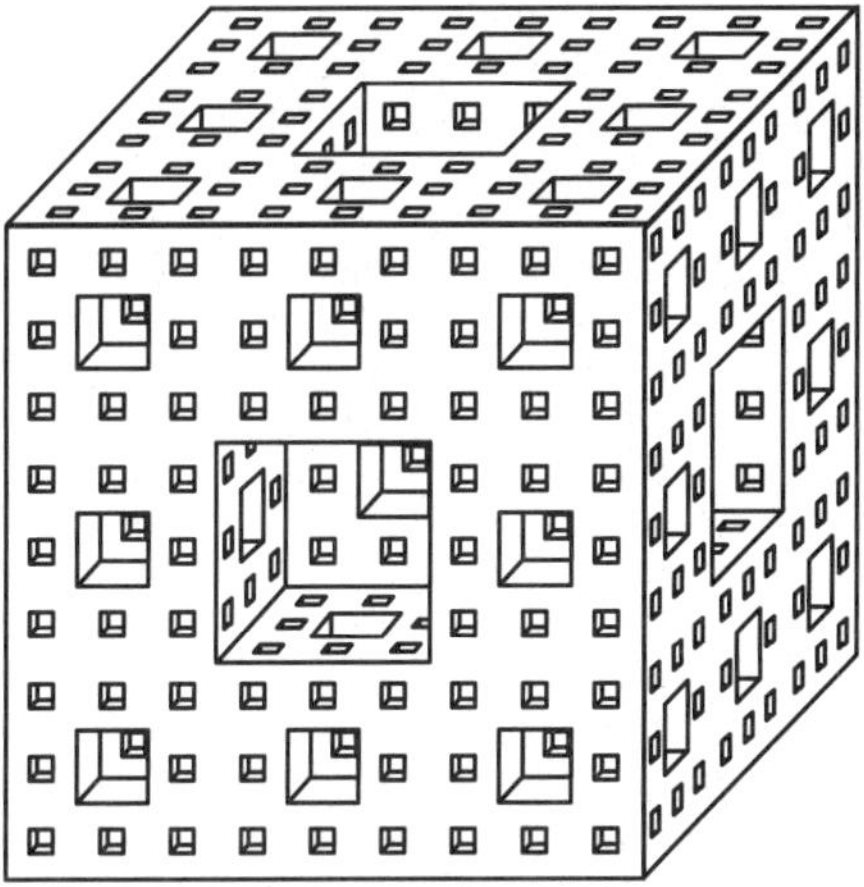

消えたモニターを前にして、十和田が呟いた。

「メンガーのスポンジ。あの体積無限小の物体か」

※　図版6「メンガーのスポンジ」参照

「ひたすら、徹底しているのだな」

「当然です。志田幾郎も数学者だったのですから」

答えつつ、神がモニターのスイッチを切る。

ぷつんという音とともに、暗い談話室の鏡像を映し出す黒い画面と、信じがたいほどの無音とが、同時に出現する。

その静けさを味わうように、ややあってから神は言う。

「……志田幾郎は、数学の美に強い憧憬《しょうけい》を抱いていました。混沌に存在する規則性、複雑な世界に隠されたシンプルな原理原則。それこそが美です。十和田さんもよくお解りでしょう？　複雑怪奇な衣装をまとっていても、その内側には無垢《むく》な裸身があることを。あれほど不可解な挙動を見せる零点の奥にも、深遠な世界の神秘が隠れていることを」

十和田はしかし、神のその言葉に答えることはなく、まるで唐突に——。

「x－y平面上に点（0,0）と点（1,0）とを取り、この二点を直線で結ぶ」

脈絡のないことを言った。だがそれがごく当たり前のことであるかのように、神も応じる。

「長さ一の線分を作る」

「そうだ。次にその線分を三等分する。三等分した中央の線分について、これを一辺とする正三角形を第一象限に作図したのち、当該線分は消去する」

「長さ三分の一の四線分が、山型の突起を作る」

「その四つの線分に対し、それぞれを三等分した上で、さっきと同様の操作を行う」

「正三角形を作図し突起を作る。同じことを無限に繰り返し、コッホ曲線を作る」

図版7　コッホ曲線

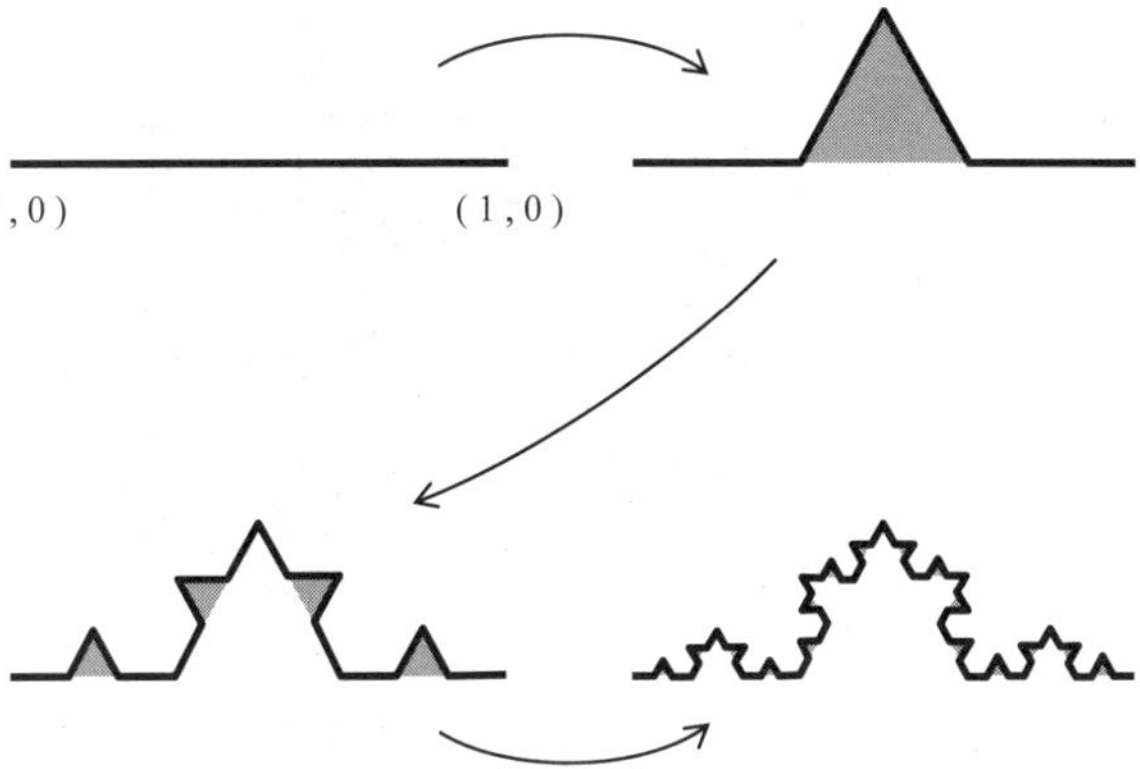

※　図版7「コッホ曲線」参照

にこりと微笑む神。

十和田はしかし、なおも言葉を継いでいく。

「高木曲線と同様、連続であるにもかかわらず、いたるところで微分不可能」

「ハウスドルフ次元はlog4/log3、有限の領域に無限大の長さを持つ」

「その一部分はほかの部分に同じ構造を持つ。すなわち……自己相似形《フラクタル》」

「コッホ曲線を例示したのは、メンガーのスポンジがあったからですか」

「それだけじゃないぞ。ヒルベルト・カーヴだってそうだ。シェルピンスキー・ガスケットだってそうだ。バッハやシマノフスキのフーガだってそうだ。エッシャーだっ

図版8　マンデルブロ集合

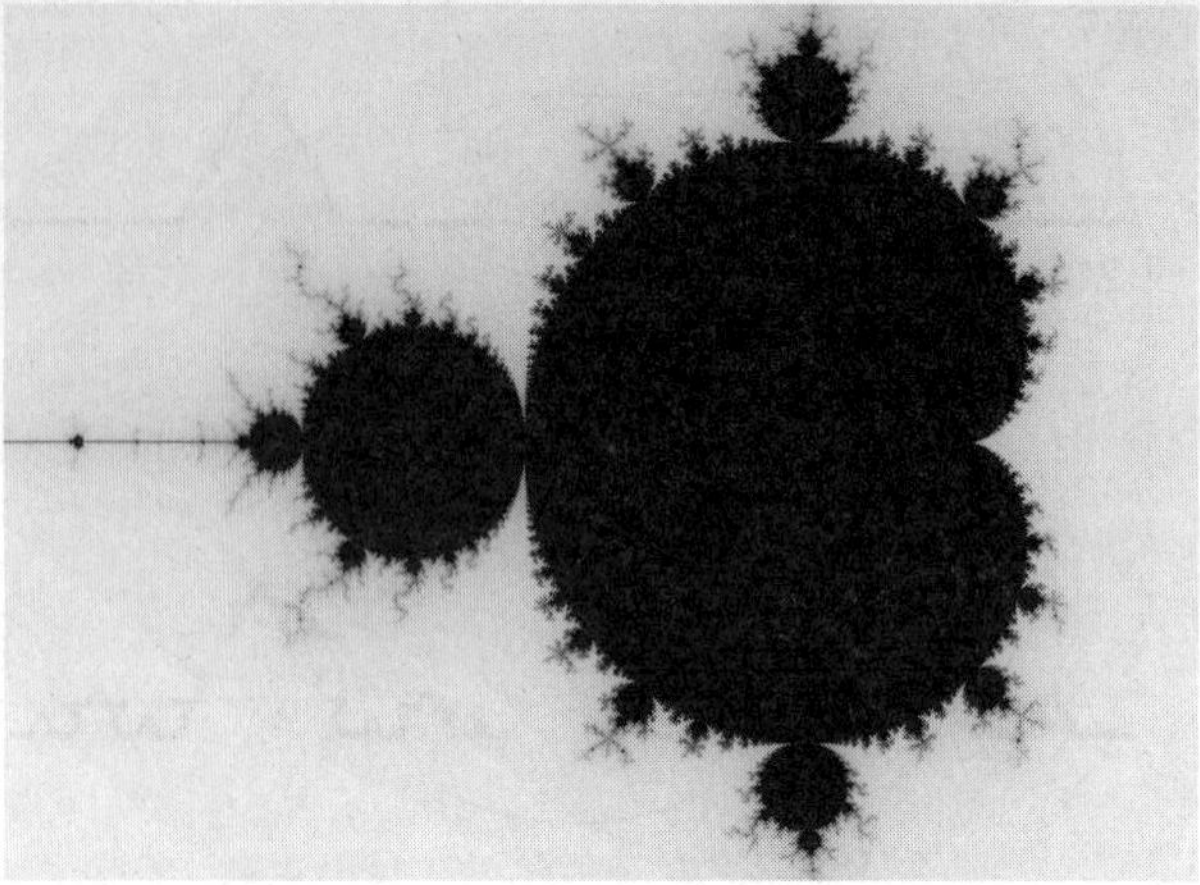

てそうだ。元を正せばこの五覚堂そのものがそうだ。一体どうしてこれほどまでに一貫している？　むしろあの悪魔的な図形が出てこないのが不可解なほどだ」
「マンデルブロ集合のことですね」

※　図版8「マンデルブロ集合」参照

「そうだ」

不満そうに頷く十和田を、神はなだめるように言った。

「でも、代わりのものがあったでしょう」

柔らかく髪を掻き上げる神。滑らかな黒髪は、さらさらと渓流《けいりゅう》をイメージさせる清涼な音を立て、指から流れ落ちた。

十和田はなおも顔を背《そむ》けたまま、眼鏡をそっと中指で押し上げた。

「……『燃える船《バーニング・シップ》』か」

「ええ」

「確かにそうだ。あれは確かに、志田幾郎や、僕や、神くん、つまり、僕らのような人種にしか解らない類のものだ。しかし志田幾郎はなぜ、これほど徹底的に自己相似で彩《いろど》られた空間を作り上げたのだろうか」

「簡単なことです」

神はあっさりと答える。

「彼にとっての美が、フラクタルだったからです」

「それは解る。そもそも志田幾郎は、フラクタルを利用したアプローチでリーマン予想に王手を掛けたんだ。彼が特別の憧憬をフラクタルに抱いていたのは、言うまでもなく自明のこと……だが彼がこの五覚堂に、その美を通じていかなる意味を見出したのかは、依然として包み隠されている」

神は、楽しそうに訊いた。

「十和田さん、自己相似形の極致にあるものは何だと思いますか？」

十和田は暫し考えた後、答えた。

「……人間か」

「そうです。全体の形状、血管や神経、脳の構造、折りたたまれたDNA、思考方法、血統、社会そのもの、つまりヒト、それは神の構築物のうちで最大の美です。だから例えば、狂おしいまでの美しさが、神々しいほどの痛ましさを伴うものだったとしたなら、彼の心には何が現れると思いますか？」

返事を待たず、神は言い切った。

「二律背反。天使と悪魔です」

「無限に連なる光と闇か」

「ええ。有限に封じ込められた」

「…………」

そしてまた、沈黙がふたりの間を支配する。

十和田たちを知らない人間からすれば、これは、ただ困惑を意味するだけの静寂にしか過ぎない。

だが、十和田には解っている。自分たちにとってこの沈黙の交換は、実のところ、答えの出ない問いへの戸惑いではなく、すでに解決した問いの答えを相互に確認するというプロセスにしかすぎないということを。

だから――。

思い出したように、十和田は顔を上げると、神と視線を交錯させた。

「おととい火曜日。午後二時。五覚堂に志田家の関係者がやってきた」

「百合子ちゃんも含めて十一名」

「第一の殺人が小礼拝堂で発覚したのは、翌日水曜日の午前六時だ」

「犠牲者は、長男志田正胤と、その娘湊万里」

「さらに同日の午後六時、第二の殺人も発覚する。死んだのは三人だ」

「次男志田胤次と、その息子である志田大人、そして三男志田三胤」

「ほどなくして遺言の期限である三十時間が経過し、午後八時になる。そして、一晩が経ち、今日、今に至る」

「いかがですか、十和田さん」

可愛らしく、悪戯っぽく、それでいて艶《つや》っぽく、小首を傾げて神は訊く。

「映像を見て、何を思い、何を判断しましたか。それを答えることが今、十和田さんには求められています」

「僕はそんな仕事を請け負った覚えはないが」

「そう思うのならば今すぐ、ここから立ち去るべきでは？」

「…………」

答えない十和田。神はなおも問う。

「でもそうしないのは、すでに十和田さんが義務を負ったから。違いますか？」

「……不本意ながら、その命題は正しい」

「いえ、残念ながら、その命題は誤りです。不本意なのではなく、十和田さんは自ら飛び込んでいますから」

「滝壺に向かって背中を押されたら、嫌でも飛び込まざるを得まいよ」

「その命題も誤りです。押したのは十和田さん自身。自分で自分の背中を押したことを押されたとは表現しません」

「厳密だな」

「ええ。数学者ですから」

「まあいい。君が厳密かつ緻密であることは、今知った話じゃないしな。ところで」

十和田は、神を促した。

「見せてくれないか。ビデオの続きを」

「それはできません」

「できない。見せないのではなく、見せられない」

「はい。用意したビデオはこれですべてですから」

「なるほど、ということは、その後どうなったか記録はしていないと」

「必要条件が満たされています。それ以上記録する意味がありません」

「そうか。ということはあの後、禁忌の三十時間が経過して、今に至っているというわけか」

「…………」

答えない神に、十和田は訊いた。

「彼女はどうなった」

「彼女？」

神の眉間に、小さな縦皺が寄る。

表情に浮かぶ、初めての機微。十和田は問う。

「しらばくれるな、百合子くんだよ。君は言っただろう、彼女が殺人事件の被害者になっていると。どうなったんだ、百合子くんは」

神はしかし、瞬きもせずに十和田を見つめたまま、ややあってから言った。

「……気になりますか？」

「当然だ」

「どうして？」

「『どうして』？」

十和田が、責めるような口調で言う。

「彼女が被害者になるなんて、僕が気になるようなことを言ったのは、ほかでもない君じゃないか」

「確かに言いました。でも、それと十和田さんが気になることとの間に相関関係がありません。あるいは、十和田さんの友人、宮司司さんの妹だからですか」

「そうだな、それもある」

「それ『も』？」

「…………」

面倒そうに頭を横に振ると、十和田は言った。

「彼女は僕の知り合いだ。知り合いの危機が気掛かりなのは当然のことだろう」

顎をほんの少し上げて、神は答える。

「ならば、お答えします。百合子ちゃんは生きているかもしれませんし、死んでいるかもしれません。場合によっては殺されたかもしれません。でも、それを確かめることも含めて、十和田さんの義務です。十和田さんなら理解できるでしょう」

「理解できんな」

「理解してください」

それだけを言うと、神はすっと立ち上がり、十和田に背を向ける。

「どこへ行く」

十和田もまた、立ち上がる。

神は、振り向かずに答える。

「外です」

「出て行くのか」

「はい」

「なぜ？」

「もうここで、私の役割は終わったからです。それに」

神は、談話室の扉へと滑らかに歩を進めると、それから黒いビロードのカーテンに視線を送る。

「そろそろ来ます。……あの人が」

「あの人？」

神を追いながら訊く十和田に、彼女は答えた。

「解りませんか？　あの人ですよ。天涯《てんがい》孤独の」

神はふっと小さく息を吐くと、扉のノブに手を掛けた。

「そんなわけで、私はこれで。十和田さんと共同研究ができなかったのだけは、残念でしたね」

「待ちたまえ」

「大丈夫。近いうちに、会えますから。そのときに、また。……では」

「待てと言っている、神くん」

十和田は――衝動的に、神の白い手を摑んだ。

彼女の、氷のように冷たく、なめらかな皮膚《はだ》。

神がゆっくりと、黒髪をなびかせて振り返る。

「……なんですか？」

「君はなぜ、こんなことをしている？」

十和田の問い。

「今も、前も、その前も……なぜこんな事件を起こして僕を巻き込む？　君の目的は一体何なんだ？」

「それは……」

その問いに、神は。

「『知りたい』から」

俯いて言った。

「知りたい？　何を？」

「あなたを」

「僕を、だと？」

目を見開く十和田。だが――。

「嘘です。すでに知っていますからね」

神が、ふふふと声に出して笑う。

戸惑ったように、十和田は答える。

「つまらないことを言うな」

「ふふ、その命題は誤りです。なぜならこの命題は、ちっともつまらないものじゃないから」

「ふん。で、本当の目的は何だ？」

十和田が再度、訊く。

その問いに――。

神はふと、十和田と目をあわせる。

その澄みわたる深淵。

無限大よりも長く、無限小よりも短い数秒。

神は言った。

「『備えるため』です」

「備える？　何に？」

微笑。それからふと真剣な顔をつくると神は答えた。

「……『戦い』に」

4

橙色《だいだい》の空。白い雪を折れ曲がる枝々に載せた木々。その影が、足元に長く伸びている。だいぶ日も傾いてきた。

四時過ぎか。腕時計を見やりつつ、俺は煙草の煙のようにはっはっと白い息を吐く。

急速に温度が下がっていた。

コートもなく、ジャケットも薄手、そんな都会の春仕様にはつらい環境だ。だが、早足で山間の道を行く今の俺にはほとんど気にならない。むしろ上気していて、首筋にはじっとりと汗を掻いてすらいた。

午前中に東京を出発してから、新幹線、在来線、タクシーと半ば闇雲に乗り継いだ俺は、それでも、おそらく最速でこの山の麓へと辿り着いていた。

毒島から聞いた場所。

百合子の携帯が一瞬だけ電波を発信したのが、まさにこのあたりだ。

地図で確認したところ、その領域は山の麓全域に及び、思いのほか広大だった。

この広いエリアのどこに携帯電話があるのだろうか。山中に寂しく捨てられているそれを想像して、俺は一瞬不安になる。だがその悪い予想をすぐ自分で打ち消した。もしそうであるならば、電波が一瞬だけ復活するということもないはずだ。だから、この周辺のどこかに携帯電話はある。もちろん、百合子も一緒に。とはいえ――。

これだけ広い一帯を、どうやって探したものか。

途方に暮れたが、幸いなことに、よく見ればそのエリアに通じる道は一本しかなかった。加えて、エリアが広いのは確かだが、そのほとんどは山林で、何かがありそうな集落も小規模である。

とすれば、実際に探索しなければならない場所は、そう多いわけではない。

もちろん、そんな希望的観測を自分に言い聞かせている数分のうちにも、時間は過ぎ、日が落ちていく。少なくとも夜になってしまう前には、なんとしても見つけ出さなければならない。

焦り急《せ》く心とともに、俺は足を前へと出す。

やがて――。

山道の終わりとともに、俺はその場所にたどり着いた。

木立の間から唐突に現れた、その建物。

周りの雪景色に今にも同化しそうな、白いコンクリートの壁。

どこか現代建築風の雰囲気を漂わせている建物は、かなり幅があり、手前に出っ張ったり奥に引っ込んだりしている部分があった。白い表面を持った屋根も、角度を持って日光を反射している。どうやら平屋建てであるらしいこの建物。その入り口らしき扉の横に書かれた、漢字一文字。

どう好意的に解釈しても、東北の山奥というロケーションとはなんとも似つかわしくない異質さをもった建物は、しかし、明らかに廃墟ではなかった。窓の内側で、ぼんやりと部屋の明かりが点《とも》っているのが見えたからだ。

人の気配がある。

建物の内側に、何者かがいる。

ここに来るまでの間にも、いくつかのバラックのようなものはあったが、いずれもすでに打ち捨てられ、朽ち果て、とてもじゃないが誰かがいるような雰囲気はなかった。だが――。

この建物は、それらの廃墟とは、違う。

明らかに不審な建物。

ここには誰かがいる。

そいつは、一体誰だ？

ここで何をしている？

そして、中で何が起こっている？

何より妹は――百合子は無事か？

――ごくり。

無意識に唾を飲み込むと、俺は拳を固く握りしめつつ、その怪しげな建物の扉を開けた。

「おい、誰かいるのか」

扉の向こうにある、がらんどうの空間。

声を投げつつ、そして緊張感も維持しつつ、俺は視線をそこに這わせる。

遠近感を妙に損《そこ》なう、不定形の部屋。中央には一本の柱が聳え立ち、屋根を支えている。天井にはいくつもの照明が設えられていて、それらが煌々《こうこう》と部屋全体を照らしていた。

何より目を引くのは、奇妙にうねる模様に彩られた床面と、右壁面に掲げられた巨大な絵画だ。

俺は、何か魔力のようなものに吸い寄せられるがごとく、革靴の底で床面を鳴らさないよう、そっと奥の壁へと歩を進めると、至近距離からその絵画を眺めた。

なんとも――奇妙な絵だ。

それは、無数に立ち上がった歪んだ何か。

インクを零したように中央を横長に流れた、三角形の黒い染み。ロールシャッハテストを連想させる、具体的な何かを悟らせないその模様は、建築物なのか、それとも船なのか。

いずれにせよ、この絵は一体なんなのか？

何かを模したもの、心象風景をあえて形にしたもの、または抽象画、あるいはそれらがミックスされたもの。だが結局は、描かれているものの意味さえ解らず、俺は首を捻る——。

と、その瞬間。

「誰だっ」

反射的に叫ぶと、俺は身構え、絵画の横にある扉へと注意を向けた。

聞こえたからだ。まさに今、扉の向こうで「かたん」と音がしたのを。

そして、それは建物の外から感じた気配と、まったく同質のもの。

間違いない。

この扉の向こうに、誰かがいる。

しかもこの気配は、百合子のものではない。

だからそこにいるのは、妹ではない、何者か。

例の志田悟とやらか、それとも——。

戦闘態勢を解かず、中腰のままで、俺はその気配を発している扉のノブに、手を掛けた。

まず、瞑目。それから息を整えるために深呼吸。

そして、扉を一気に開けると――。

「動くなっ、警察だっ」

大声で叫んだ。

そして――。

「えっ？」

俺は、驚いた。

そこにいたひとりの男。

よれよれのジャケットとスラックスを着て、ソファに深く腰掛け、曲がった鼈甲縁の眼鏡の向こうで、苦虫を噛み潰したような顔をしている、痩せた男。

「やあ、久しぶりだな」

あの男だった。

「と……十和田？」

にわかには信じられない光景に、何度も目を瞬く。

だが、そこにいるのは、間違いなく十和田《あの男》だった。

昨年発生したY湖の事件で、自分が犯人だなどと言っては警察を盛大に振り回した男。著名な放浪の数学者にして、超の上に超がつくほどの変人。

「き、貴様が、なんでここに？」

さすがの俺も状況が把握できず、狼狽を隠せずに一歩後ずさる。

だが一方の十和田はといえば、驚くでもなく、いきなり部屋に入ってきた俺のことなど、あらかじめ解っていたかのように言った。

「宮司くんか。遠路はるばるよく来たな」

眼鏡をくいっと元の位置に押し上げる。

戸惑ったまま、しかし俺は、十和田がここにいるという疑問に自答する。

すなわち――。

百合子の携帯は、ここから電波を発していた。

十和田が、ここにいた。

だが、百合子の姿はない。

ということは――。

十和田が、百合子をどこかに監禁した？

「解ったぞ十和田、貴様かっ、貴様の仕業だなっ？」

俺は、十和田に向かってつめ寄る。

「……？　何の話だ」

「とぼけるなっ。貴様が妹をそそのかして、こんな山奥に連れてきた挙げ句、どこかに百合子を閉じ込めているのは解ってるんだ。そんな奴だとは思わなかった、見損なったぞっ」

「ちょっと待て。落ち着きたまえよ、君」

やれやれと言わんばかりに、十和田は掌を上にするジェスチャーを取る。

だが、そんな人を小馬鹿にしたような態度が、火のついた俺の心に、さらに油を注ぐ。

十和田に向かって、俺は吠えた。

「言え十和田、百合子をどこにやったたっ？　妹は無事なのかっ？　なぜ誘拐したたっ？　俺の百合子に、貴様何をしたたっ」

俺は十和田の胸倉をつかもうと、手を伸ばした。

だが――。

「だから、落ち着けと言ってるだろう」

十和田は次の瞬間、予備動作なしにソファから立ち上がると、まるでこうもりのようにひらりと身体をかわした。

「うわ」

行き場をなくす両手。重心を失った俺は、まさに十和田が座っていた場所にごろりと転がってしまった。

そんな俺をすぐ傍から見下ろしながら、十和田は言った。

「宮司くん、君はどうして百合子くんに関することとなると普段の冷静さを失ってしまうんだ。君のよくない点だぞ」

「な、何だと、この野郎」

「ストップ」

制しつつ、十和田は俺の目の前に、二枚の紙片を落とした。

「文句は後だ。これを見たまえ」

「なんだ、これは」

俺は、憤慨《ふんがい》しつつその紙片を掴みとると、乱暴に開いた。

ひとつは地図——この周辺の地図だった。俺がここに来るために頼りにしたものよりも、縮尺が大きいものだ。

そしてもうひとつ。

「これは、この建物の見取り図か」

「そうだ。五覚堂という」

十和田は首をかくんと振った。

「僕はある人物からこの地図と図面を渡され、誘われるようにしてここに来たんだ。百合子くんが大変な目にあっているのは事実であるようだが、一方で僕はその事実に対してあくまでも傍観者でしかない。つまり、百合子くんと僕とは互いの素《そ》なんだ。したがって君が僕に抱いている怒りについても、残念だがお門違いとしか言いようがない」

「つまり、誤解だと」

「それ以外の何物でもない」

「…………」

地図と図面を眺めながら、急速に脳髄の温度が下がっていくのを、俺は感じていた。

確かに――。

いつもの冷静さを取り戻しつつ、俺は思う。

十和田只人。こいつは規格外の変人だが、妹を誘拐して監禁するなどという悪趣味なことをする人間ではない。少なくとも、そういう発想をするような男ではないと、俺はよく知っている。

そもそも、十和田が百合子を誘拐する目的が、どこにもないじゃないか。

そうか、誤解か。なるほど――。

「さて、宮司くん」

十和田が腕組みをすると、ようやく落ちついた俺に訊いた。

「僕にも、君がなぜここに来たのかがよく解らん。どうして君はここに来た？」

俺は、ソファから上半身を起こすと、肘についた埃を払いつつ答えた。

「タレコミがあったんだよ」

「タレコミ？　どこに？」

「君も世話になったＹ署だ。あそこにタレコミがあったんだ。それがきっかけで俺はここに来た」

「誰から？　内容は？」

「悪いが十和田、質問には答えない。話すのが面倒なんじゃないぞ、守秘義務があるからだ。よって詳細は割愛するが、とにかくそいつが百合子のことを知っていたのは間違いない。一方、時期を同じくして百合子が行方不明になった。手掛かりは、どうやら妹の携帯電話がこの近辺にあるようだということだけ。だから俺は、ここに飛んで来た」

「なるほどな。そうしたところ、そこに僕がいたと」

「そうだ。解るだろ？　俺がつかみ掛かった心情が」

「ああ、理解した。暴力的手段以外の部分に限りな」

「言ってろ」

相変わらずの十和田節だ。

呆れる俺を、十和田は暫し立ったままで見下ろしていたが、やがて、思い出したように訊いた。

「ところで宮司くん。もしかして、そのタレコミをしたのは、女だったんじゃないか？」

「ああ。誰かは知らんがY署に電話を掛けてきたのは若そうな女で……ちょっと待て十和田、なぜ君はそれを知っている？」

問う俺に、十和田はすぐに答えた。

「やはりな。そいつはたぶん、善知鳥神だ」

「うとう、かみ？」

俺は、眉を顰めつつ繰り返した。

「聞いたことがあるぞ。そいつは確か、君と同業の数学者だろう。例の狂気に満ちた建築家の係累《けいるい》で、若くしてリーマン予想に関する画期的な発見をしたとかしないとか」

「そうだ」

「イメージから、てっきり男だと思っていたんだが……女だったのか」

「そういうことだ」

「どんな奴なんだ。君の知り合いか？」

「…………」

十和田は不意に、俺との会話を拒絶するように、険しい表情で顔を背ける。

「む？　どうしたんだ、いきなり」

だが、答えはない。

話したくない。そんな、十和田の態度。

なぜ態度が豹変《ひょうへん》したのか、その理由はよく解らない。気に入らない、だから話したくない、というのでもないようだが――。

いや、今はそれよりも。

「それはさておき、十和田只人」

もっと大事なことを思い出した俺は、ソファの背に深く凭れ、おもむろに問うた。

「俺の耳が確かなら、君はさっき、百合子が『大変な目にあっているのは事実』と言わなかったか？」

「言ったな」

顔を背けたままで答える十和田を、俺は追及する。

「大変な目にあっているというのはどういうことだ。百合子は今どこで何をしているんだ？　まさか、何かの事件に巻き込まれているのか？　いやそれより君がなぜそれを知っている？」

「それはだな……」

十和田は、つかつかとテーブルの前にある大きなテレビの前に歩いていくと、その上に載せられた何本ものビデオテープを指差した。

「たぶん、僕が説明するよりも先に、こいつに訊いたほうが時間を無駄にせずに済む」

「ビデオテープ？　これに訊けって、つまりこれを見ろってことか？」

「ああ」

十和田は頷いた。

「百聞は一見に如《し》かずという。そのほうが話が早い」

「もしかして君も、これを見たのか」

「見た」

顎をさすりつつ、答える十和田。

俺は、積まれたビデオテープを眺めた。

なんの変哲もない、ごく普通の黒いテープ。

ここに、一体、百合子に関する何が映っているというのか?

無意識に唾を飲み込むと、俺は言った。

「……解った。少し時間をくれ。代わりといっちゃなんだが、その間、君はこれを読んでいてくれ」

今しがた自分で口にしたはずの守秘義務などどこへやら、志田家家政婦殺害事件の一件書類を放り投げるようにして十和田に渡すと、俺は、無言でテレビモニターの前に腰を据え、ビデオテープをデッキへと差し込んだ。

5

暫く後。

「……なるほどな」

早送りしつつ手短にビデオを見終えると、俺は溜息とともに呟いた。

集められた関係者。

奇妙な遺産相続のルール。

そして発生した二つの殺人事件。

この事件の大まかな概要を、俺は漸く理解したのだ。

定点カメラの映像を通じてということもあり、まるでドラマか何かのように見えたこの一連の筋書きは、いつもの俺ならば、ただの虚構として、一笑に付したものであっただろう。だが一方で、これらの出来事は、数日来俺の周囲に発生していた事象とも完全にリンクしていた。

タレコミ。一件書類。百合子の行方不明。これらの事象はすべて、この事件へと収束しているのだ。

そのキーとなっているのが――。

志田幾郎。

そして、彼の家で二十三年前に起きた、家政婦惨殺事件。

モニターの向こうで起きた事件もまた、彼が建てたこの五覚堂で起きたもの。

さらに、百合子だ。彼女は確かにこの五覚堂へと来ていた。そして百合子をここに誘った男、志田悟もまた、志田幾郎の直系卑属である。

すべてが、関係しているのだ。

だから俺は、自信を持って断言できた。これは、悪い冗談などでは決してないと。

そして――。

「あのふたり、やはり関係があるのか」

俺は無意識に呟いた。すぐに十和田が訊き返す。

「ん？　何か言ったか」

「ああ、いや。なんでもない……」

頭を振ってごまかしつつ、俺は十和田に訊く。

「ところで十和田、ビデオはこれで全部なのか」

「知らん。だが神くんは『これですべて』と言っていたぞ」

「そうか……」

ビデオを見る限りでは、さまざまな危機的状況を経つつも、最終的に百合子は無事だった。とはいえあの後も安全の保証があるとは限らず、なおも百合子の身が心配であることには変わりない。

うーむと低く唸ると俺は、向かいの十和田に問う。

「なあ、訊きたいことがあるんだが」

「なんだ」

「君は、この事件が発生したのがいつだと思う？」

「…………」

十和田は、短い沈黙の後、答える。

「ビデオの映像のみで判断する限り、この事件はおととい火曜日の午後二時に始まり、そこから三十時間が経過した、昨日水曜日の夜八時に終結したものだと考える」

「つまり、もうすでに事件は終わっているということになるな。だが……本当にそうだろうか？」

「映像から導く限りは、そうなる」

「なるほど。じゃあそうだとして、この場合、あの二件の殺人事件は、具体的にいつ発生したことになる？」

十和田は今度は、すぐに答えた。

「まず第一の事件、すなわち小礼拝堂の事件は、朝の六時に発覚している。根拠は大広間において額縁の時計が示していた時刻と、東方向から射し込んでいた太陽の光だ」

「つまり、第一の事件は水曜日未明に発生した」

「そうなる。次いで第二の事件、すなわち大礼拝堂の事件は、夕方の六時に発覚している。これも、根拠は時計の時刻と、逆の西方向から射し込んでいた太陽の光だ」

「第二の事件の発生は、水曜日の午後」

「この二つの事件には時系列の混乱もなかったから、そう考えるのが適切だということになる。映像で判断する限りはな」

「なるほど、よく解った。……だがな、十和田」

俺は頷きつつ、矢継ぎ早に言った。

「その解釈だと、明らかにおかしいことがあるんだ」

「何がだ」

「百合子が東京を出発したのは、水曜日の朝なんだよ」

「……ほう？」

レンズの向こうで、片方の眉を上げた十和田に、俺は続ける。

「昨日の朝夕に事件が発覚している。その場に百合子も居あわせている。だが一方で、彼女が東京を出立したのも昨日、水曜日の朝のことなんだ。つまりここにたどり着くのはどんなに早くても昨日の昼、少なくとも朝一番に発覚した第一の事件に居あわせることは、絶対にできないってことになる」

「ふむ……確かにそれはおかしいな」

十和田はしかし、言葉とは裏腹に、それは別におかしくもなんともない、とでも言いたげな表情で、淡々と続けた。

「宮司くん、君の言うことが真だとするならば、三十時間のスタートは水曜日の午後二時だということになる。とすると、第一の事件の発覚時刻は今朝六時、第二の事件の発覚時刻は今日の夕方六時ということになるが……」

ちらり、と十和田が談話室の時計を見た。

「明らかに、まだその時刻にはなっていない」

「それだけじゃないぞ。この五覚堂に今現在、俺と君しか存在していないということとも、明確に矛盾している」

「矛盾だらけだな」

なぜか楽しそうに頷くと、十和田は訊いた。

「で、君はどう考えているんだ？　宮司くん」

「考えるって、何をだ」

「これらの事件に内包された不整合の解についてだ。表情から察するに、君の中ではすでに、事件の矛盾が解消されているように思えるのだが？」

「…………」

「宮司くん、君はすでに何らかの解を持っているんじゃないのか？」

さすがは、十和田だ。

俺は心の中でひとしきり感心した。

この男、俺の心の中をすでに見透かしている。

昨年発生したダブル・トーラスの事件。あのとき、十和田は常に俺の思考の一歩先を行っていた。その悔しさを晴らすため、ぎりぎりまでこの男には明かさずにおこうと思っていたのだが――すでに顔には出てしまっていたらしい。

こうなってしまえば、はぐらかしても仕方がない。

「まあ、な」
俺は、ふっと口の端に笑みを浮かべる。
十和田の言うとおり、俺はすでにこれらの矛盾を説明できる推理をひとつ立ててい
た。それはおそらく、この五覚堂そのものに隠されている秘密であり、ある意味では
トリックでもある。
「解はある。あると言えばね」
「では述べたまえ。その解を」
十和田の促しに、俺はすぐ答える。
「それはな、つまり、まだ事件は三十時間経ってはいない、五覚堂で続いているとい
うことだ」
「まだ続いている？」
十和田が怪訝な表情で反論する。
「それこそ、今のこの状況が最大の反証となってはいないか？　今ここにいるのは、
僕と宮司くんのふたりだけだ」
「いやだからさ、確かにこの五覚堂には俺と君だけしかいない。だが、事件がまだ五
覚堂で続いていると考えられる解釈があるだろう」
「どんな解釈だ？」

俺は、もったいぶったように数秒を置いてから、十和田に言った。

「……もうひとつ、あるんだよ。五覚堂が」


十和田は――。

ふむと相槌を打ったきり、口を閉ざした。

どうだと勝ち誇るように、俺は説明する。

「百合子が東京を出たのは昨日の朝。そしてこの五覚堂に着いたのは昨日の昼。それから遺言の禁忌とやらの三十時間はまだ経過していない。すなわち、百合子たちはまだ五覚堂にいるんだ。一方で、百合子たちがいるはずのこの館には、俺たち以外に誰もいない。この矛盾を説明できる論理《ロジック》はただひとつしかない。つまり……」

「五覚堂が、もうひとつある」

「そういうことだ」

「なるほど」

首を縦に振りつつも、十和田は反論する。

「しかし、だとすると第一の事件発覚は今朝六時となり、第二の事件はまだ発生すらしていないことになるが、この矛盾をいかに説明する?」

「あー、それはだな……」

俺は、人差し指を立てた。

「第一の事件が発生したのは、確かに六時なんだが、今朝六時じゃない。昨日の夕方六時なんだよ」

「ほほう？」

十和田が目を眇《すが》めた。俺は説明を続ける。

「さらに、第二の事件が発生したのも、今日の夕方六時じゃなくて、今日の朝六時。つまり、今朝の段階で、事件は二つとも既発のものとなっていて、矛盾にはならないというわけだ」

「よく理解できた。つまり君は、ビデオ内の午前午後と、僕らが把握していた午前午後とが、逆転していたと考えているんだな。アナログ時計では午前と午後が区別できないことを利用して」

「そういうことだ」

「うむ、美しく、かつエレガントな着想だ。他でもない君の口から、こんなアイデアが聞けて、僕は嬉しいよ……だが」

十和田はなおも質問を投げる。

「事件の時刻は、単に時計からだけではなく、日光の射し込む方向、つまり東から照らされているか西から照らされているかも判断の根拠にしている。ビデオを見れば解るとおり、大広間に日光が射し込む方角は、第一の事件のときは東から、第二の事件のときは西からだった。つまり、それぞれ朝、夕に発生したことを明らかにしているわけだが、これをどう説明する？」

「そうだよ十和田、そこなんだ」

俺は、十和田の鼻先に人差し指を突きつけた。

ずるり、と眼鏡をずり落ちさせた十和田に、俺は叫ぶように言った。

「そこに、トリックがあるんだよ。あのな、あの映像、おそらく左右が逆にしてあると思う」

「左右逆？」

目を細めた十和田に、俺は説明する。

「そう、左右逆。右と左が裏返しになっているんだ。鏡に映したようにね。ビデオカメラ側かモニター側かは解らないが、何らかの細工をして、映像が左右逆に映るようにしてあるんだよ」

「しかし、ビデオに映っていた部屋は、ここと同じく、左右逆にはなっていなかったと思うが？」

「そりゃあそうだ。なにしろビデオに映っていたあの館そのものが、左右逆に造られているんだから」

「左右対称の間取りになっているということか？　もうひとつの館そのものが？」

「そういうことだ」

俺は自信を持って頷いた。

「だから事件は、昨日から、こことは別のどこかにあるもうひとつの五覚堂で発生したものであり、その五覚堂はこことは左右対称の間取りを持っているが、俺たちはそれをさらに左右逆の映像で見ていたため、ここでの出来事と誤認していたというわけだ」

そう――。

モニターが映していたあの五覚堂、つまりここではないもうひとつの五覚堂は、この五覚堂とは左右対称の構造を持っているのだ。そしてモニターは、それをさらに左右逆に映している。結果、モニター上ではこの五覚堂と同じ間取りに映ることになるのだ。

とはいえ、間取りを左右対称にしても、日光の方向まで逆になるわけではない。東西の方角まで逆にはできないのだ。だからこそ、モニターに映る映像を見ている者には、東方向と西方向とが逆に見えるのである。

ややあってから、十和田が呟くように言った。

「マイナスとマイナスを掛けるとプラスになるということか」

「そう。左右逆の左右逆で元どおりというわけだ」

「だが、日光までは逆にはならない」

「そういうことだ。モニター上で東からのものと思われる日光は本当は西からのもの、西からのものと思われる日光は本当は東からのものだった」

「その後の談話室のシーンも本来は時刻の手掛かりとなるはずだが、窓にはビロードのカーテンが掛けられていて、外が明るいのか暗いのかさえ解らなかった。かくして僕らはモニターから読み取る時刻を錯誤したというわけか。なるほど実に面白い推理だ。だが宮司くん、それでも矛盾はまだある。時計の問題をどう説明する？」

　時計の問題。

　やはり来たか――身構える俺に、十和田はさらなる疑問をぶつける。

「大広間には額縁に入った時計がある。あの時計は、もちろん右回り、すなわち順方向に進んでいた。もしモニターが左右逆に映像を映し出しているのであれば、あの時計は、もうひとつの五覚堂において左右が逆の状態で存在していたことになる」

「…………」

「左右対称、逆方向に回る時計は奇妙な存在だ。だがあそこにいた面々は誰もそのことを指摘せず、むしろ当然のごとく正確に時刻を読み取ってすらいたように思えたのだが、これを君はどう考える？」

厳しくつめ寄る十和田。だが——。

すでに俺は、その答えも用意していた。

「なに、簡単なことさ」

俺は十和田に言った。

「時計はな、額縁の中にあったんじゃない。時計があったのは、柱の裏側だ」

「…………」

再び十和田は目を細める。若干驚きが足りないぞと思いつつ、俺は満を持して説明する。

「つまりだな、額縁の内側にあったのは、時計ではなくて鏡だったんだ。磨き上げられた、ただの鏡だ。一方、時計はどこにあったかというと、柱の裏側、大広間を映す定点カメラからは、死角となる位置だ。このとき、額縁の鏡を適切な位置、角度にすれば、柱の裏側にある時計を鏡に映してカメラに見せることができる」

「つまりモニターは、柱の裏側に設置された時計を映した鏡を映していた。マイナスとマイナスを掛けるとプラスとなるわけだ」

「そういうことだ」

柱の裏側にある時計が、左右逆になり鏡に映る。

そして、モニターの映像は、それをさらに左右逆にして表示する。

結果として、俺たちはモニターを通じ、額縁の内側にある時計を、そこに見ていたのである。

※　図5「日光の射し込む方向①」参照

「ふむ、なるほど」

十和田がぼそりと呟きつつ、首を何度も縦に振る。

俺は勝手に解釈する。それはきっと、十和田が俺の推理の正しさを認めた頷きなのだろう。だから俺は、高らかに結論を述べた。

「まとめる。一、事件が始まってからいまだ三十時間が経過していない以上、百合子たちはなお五覚堂にいると思われる。二、だがその五覚堂は、今俺たちがいるこの五覚堂じゃない。ここは別の、おそらくはここからそうは遠くない場所にある、もうひとつの五覚堂だ。三、その五覚堂はここは左右逆の構造になっている。以上、どうだ？」

「…………」

十和田が、鼻から小さく長い息を吐いた。

それから、ぴくぴくと何度か肩を上下させた後、呟くように言った。

「宮司くん。とりあえず君の推理はよく解った。だからこそ、その推理に伴う最も肝

図５　日光の射し込む方向①

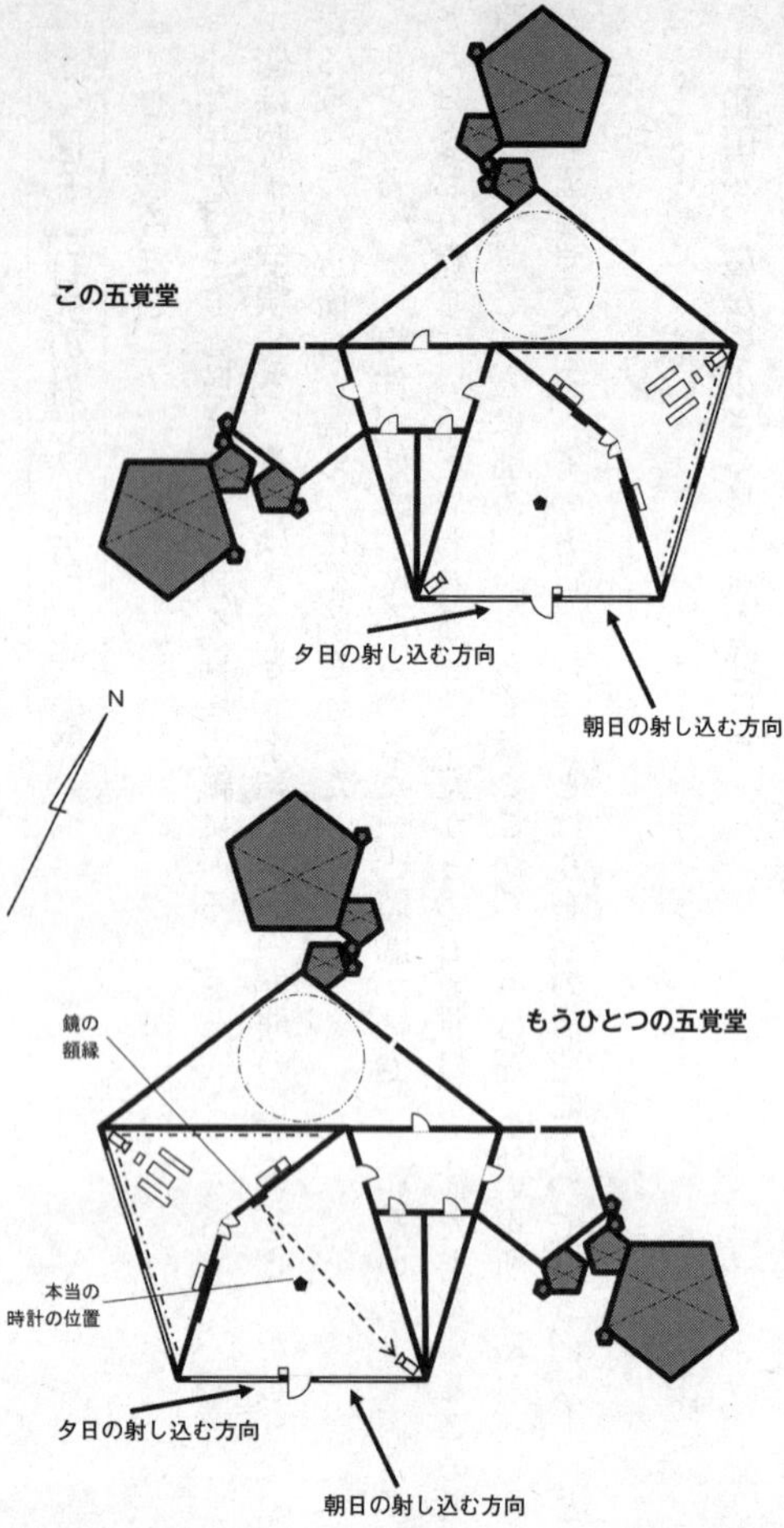

要な点についても、君は述べるべきだと思うが」

「ああ、もちろん解っているとも」

俺は、顎を上げた。

「これが説明できなきゃ話にならん。つまり、もうひとつの五覚堂がどこにあるのかをな」

「そのとおりだ」

十和田が勢いよくかくんと首を縦に振った。

俺は、テーブルに置いてある地図を十和田のほうへと向けた。

「十和田。俺はな、さっきこの地図を眺めていて、あることに気づいたんだ」

「あること？　それは何だ」

「いいか、ここを見てくれ。この五覚堂がある周辺の川、そして二つの鳥居だ」

地図上のその地点を、俺は人差し指でなぞる。

「この二つの鳥居は、川を直線と見立てたときに、これを挟んでちょうど左右対称の位置にあるようには見えないか？」

「ふむ」

十和田が、地図に目を細めた。

「確かに、線対称に見えるな」

「だろ？　しかも鳥居だけじゃない。この二つある記念碑もそうだ。これらは確実に、川を挟んで対称的な位置にある。これは偶然だと思うか？」

「…………」

「数学者は対称性が好きだ。そう言ったのが君だったかどうかは忘れたが、仮にこの対称性が、ほかの建物にも適用されると考えると、どうなる？」

「ほかの建物、つまり？」

「この五覚堂だよ」

俺は、地図上のその地点――俺たちが今いる場所を、指差した。

「対称性がこの五覚堂にも適用されるとすると、どうなるか」

「もうひとつ、五覚堂が存在することになる」

「そう。線対称の場所にな。つまり」

――ここだ。

そう言いながら、俺はその地点を指差した。

※　図６「線対称性による屋敷の場所図」参照

「ここに、もうひとつの左右対称に設計された五覚堂があるはずだ。志田家の面々や百合子、殺された五人の死体とともにな」

図６　線対称性による屋敷の場所図

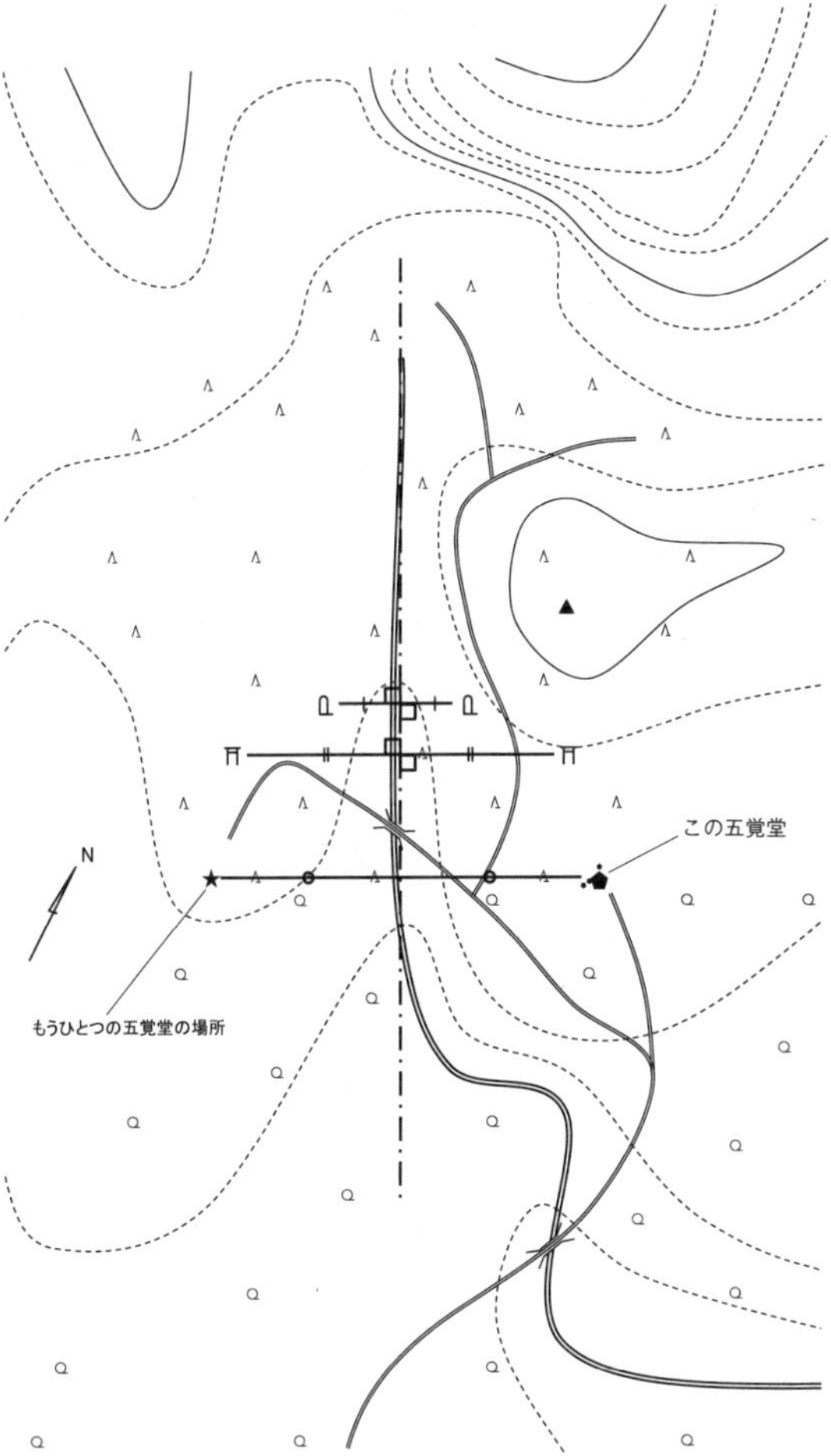

――どうだ、俺の推理は。

納得したか？　納得したならば、とっととこの場所へ行って百合子を救い出すぞ

――そんな気分で、俺は十和田を見る。

だが――。

俺の予想に反し、十和田は、驚くでもなく、感心するでもなく、なんだかつまらなそうな表情のまま首を傾げつつ、呟くように言った。

「ううむ、『そっち』か。どうだろうな……」

その、人を馬鹿にしたような態度にむっとした俺は、思わず十和田をなじる。

「『そっち』？　なんだよ十和田、俺の推理に文句があるなら、はっきり言え」

だが十和田は、ちらりと俺を見やってから、まるでなだめるような口調で言った。

「文句はないさ。君はよくやった、宮司くん。そう、君は十分に推理した。君なりにな」

「なんだよそれ。上から物を言うな」

「上からなど言っていない。そもそも意見に上下関係など存在しない」

「それが上からだと言ってるんだよ」

俺は、腹立たしい気分とともに立ち上がると、言った。

「まあいい。いずれにせよ、何が正しいかは行動すればすぐに解ることだ。……さ

あ、立て十和田」

「どうしたんだ、宮司くん」

「いいから立て。行くぞ」

「行く？　どこに」

「決まってるじゃないか。行くんだよ。この場所に。百合子を救い出すために、この、もうひとつの五覚堂にな」

俺は、机の上の地図をばんばんと叩いた。

十和田は、そんな俺の動作を、どこか冷ややかな目で見ながら呟いた。

「もうひとつの五覚堂……か」

「なんだ、異論でもあるのか」

「いや、まったく異論はない」

首を横に振りつつ、ゆっくりと腰を上げると、十和田は言った。

「君の言うとおり、そこへ行こうか」

6

夕方から夜へ。橙から藍へ。

空が急速に色を変えている。

暗くなる前に着かなければ——間もなく午後六時。俺はひたすら足を進めていく。

歩く方角は半ば勘だった。だがおおよそはあっているだろう。

地面にはまだ雪が残っている、あるいは茶色い地肌が顔を見せている部分もある。

夜を迎えて急激に気温が下がっているからか、足元のぬかるみが時折さくさくと音を立てた。地面が凍り始めているのだろう。夜ともなれば、下手をするとこの一帯はアイスバーンだ。

後ろではずっと、ひょこひょこと何かが動く気配が続いている。十和田はとりあえず、何も言わずについてきているらしい。

はあ、はあ——。

息を切らせ、額に汗を掻きつつ、俺は漸く、その場所へと辿り着く。

先刻の五覚堂と、川を挟んで線対称の地点。

そこに——。

「……見ろ、十和田っ」

日が暮れ、薄ぼんやりとした光の中。

はたして、白い人工物が佇んでいた。

それは、さっきと同じ建造物。

つまり、もうひとつの五覚堂。

だが——。

「……なぜだ」

俺は思わず、その場で立ちすくむ。

もうひとつの五覚堂。

眼前に存在するそれは、確かに、先刻の五覚堂と同じ形をしていた。

しかし——。

それは、左右対称などではなかった。

それどころか、窓ガラスは割れ、部屋の中も荒れ、そもそも電灯すら点いていなかった。つまり——。

廃墟だった。

そして誰ひとり、そこにはいなかったのだ。

第Ⅴ章　五覚堂の殺人

1

「どういうことだ……？」

俺は呆然として、呟いた。

どうして、五覚堂が廃墟になっている？

なぜ、誰もいない？

推理が間違っていたのか？

繰り返す自問自答。だが、いかに疑問だけを繰り返そうとも、この場所が示す圧倒的な「否」の力に、抗うことなどできはしない。

確かに、ここには俺が推理したとおり、もうひとつの五覚堂があった。

だが、そこは手入れもされず汚れ、荒れ果てた五覚堂で、人の気配は微塵もなく、少なくともビデオで見たような殺人劇が繰り広げられた形跡などまるでなかった。

そう、つまり、俺の推理は間違っていたのだ。認めたくはないのだが——。

だが、間違っていたとすれば、どうなるのか？

言うまでもない。ビデオで見たあの二つの事件は、やはり先刻まで俺たちがいた五覚堂で行われたものだということになり、事件はやはり三十時間が経過する前に終了していたことになるのだ。

そして、この事実が意味することは何か。

考えられるのは、二つ。

三十時間の経過以前に全員が五覚堂を後にしたか、それとも——全員が死亡したか。

だが——。

悪意に満ちた何かに、不意に背筋をなぞられたような気がして、思わず振り返る。

「あれ……？」

十和田が、いない。

後ろをついてきたはずの奴が、いない。

どこかではぐれたか？

そう考えるが、すぐに違うと自ら否定する。

俺は覚えている。ついさっきまで、俺の背後には確かに、ひょこひょこと飛び跳ねるような奴の異質な気配があったことを。だとすれば——。

いきなり消えた？

慌てて周囲に視線を投げる。

「十和田？　おい、十和田、どこにいるんだ？　おういっ、返事をしろっ」

俺は、大声で叫んだ。

おそらく、聳え立つ山々に反射してだろう、その声はすぐに美しいこだまとなって俺の耳へと戻ってきた。

おうい（おうい）。

十和田（十和田）。

どこだ（どこだ）。

手で拡声器を作り、大声を放つ。

あたりは見る間に暗くなっていく。夜の訪れに闇を住処《すみか》とする生き物どもが目を覚まし、俺の声とそのこだまの合間に、ホーホーと、不気味な鳴き声を挟み込んだ。

俺はなおも声を嗄《か》らして何度も叫ぶ。

おうい（おうい）。

十和田（十和田）。

どこだ（どこだ）。

だが、十和田の気配は微塵も——。

「なんだ宮司くん」

「うわっ」

背後からの、いきなりの応答。

俺は仰《の》け反《ぞ》りつつも振り返る。

十和田が、いた。

激しく波打つ心臓を押さえながら、安堵と怒りと驚きとを綯《な》い交ぜにしつつ、俺は怒鳴った。

「おい十和田貴様一体どこにいたんだっ？　勝手にいなくなるんじゃないっ、心配させるなっ」

「すまないな」

十和田は右手だけを小さく上げると、すまないなどとはこれっぽっちも思っていないような、すかした口調で言った。

「確認してきたものでね」

「か、確認？　何をだ」

「建物の様子をだよ」

「そんなの調べてどうするんだ。それにしたってここは電灯もない山奥なんだぞ？　はぐれたらどうする」

「君はここから動かなかっただろう。ならば大丈夫だと判断した」

「動かなかったんじゃない。動けなかったんだ。……まあいい、それはともかく突然いなくなるのだけはやめてくれ」

ほっとしつつも文句を言うと、俺は緩めていたネクタイ――百合子にもらった、俺の宝物――を改めてきっちりと締めながら訊いた。

「で、お前、建物の何を調べてきたんだよ」

「壁だよ」

「壁？」

「ああ。まあ詳しくはまた後で話そう。ところで」

十和田は、頭の上で手を振りつつ言った。

「宮司くん。この状況はやはりと言うべきものだったな」

「やはりと言うべき？　どういうことだ」

「この五覚堂に百合子くんたちはいないだろうという僕の推測は、正しかったということだ」

「な……なんだと」

貴様、俺が間違っていると知っていたのか――そう文句を言おうとする前に、十和田が先に述べる。

「宮司くん。誤解なきように言っておくが、君の推理は実に面白く、かつ創意に満ちたものだった。モニターが五覚堂を逆に映し出しているのだという推理。あるいは時計は額の中ではなく柱に設置され鏡で映し出されていたのだという推理。実に素晴らしい着想だった。だが残念ながら、それらはいくつかの矛盾を抱えていることが明白だった。つまり、君の推理は間違っていた」

確かに――間違っていた。

反論はできない。この五覚堂が廃墟であるという現実が、鋭い刃のように、俺にその事実を突きつけているからだ。だから十和田の言うことは正しく、俺は間違っていると認めざるを得ない。とはいえ本当のことを言われると、それが本当のことだからこそ、無性に腹立たしいのもまた事実である。

だから俺は、乱暴な口調で十和田に訊き返した。

「畜生、どこが間違っていたんだよ」

そんな俺に、十和田は、生徒を諭すように言った。

「いいか宮司くん。君はさっき、五覚堂の映像において、朝と夕方が逆転しているということ、すなわち六時と十八時とが誤認されているという『命題』を説明するために、モニターの映像が左右対称になっているという『仮説』を唱えた」

「ああ、唱えたな」

「そして、その場合に生じる明らかな矛盾、すなわち時計が左右逆に映ってしまうという現象を解消するため、柱の裏の時計が鏡に映っており、五覚堂がもうひとつあるのだという『主張』をした」

「したな。主張を」

「これらの仮説と主張が仮に真だとする。このとき、あの映像の中にいた面々は時刻を確認するときにどこを見上げるだろうか？　それは当然、柱の裏だ。彼らにとって時計は、そこにあるものだからだ。だが、彼らはそうはしなかった。彼らが時刻を確認するときに見上げていたのは、壁の額縁だった」

「…………」

そうだったのか？

早送りしながら見ていたせいだろうか、そこまで細かく映像を覚えてはいなかった。だが――。

十和田が言うことが正しければ、現実に時計があったのは、確かに額縁の中だったのだということになる。

「また、モニターに映る彼らの利《き》き手にも、特に左右が逆になるような違和感はなかった。こうしたことを踏まえれば、宮司くん。残念ながら、君の仮説と主張は誤りであると判断するのが妥当だということになる」

「つまり……映像は、左右逆になどされていなかったわけか」

「君だって、百合子くんを心配するあまりに飛ばし見さえしなければ、容易に気づいただろうことだがな」

「待てよ十和田、それならば」

俺は十和田に食い下がる。

「あの二つの殺人が行われたのは、やはりさっきの五覚堂だったということか？　事件が起きたのも、昨日の昼から今日にかけてで……いや、やっぱりおかしいだろ。時間が矛盾するし、そもそも今現在、百合子たちはどこにいることになる？　解散したのか？　それとも」

「まあ、待ちたまえ」

十和田が、俺の眼前で人差し指を立てた。

思わず口を噤んだ俺に、十和田は言った。

「君の言いたいことは解る。妹さんを心配する君の気持ちも含めてだ。だからこそまずは、僕の言うことに耳を傾けたまえ」

十和田は、よれたジャケットの襟《ネック》をぴっと伸ばすと、言った。

「結論から言うと、君の仮説と主張は誤っていた。とはいえ、命題そのものが間違っていたわけじゃない。そもそもこの命題は、第一の殺人における問題を極めて明快に解決するものでもある。つまりこの命題は正しいんだ。だとすればもちろん、君の妹さんも無事だということになる」

「そ、そうなのか？　ならばどこにいるんだ、百合子は」

つめ寄る俺を無視して、十和田は続けた。

「かつ、主張における君のアイデアもまた正しいと考える。すなわち、百合子くんは五覚堂にいる」

「五覚堂にいる？　さっきの館にいるのか」

「いや、違う」

「違う？　じゃあ、この廃墟なのか？」

「それも違う」

「この場所でも、さっきの場所でもない？　……ああ、そうか」

なるほど、気づいた。

ひとつだと思われていたものが、もうひとつあったのだ。ならば、もっと発想を飛躍したって構わないじゃないか。

そう。これは至って単純なことだったのだ。つまり――。

「そのとおりだよ、宮司くん」

俺の心を読み取ったかのように、十和田は、鼈甲縁の眼鏡のブリッジを押し上げた。

「さらにもうひとつ、あるんだ。五覚堂は」

「…………」

「さて」

言葉を失った俺に、十和田はにやりと口の端を上げて言った。

「行こうか。……本当の五覚堂に」

2

今朝の、あの第二の事件以降、彼らは全員が談話室に集まり、身を寄せるようにしてその場を動かずにいた。

三十時間が経過するまでは、決して談話室からは出ない。皆でそう決めていたのだ。

今は——午後六時。

遺言の期限まで、あとほんの数時間。

よもや、談話室の扉が外から開かれるなど、誰もが思いもよらないことだった。だから——。

ばたん。

大きな音を立てて談話室の扉が開いた瞬間、彼らは誰もがひどく驚いた。

ソファに深くもたれていた湊亮——彼はその瞬間、目に見えて解るほどに腰を浮かせて慄《おのの》いた。

その向かいで不機嫌そうに腕を組んでいた小山内亜美——彼女は「きゃっ」と尻尾を踏まれた猫のような声を上げて扉に振り向いた。

アップライトピアノの椅子に腰かけていた志田悟——彼はびくりと肩を震わせると、傍にあった細長い道具を手に取り、意識を扉へと集中させた。

食器棚の隣にいた辻和夫と鬼丸八重——彼らふたりもまた、同時にびくりと身体を震わせると、扉のほうに顔を向けた。

そして、悟からもやや距離を置き、窓際、ビロードのカーテンで身体を包むようにしていた百合子は——。

「えっ？」

ずかずかと、談話室に遠慮なく入ってきた彼らに、百合子は何度も目を瞬きつつ、心の中で叫んだ。

お、お兄ちゃん？　それに——。

「と、十和田先生？」

かすれ気味の声は、百合子の心の中だけにはとどまらなかった。

3

「な、何だ、何だ何だ貴様らはっ？」

驚く百合子の横で、亮が威勢よく、しかしへっぴり腰のままで怒鳴った。

「何しに来た？　ていうか、とわだ？　宮司さん、あ、あんたの知りあいなのか？　だとすると、その、あの、あ」

ひどく混乱しているのだろう、その先の言葉がまるで続かない。そんな亮を見かねたように、辻が、咳払いとともに一歩前に出る。

「すみませんが、あなた方は誰ですか。宮司様はご存じのようですが」

「僕は十和田只人です。数学者です」

十和田が、なぜか自信満々に名乗る。

「十和田様？　残念ながら存じ上げませんが。で、そちらの方は？」

辻が射貫くような目で俺を見る。

「俺か？　俺は」

「宮司司くん。警察庁のお偉いさんだ」

俺を遮るようにして、十和田が一方的に述べた。

勝手に人の名乗りを奪いやがって。小さく舌打ちをしつつ、俺は胸ポケットから警察手帳を取り出すと、その場にいる全員に提示した。

「警察庁の宮司です。突然お邪魔をして申し訳ない」

「警察？　それに、宮司……？」

怪訝そうな顔で、辻が訊く。

「もしかしてこちらにいる宮司様の身内の方ですか？」

「そうだよ。俺はそこにいる宮司百合子の兄だ」

「ほう……そうでしたか」

しかし辻の表情は、なおも訝しげだ。

その横で、亜美が一歩後ずさる。

「あんた、刑事？」

やましいことでもあるのだろうか、眉の上に心から嫌そうな皺を寄せて、亜美は言った。

「警察の人間がこんな山奥に何しに来たの？　あたしたちに何か用でもあるの？」

「何か用かとは、随分なご挨拶だな」

俺は苦笑しつつ、亜美に言った。

「俺の目的は百合子だよ。だがそれだけじゃない。人が何人も死ぬ事件が起こったのでは、警察官としては放ってはおけないだろう」

「ど、どうしてそれを」

絶句する亜美。

悟が、亜美に代わって俺に問う。

「十和田さんに、宮司さんのお兄さん、もしかしておふたりはすでにご存じなんですか？　ここで、人殺しがあったってことを」

「もちろんだ。小礼拝堂で起こった事件も、大礼拝堂で起こった事件も、どちらも知っている」

どうして知っているんですか？

そう言いたげに額に皺を寄せた悟に、俺は言う。

「……君が、志田悟君か」

「はい、あの」

悟が、恐縮するように身を縮こませた。

「すみませんでした、宮司さん……妹さんを無断で、こんな場所に連れ出して、それだけじゃなく、危険な目にまであわせてしまって」

謝る姿を観察する俺に、悟はひたすら頭を下げる。

「妹さんだけを家に帰すことだって、電話だってできたはずなのに、それをせずにご心配をおかけしたこと、本当に……本当に申し訳ありませんでした」

しっかりとした顔つきに、はっきりとした言葉、落ち着いた所作。百合子を帰さなかったことも、自分の責任として考えている。

彼の人生は決して平坦ではなかっただろう。だが悟は、その苦難を自分の力で克服してきた。それが言動にも出ているのだ。

――いい男だ。不承不承ながら、俺は言った。

「認めたわけじゃないぞ。だが、この変人よりは余程ましだな」

「えっ？　なんのことですか？」

「なんでもないよ。気にするな。それより」

俺は、困惑に困惑を塗り重ねたような顔つきの悟に口角を上げると、それから一同に向かって言った。

「皆に言っておくべきことがある。実は、ここで発生した一連の事件について、俺たちはずっと別の場所から見ていたんだ」

「み、見ていた？　その、どういうことでございますか」

おずおずとした鬼丸の質問に、俺はすぐに答える。

「この館には二ヵ所、隠されたビデオカメラがあるんだよ。大広間と談話室にね。それを通じて俺たちは、この館で何が起こったのかを見聞きしているんだ。もちろんすべてではないが、事件の輪郭はしっかりとつかんでいる。詳しいことはまた後で話す。それよりも、今はずっと大事なことを、君たちと一緒に行わなければならないからな」

「だ、大事なことって、ら、な、何だよ？」

舌をもつれさせながら訊く亮に、俺は答えた。

「謎解きだ。この五覚堂の殺人事件の謎を、君たちと解かなきゃならない」

言いながら、十和田のほうを向き、目配せをした。

――これでいいんだな？　十和田。

十和田はしかし、俺のことなど一瞥もせず、ひょこひょこと一同の前へと進み出た。

「今この宮司くんが説明したとおり、僕らはこの事件のすべてを近くて遠い場所から見ていた。君たちが遭遇した事件はとても奇妙なものばかりだが、しかしすでに今の僕には、犯人が誰か、どうやってこの密室殺人劇を成立させ得たか、すべての解を得ている。そして、今からそれを、君たちに説明する必要があると考えている」

大仰に述べる十和田。

その言葉の合間、俺は妹をちらりと見る。

十和田の登場に騒ぐかと思いきや、彼女は状況も素早く飲み込んだのだろう、しっかりとした顔つきで、俺を見ていた。

――なんで、十和田先生と一緒にいるの？

そう目で訴える百合子に、俺は同様に目で答えた。

――まあ、いろいろとあってね。

――そうなんだ。それより……ごめんなさい、お兄ちゃん。勝手なことをして。

――謝る必要はないよ。

――でも。

すまなそうな表情の百合子に、俺はにこりと微笑んだ。

――百合子が無事なら、それでいい。君だって、別に俺のことをないがしろにしたわけじゃないんだろう？　それくらいきちんと解っているさ、兄妹なんだからな。それより……。

俺は、十和田を見る。

十和田は、鼈甲縁の眼鏡をくいと上げると、宣言した。

「さあ……講義を始めようか」

俺は大きく頷くと、妹に目で伝えた。

――今は、この男の講義に、全力で耳を傾けよう。

4

「まずは、この五覚堂で発生した不可解な事件について、状況をまとめておこう。発生したのは二つの事件、いずれも殺人事件であるのは、全員が知ってのとおりだ」

大袈裟な身振りを交えつつも、十和田は淀みない言葉で講義を始めた。

「第一の事件は昨日の夕方、小礼拝堂において確認された。被害者は志田正胤と湊万里の二名。凶器は果物ナイフで、その状況から、万里が正胤を刺殺し、その後自らの首を掻き切って自殺を図ったものと推測された。それから半日後、第二の事件が今朝、大礼拝堂において確認された。被害者は志田胤次、志田大人、志田三胤の三名。凶器は三胤愛用の先端に釘のようなものが仕込まれたステッキで、その状況から、三胤が胤次、大人のふたりを刺殺し、その後ステッキを喉に突き刺して自殺を図ったものと推測された。そして、これがもっとも大事な点になるが、これら二つの事件には、ある重要な共通点が存在していた。それが」

十和田が、人差し指を立てた。

「……密室だ」

——密室。

心の中で、俺はその言葉を繰り返す。

密室――あまり好きな言葉ではない。この言葉が使われるということは、その事件に困難な状況があるということを意味するからだ。「ある密閉された空間で犯罪が完結している」にもかかわらず、いつも「犯人はその外にいる」のだ。

十和田は、人差し指とともに中指も立てる。

「これら不可解な二つの事件は、それぞれ密室で起きたものだ。どちらも開口部は鍵のついた扉と窓がひとつの二ヵ所のみ。しかもその窓は、どちらも幅が十センチ程度のスリットだ。よく似た二つの密室は、しかし仕掛けが大きく異なっている。例えば第一の密室はその仕掛けの性質から純然たる物理的密室なのだが、第二の密室はそれに加えて精神的密室としての側面も持っている」

「精神的密室?」

問い返す俺に、十和田は頷きながら答える。

「そう。物理的には密室ではないが、人間の心の働きによりそれが密室になっていると感じられるようなもののことだよ。さらに精神的密室は、その性質に応じてさらに二つに細分化される。能動的に密室としての効果が作用する意識的密室と、無意識のうちに密室としての効果を作用させる無意識的密室とにな。まあ、それはさておくとして、密室における殺人においては、常にその内側に二つの論点を孕む。それは、

『誰が』『どうやって』密室を作り出したかということだ。この五覚堂で発生した二つの殺人事件についても、当然この二つの論点が存在している。すなわち『誰が』『どうやって』五覚堂の密室殺人を完成したのか？　この講義では、まず後者から説明していきたい。つまり、五覚堂の密室殺人は『どうやって』行われたのか」

滔々《とうとう》と湧き出ずるような、十和田の言葉。

それに異議を唱えるものはいない――まだ。

十和田はひとつ咳払いをすると、講義を続けていく。

「第一の、小礼拝堂における殺人について。これはまさに物理的密室の典型例であるといえる。現場に残された手掛かりも、これを説明するのに必要にして十分なだけがあるという、実に理想的な問題だ。さて、この問いについては、すでに解答を得ている者がいるようだが……宮司百合子くん」

「えっ？」

唐突に名前を呼ばれ、一瞬、戸惑った顔を見せつつも、すぐに百合子は返事をした。

「なんですか、十和田先生」

「百合子くん。君はこの第一の殺人のトリックをすでに解いているようだが、間違いないか？」

「は、はい。たぶん」

緊張しているのか、百合子の声は震え、上ずっていた。

考えてみれば当り前だ。百合子にとってこの十和田との会話は、ラパスで交わして以降実に一年ぶり以上のものになるのだから。ましてや、こんな特異な場面では緊張して当然である。

十和田は、そんな百合子ににこりと笑いかける。

「よし、ならば君に答えてもらおう。百合子くん。まず、この密室トリックに使われた道具、すなわち演算子《えんざんし》は何か？」

「それは」

百合子は、一拍を置いて答えた。

「スポンジです」

「では、被演算子は？」

「水です」

迷いのない即答。しかし一同は首を傾げる。

スポンジ、そして水？

それらが、どうして密室と関係あるのか？

十和田はしかし、さも当然のごとく、答えを百合子に求める。

「では、解は？」

百合子もまた、さも当然のごとく、あっさりと解答した。

「はい。スポンジに水を含ませ、圧縮し、凍らせたものを、スライド式の鍵に挟んでおいたんです」

スポンジに水を含ませ、圧縮し、凍らせたものを、スライド式の鍵に挟んでおいた――。

百合子の言葉を心の中で反芻《はんすう》する俺をよそに、百合子はトリックの説明を続けていく。

「スポンジには弾性があります。これに水を含ませて、圧縮した状態で凍らせると、潰れた形に凍ったスポンジ……『凍りスポンジ』ができあがります。犯人は小礼拝堂での殺人を終えると、この凍りスポンジをスライド式の鍵に挟んで扉を閉めました。この時点ではもちろん密室ではありません。ですが、やがてスポンジの氷が溶けると、弾力を取り戻したスポンジが元の形に戻ろうとして大きくなり、棒を押して鍵を掛けるというわけです。鬼丸さんが小礼拝堂で見たというスポンジこそが、まさにこのトリックの証拠となるものです」

図７　凍りスポンジのトリック

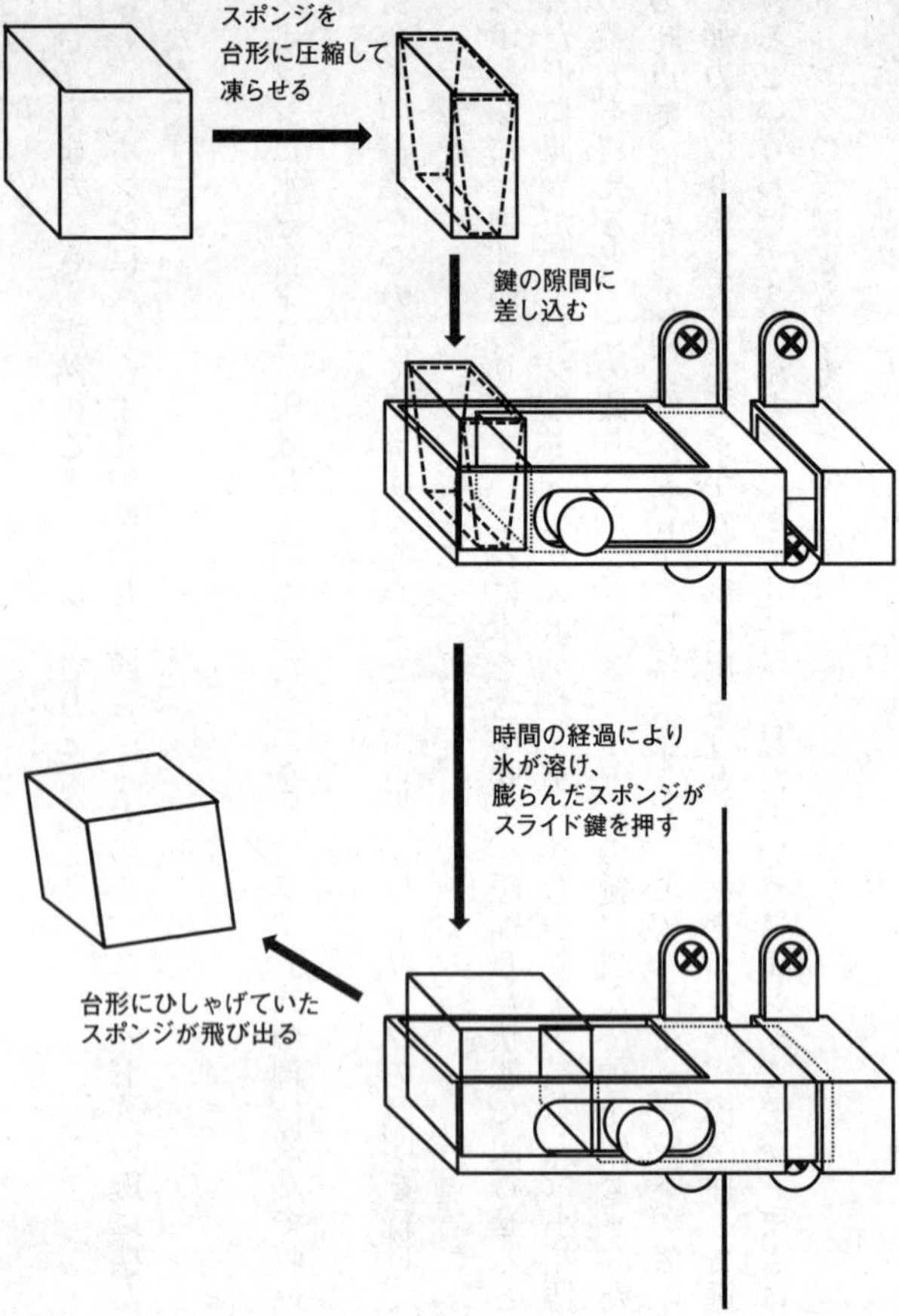

※　図7「凍りスポンジのトリック」参照

十和田は、なるほどと首を縦に振りつつ、なおも訊く。

「では、スポンジがその場にとどまらず、床に落ちていたのはなぜか？」

「均等に圧縮した場合、氷が溶けてもスポンジはその場に残ります。ですがこの場合、スポンジはやや歪んだ形で凍らせていたはずです。こうすることで、氷が溶ける過程でスポンジは弾けるようにスライド式の鍵から飛び出るようになります」

「ではその凍りスポンジはどこにあったか？」

さらに問う十和田。しかし百合子は、この問いにもすらすらと答える。

「冷凍庫です。亮さんは、製氷皿に白く濁った小さな氷しかなかったと言っていましたが、まさにそれらの中に、小さく圧縮された形で凍らせたスポンジがあったのだろうと思います」

「シンプルにして的確。一ポイント差し上げよう」

十和田が、百合子に向かってぱんぱんぱんと三回、手を打った。

「ありがとうございます、十和田先生」

はにかむ百合子。

弾みでずり落ちた眼鏡を押し上げると、十和田は続けて言った。

「百合子くんが説明したように、小礼拝堂の密室で使われたトリックは、つまり、スポンジの膨張を氷が食い止めるという物理的現象を利用した、極めて原始的な『物理的密室』であると考えられる。かくして、第一の殺人のあらましを説明するとこうなる。犯人は昨日の午後、冷凍庫に準備しておいたスポンジをポケットに忍ばせたまま、ふたりの被害者、正胤と万里を小礼拝堂に呼び出した。この人に呼び出されれば、おそらくふたりは行かざるを得なかっただろう。犯人は、呼び出したふたりをいきなり果物ナイフで殺害すると、万里が犯人であるかのように現場を偽装した上で、スライド式の鍵に凍りスポンジを仕掛けて部屋を出た。氷はやがて溶け、スポンジが鍵を掛ける。こうして密室ができあがったというわけだ」

「なるほどな」

俺は、感心した。

氷が溶けることを利用した、極めて単純なトリック。陳腐なものだが、スポンジと水という二つのキーワードだけで、それを見抜けるものではないからだ。

十和田はなおも続ける。

「ところで、ビデオだけを見ていた僕は、これがてっきり夜中の出来事だと思っていた。だから寒すぎて氷が溶けないのではないかと思っていたのだが、実際は、これは日中の出来事だった。昼間は太陽も出ているし温度も上がる。結果、部屋は十分に温まり、氷も迅速《じんそく》に溶け得たというわけだ」

——ん？

俺はふと、一点が気にかかる。本当に、氷が溶ける程度に部屋は温まるのだろうか？

だが——。

「さて」

眼鏡をくいと押し上げ、また身体をひょこひょこと奇妙に動かしてから、十和田は話を先に続けていく。

「続いて第二の、大礼拝堂における殺人について述べることとしよう。第一の密室が物理的密室の典型例であるとすれば、この第二の密室はいわゆる精神的密室の代表格と言っていいかもしれない。なぜならこの密室には、ある非常識なトリックが用いられているからだ。それこそ常識人には発想できない。非常識なものがな」

「非常識なトリックって、何なんだ？」

問う俺を、十和田は目を細めて一瞥した。

「宮司くん。君は『コロンブスの卵』を知っているか？」

「あ？　ああ」

いきなり何を訊くのだろう。面食らいつつも、十和田の相変わらずなマイペースに引きずられるようにして、俺は答えた。
「卵の立て方を問われたコロンブスが、卵の端をちょっとだけ割って立たせたってい
う、あれだろう」
「そうだ、そのとおり」
十和田は頷いた。
「彼の新大陸発見を『海を西へ行けば大陸に当たるなど、造作もないことだ』と揶揄《やゆ》
した人間たちに対し、コロンブスは『ならばこの卵を立ててみろ』と言った。誰もで
きないのを見た彼は、ふんと鼻で笑うと、卵の先を割ってから立てた。『そんな方法
ならば誰でもできる』と文句を言う人間たちに、コロンブスは言った。『人のした後
ならば、造作もないことだ』」
「有名すぎる逸話《いつわ》だな。だがこの事件と何の関係があるんだ？」
「卵を割って立てる。他愛《たわい》もない方法だ。同様にこのトリックも、種を明かしてしま
えば実に他愛もないものだってことさ。ただ、その発想が難しいというだけでね。い
いか？　この密室には開口部が二ヵ所しかない。扉と窓だ。犯人はこのいずれかから
脱出したことになるのだが、少なくともそれは扉ではない」
「鍵が掛かっていたからか」
「そうだ。鍵は終始掛かっていた。スライド式の鍵が細工されていた形跡もなく、少

なくとも第一の密室で使われていたような物理トリックは、ここでは用いられなかったってことになる」

「だとすると、犯人はあの窓から出入りしたと？」

「そうだ。犯人は窓から大礼拝堂へと出入りしたと考えられる」

「いや十和田、それは無理だろうよ」

俺はすぐに、十和田に抗弁する。

「スリットの幅は十センチくらいしかなかったんだろう？　そこからどうやって出入りするっていうんだ。あんなの、子供でもとおれないぞ」

「確かにそうだな。だが逆に問うが、もし仮に、出入りがあったのだとすれば、そのときどんなことが起きていたと考えられる？」

「は？　そ、そうだな、例えば犯人は関節を自由自在に外すことのできるびっくり軟《なん》体《たい》人間で、身体を柔軟に十センチ以下の幅まで変形できた、とか」

「…………」

黙る十和田。馬鹿馬鹿しいことを言ったことに気づき、俺は慌てて取り繕った。

「……あるわけないよな。くだらないことを言ってすまん」

謝る俺に、しかし十和田は静かに言った。

「いや……惜しい」

「発想がだ。解はすぐそこに見えている。ゴム人間。いいじゃないか。もうひとつ発想を逆転させれば、解にたどり着く」

「どういうことだよ？」

さっぱり解らん。首を傾げる俺に、十和田はややあってから言った。

「変形するのは人間じゃない。壁のほうなんだ」


「壁が変形する、だって？」

亮が、びっくりしたように言った。

「と、十和田さんと言ったか、あんた、壁が変形するって、つまり犯人は隙間を無理やり広げてそこをとおったとでも言いたいのか？」

「平たく言えば、そうだ」

頷く十和田に、しかし亮は疑わしげに言う。

「いや簡単に言うがね、あの壁はコンクリートでできているんだぞ？　コンクリートの壁が変形して隙間が広がるだなんて、そんなことがあり得るのか？　コンクリはゴムとは違うんだぞ？」

「確かにコンクリートとゴムは違う。だが」

十和田が、力強く説明する。

「どちらも同じ固体であり、十分な力を掛ければ変形を生むことには変わりがない。違うのはただヤング率、つまりどれだけの力が必要か、どれだけの弾力性があるかという点だけだ。コンクリートもゴムも、それこそ金属もダイヤモンドも、すべて力を加えればたわむんだよ。いいか湊くん。このトリックはまさに、君が持っているような『コンクリートでできた構造物が変形するわけがない』という先入観を利用して仕掛けられたものなんだ」

「………………」

続く言葉を失う亮。十和田はなおも滔々《とうとう》と言葉を継いでいく。

「コンクリートはたわむ。そのたわみを利用して、あの細い隙間は人間がとおり抜けられる程度にまで押し広げられた。結果として、常識からはかけ離れた部位に出入り口がつくられた、ということになるわけだ」

「解るよ。解る。だが十和田」

啞然《あぜん》とする亮に代わって、俺は抗弁する。

「コンクリートだって変形するのは解った。だが一体、どんなふうに変形してあの窓の隙間が広がったっていうんだよ。いかにコンクリートがたわむからって、ゴム並みに柔らかいわけでもないだろう。そもそも、コンクリートを変形させるには、重機並みの巨大な力が要るはずだが、そんな道具をどこから持ってきた？」

「そうだ、そこだ」

十和田はまたも、当たり前のように首を縦に振った。

「まさにポイントになるのは、壁が一体どういうふうに変形をしたのか、あるいは、その変形を生むほど強い力を、どこからどうやって加えたのかということなんだ」

「もったいぶるな。結論を早く言え」

俺の促しに、十和田はにやりと笑うと——。

胸ポケットから五覚堂の見取り図を取り出した。

そして、図面を広げて一同に見せると、ある一点を指差しながら、言った。

それは、見取り図の右上、五角形の集合体。

「宮司くん。五覚堂の大礼拝堂に隣接する、この一見すると意味がないと思われる建物部分。ここは、実は人力で回せるようになっている」

「回せる？」

「そう。地面には一点でしか固定されておらず、そこを支点として回るんだ。犯人はその支点から遠い位置で建物を押し、回転させた。そんなに力は要らない。支点部分が十分になめらかだからな。こうして左に回転した建物はやがて大礼拝堂の壁を押す。その力は実際に犯人が押している力よりもはるかに大きなものだ。いわゆる、てこの原理というやつだな。これによって、強い力がコンクリートに加わり、たわみを生じさせ、窓のスリットが押し広げられたというわけだ」

※　図8「回転部分と開く隙間」参照

「まさか、そんなことが……」

「常識外れだろう？　だが犯人は、その常識外れの場所に、常識外れの方法を用いて、常識からは決して導かれないような出入り口を作った」

「…………」

俺は暫し啞然としてから、漸く言葉を口にする。

「し、しかし、そもそも壁は、床や天井とくっついているものなんじゃないのか」

「もちろん接している。だが、接着はしていなかった。それが証拠に、大礼拝堂の床には水が染み入っていた。大礼拝堂の床が濡れていただろう？　あの水は、窓のスリットから入ってきた雨水ではなく、壁と床、壁と天井との接面に生ずる毛細管現象によって、室内に侵入してきたものなんだ」

「そ、そうなのか。だが、そもそも本当に曲げられるものなのか？　強固なコンクリートの壁が」

それでも懐疑《かいぎ》的な俺に、十和田は自信満々の表情で頷いた。

図8　回転部分と開く隙間

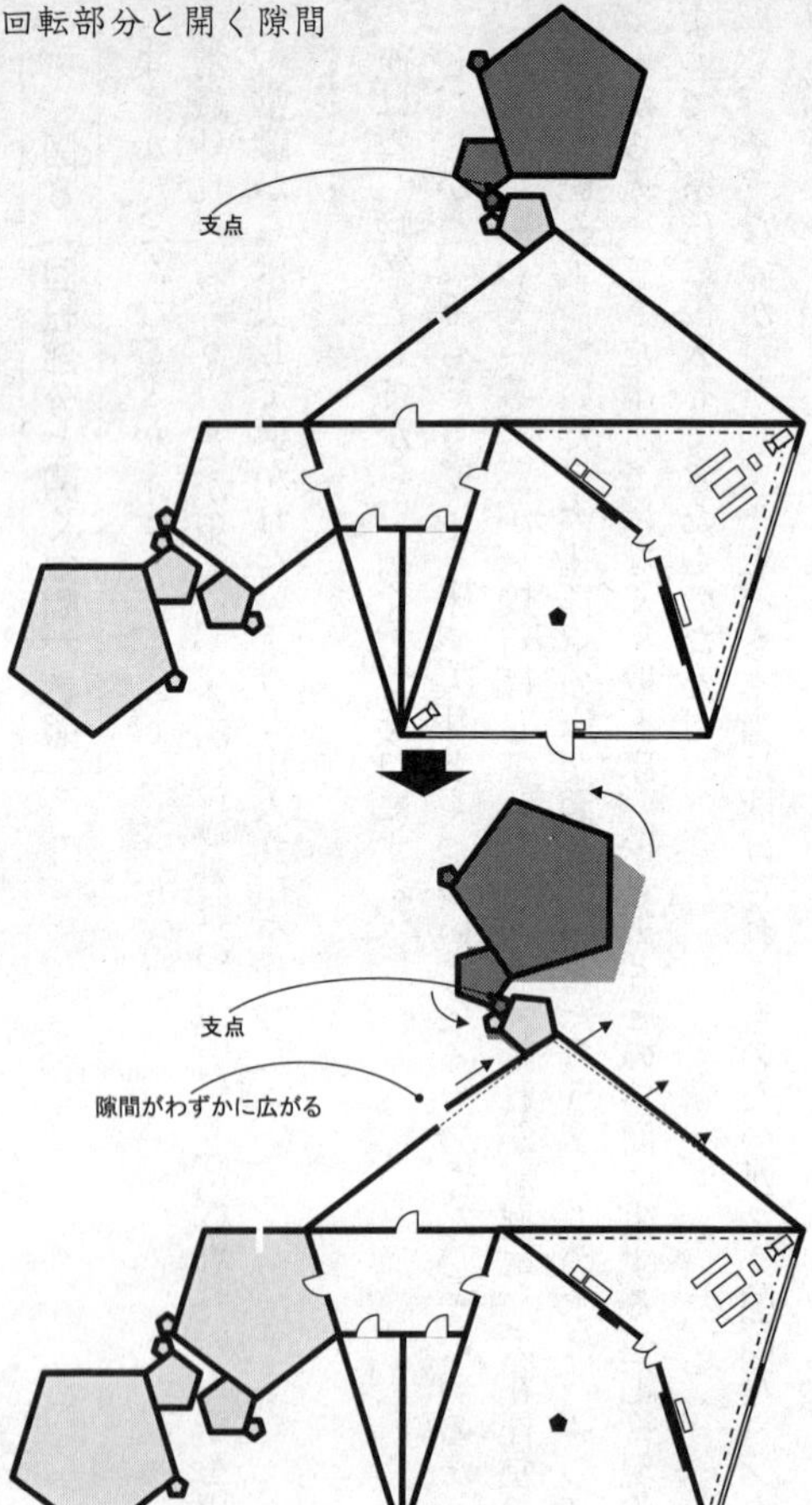

「曲がる。もちろん、コンクリートは引っ張りに脆《もろ》い材料だから、そんなに大きく変形はできないがそれでも十センチメートルくらいなら、隙間を広げることが可能だ。既存の十センチメートルに、さらに十センチメートルを加えれば、隙間は二十センチメートル。これだけの幅があれば、ぎりぎり、人間の出入りも可能になるとは思わないか？」

「確かに、そうかもしれないが」

「あっ、そうか」

不意に、百合子が声を上げた。

手をぽんと打ちつつ、彼女は十和田に言った。

「鬼丸さんが夜中に聞いたっていう、『ピシッ、ピシッ』っていう音。あの音はたわんだコンクリート壁にひびが入る音だったんですね？」

「そのとおり」

十和田が、よくできる生徒を見る先生の眼差しで、首を縦に振った。

「引っ張りに弱いコンクリートは、変形するときにひびを生ずる。このとき当然大きな音がする。彼女が聞いたという音は、まさにコンクリート壁がたわみを生じている証拠でもあったわけだ。以上により、第二の密室の謎も解けた。犯人は昨日の深夜、建物を回転させ、てこの原理によりコンクリート壁の隙間を二十センチメートルに広げると、三人の被害者たちを大礼拝堂に呼びつけ、殺害し、内側から鍵を掛けた上で、窓から外に出た。そして再び窓を十センチメートルまで閉じ、密室を構築したというわけだ。なんと大胆で、大掛かりで、非常識な方法だろう。だが一方では『まさか人力でコンクリートの壁が曲がり、窓の幅が広がるとは思えない』という先入観をうまく利用してもいる。その意味でこれは、実に巧妙な無意識的密室であったわけだ」

「ってことは、何？」

亜美が突然、非難するような口調で言った。

「犯人は、禁忌を破って一旦外に出たっていうわけ？」

「そのとおり」

十和田が即答した。

「犯人はいともあっさりと遺言の禁忌を破ったことになるな」

「そんなのあり得ない」

不服そうな亜美に、十和田は言う。

「そうだろうか？　そもそも遺言の禁忌など、破ろうと思えばすぐに破れるものじゃないのか？」

「う、それはそうだけど」

「『禁忌を破ってはならない』という決まりなんかどこにもないのに、それを律儀に守っていたのは、まさに君たちだけだったんだよ。その意味で、この館は意識的密室でもあったわけだ」

腕を組みながら、亜美が言う。

「まあ、解ったわよ。でもさ十和田さん。もし犯人が外に出たっていうんだったら、そいつの足跡がどこかに残ってるんじゃない？　もしかして、それを調べれば犯人が誰だか解るんじゃ」

「なるほど、そりゃ一理あるな。早速調べてみよう」

腰を浮かした俺を、十和田は冷静に制した。

「やめておけ、宮司くん。調べても無駄骨に終わるだけだから」

「なんでだよ。調べてみなきゃ解らないだろ」

「いいや、調べなくとも解る。この地方はこの時季、深夜は氷点下まで気温が下がる。つまり夜中になると、それまでぬかるんでいた地面が凍るということだ。当然、足跡は残りづらくなる。もちろん、わずかに痕跡が残る可能性はあるが、それも朝になれば再びぬかるみに戻り、すべて消えてしまうだろう」

「む、ならば犯人を特定することはまだできないということか？」

顔を顰めた俺に、しかし十和田は言った。

「少なくとも、君たちの言う方法ではね。おそらく犯人は、足跡が残らないという点も加味して犯行時刻を深夜に設定したのだと思う。巧妙だとは思うが、だがそれが、かえって犯人特定のための手掛かりを生んでいるのは皮肉かもしれないな」

「どういうことだよ？」

だが十和田は、俺の質問には答えず、話を先へと進めていく。

「そこで、犯人の巧妙な手口が解った今、議論を次の論点へと進めたいと思う。すなわち」

すう、と息を吸い込むと、十和田は言った。

「犯人は、誰なのか？」

十和田は、ぐるりと一同を見回すと、続けた。

「まず第一の殺人について。昨夕、おそらく十六時ごろに小礼拝堂で行われたこの殺人は、結論から言えば全員にこれを実行する機会があったと考えられる。冷凍庫から凍ったスポンジを取り出し、こっそりと志田正胤と湊万里に小礼拝堂に来るように告げ、そして殺害するという行為。手際にもよるが、トータルで三十分も掛からないものだ。そしてあの場においては、誰でもその三十分をこっそりと持つことができただろう。とすれば、この第一の殺人事件から犯人を特定することは、事実上不可能だということになる。しかしながらその犯人は、次の第二の殺人を考察することで明らかになる。第二の殺人の犯人は、第一の殺人の犯人でもあるからだ」

俺は訊いた。

「二つの事件は同一犯によるものなのか？」

「そうなるな」

「なぜそう言える？　別々ということだってあるんじゃないか？」

さらに問う俺に、十和田は答える。

「宮司くん、無矛盾な体系においては、到達すべき結論はひとつしか存在しない。しかもこの問題を書いたのは神なんだ。解はひとつしかないんだよ」

この問題を書いたのは神。だから、解はひとつ。

言っていることの意味はよくわからないが、ともかくそう断定していいものだろうか。犯人が複数の共犯だという可能性はないのか。

疑問は尽きない。納得もできない。だが――。

なぜか、反論もできない。

返す言葉に戸惑う俺を傍目に、十和田は説明を続けていく。

「そこで、第二の殺人に考察を移す。容疑の対象となる者は六人だ。すなわち」

湊亮、小山内亜美、志田悟、辻和夫、鬼丸八重、そして宮司百合子。

十和田は、その各人をひとりひとり順繰りに、名前を呼びながら指差した。

「だが、百合子くんが犯人ではないことは明白だ。彼女はこの集団におけるエキゾチックな存在であるし、そもそも彼女は『被害者』だ。だから残るは五人。ここを起点として、犯人が誰なのかということを順次証明していくことにするが、まずは……小山内亜美くん」

十和田が、視線を亜美に向けた。

「な、何よ」

怯むように一歩下がりつつ、しかし亜美は口では十和田を威嚇する。

「あんた、まさかあたしが犯人だって言うつもり？　ふざけんな、あたしは犯人じゃない」

「解っている。君は犯人ではない」

十和田は、大きく首を縦に振った。

「なぜだ？　なぜこいつが犯人じゃないと言える。その根拠はなんだ？」

不服そうな顔で抗弁する亮に、十和田はすぐに答えた。

「根拠は単純。彼女の履いている靴が、ピンヒールだからだ。あんな靴底の面積が小さな靴では、夜中、凍った地面の上を歩くのが困難なのは明らかだ。簡単に滑ってしまうだろうからな」

「まあそうだが、しかし歩けなくはないだろう」

亮の抗弁に、十和田は答える。

「もちろん歩くことそのものは不可能ではない。だが、そんな靴を履いたままで、先述したような建物をてこにした力仕事をするというのは、なお困難なことだ」

「……………」

「た、確かにそうだ」

漸く言葉を取り戻した俺が、十和田に問う。

「しかし、靴が問題なのであれば、あらかじめ別の履物を用意していたか、いっそ脱いで犯行に及んだとは考えられないか？」

十和田は、即座に答える。

「替えの履物や靴下を用意していたとしても、それは初めに荷物ごと没収されてしまっている。裸足という可能性は否定しないが、かちかちに凍った地面を歩けば足の裏だってただじゃすまないだろう。尖った部分で切り傷や擦り傷を作ったり、凍傷を起こすかもしれない。もし彼女が犯人ならば、足回りにその証拠が残るはずだが……」

「そ、そうよ、ほら」

十和田の言葉に、亜美はピンヒールを脱いで後ろを向くと、つま先を立て、足の裏を一同に見せた。

「どう?」

なるほど、それは手入れが行き届いた、真っ白で滑らかな、傷ひとつない足の裏だった。

十和田が続ける。

「これを見ても明らかなとおり、彼女は第二の殺人を行ったとは認められない。以上により、小山内亜美くんを容疑者から除外する」

亜美がほっとしたような顔を見せた。

犯人が絞られる。残りは、四人。

十和田は、一拍を置いてから口を開く。

「続いて、湊亮くん。そして鬼丸八重さん。君たちも犯人ではない。理由は体型だ」

亮と鬼丸の腹のあたりを順番に指差しつつ、十和田は言った。

「君たちの胴には、あまりにも肉がつきすぎている。それでは、あの隙間に身体を通過させることは極めて困難だ」

第二の密室は、約二十センチまで広げられたスリットを通り抜けることによって成し遂げられたものだった。だが——。

俺は、でっぷりと太った亮と、ころころした体型の鬼丸の腹部を交互に見る。

確かに、それだけ腹が出ていれば、たとえ隙間が三十センチあっても、とおり抜けるのは困難だろう。

だとすれば、このふたりに、密室を構築できた可能性はないということになる。

「コンクリートはたわむが、それはせいぜい十センチメートルだ。それ以上曲げればコンクリートは破損する。犯人は少なくとも二十センチメートルの幅をとおり抜けられるほどに細い体型の持ち主でなければならない。……以上により、湊亮くんと、鬼丸八重さんのふたりを、容疑者から除外する」

再び、十和田が宣言する。亮はふーと大袈裟な溜息を吐き、また鬼丸は少しだけ複雑な面持ちで、双方胸をなでおろした。

こうして、犯人がさらに絞られた。

残りは、二名。

もちろん、俺にはすでにどちらが犯人か解っている。

なぜなら、片方の人物は、そもそも殺人などという行為に及ぶことが不可能だからだ。

その事実について——すなわち、すでに誰もがよく理解している事実を——十和田は、改めて述べる。

「そして、もちろん君が犯人であるということは、決してない。君はそもそも、これほどのトリックを仕掛けたり、人を殺すために立ち回ったりするということができない。ハンディキャップを背負っているからだ。そうだね？　……志田悟くん」

そう、志田悟。

彼は決して犯人ではあり得ない。

なぜなら——。

十和田は、淡々と言った。

「君は……盲目《もうもく》だからね」

悟は——盲目。

目が見えない。

数秒の後、悟がゆっくりと首を横に振る。

手には盲人用の杖を握り、その先端でとんとんと床を叩きながら、光を失った両目の間に悲痛な皺を寄せる。

彼は無言のまま、何度も首を横に振っていた。

その所作が、何を意味するものかは、解らない。

だが、はっきりとしているのは、彼は生まれつき目が見えないこと、にもかかわらず大変な努力の結果、百合子と同じゼミで勉学に励む優秀な頭脳を持った大学院生であること、そしてこの五覚堂に来るにあたり、付き添いを必要としたため、百合子を誘ったのだということ。

つまり悟はあれほどの大量殺人を実行するのに必要な「視覚」を有しておらず、したがって決して犯人ではあり得ないということ。

そして――。

十和田が、結論を告げた。

「以上により、志田悟くんを容疑者から除外する。かくして、五覚堂の殺人を実行に移すことのできた、ただひとりが残った。つまり……」

そして、残ったひとりに人差し指を突きつけた。

「あなたが犯人だ」

誰もが、息を呑む。

声を発するものはなく、さまざまな感情を内包した空気だけが張りつめる。

十和田に指を突きつけられたその男は、しかし、身動きひとつ、瞬きひとつすることなく、じっと十和田の動向だけを、暗い眼差しで窺っていた。

ここに至るも、俺はなお疑いを払拭できないでいた。

本当に、彼が五覚堂の殺人の犯人なのだろうか？

この、線の細い初老の男が？

辻和夫が？

だが、その解——辻が犯人であるという事実は、既知の事情とも明快に結びつき、彼の動機を、確かに形成するものでもある。

だから、この十和田の指摘は、真実。

十和田がやがて、言葉を継いでいく。

「辻和夫さん、あなたが犯人だ。そう考えると、改めてさまざまな点が腑《ふ》に落ちる。例えば、被害者たちはなぜ、のこのこ小礼拝堂や大礼拝堂に呼び出され殺されたのか？　それは、遺言状の執行者という名のもとにこの場をコントロールしていたあなたの指示だったからだ。あなたが『実は遺言はほかにもあるのだが、礼拝堂に来てもらえないか』と言えば、行かない者などいなかっただろう。あるいは、遺言状そのものが不可解なものだったという事実にも答えが与えられる。何しろあなたは志田家の弁護士、法律顧問だ。書面を預かっていたあなたには、本文に手を加えることだって決して不可能なことではなかっただろう。そして、さらにもうひとつ。あなたが深夜、いかに行動し得たかという点も、これで明快に説明できることになる」

「深夜、いかに行動し得た？　どういうことだ、十和田」

問う俺に、十和田は逆に問い返す。

「宮司くん。君は昨夜が新月だということを知っているか？」

「は？　新月？　そんなの知るはずが」

──なくは、ない。

俺はふと、今朝の毒島の言葉を思い出す。

奴は確かに言っていた。今は新月で大潮だと。

「昨夜は新月。空にはわずかな星明かりしかない。すなわち、外は夜、事実上ほとんど光がなかったということになる。そんな真っ暗な闇の中、いかに目が慣れたとしても、凍った足場の上で作業をしたり、人を殺したりするというのは、まず無理な話だとは思わないか」

「確かに、少なくとも明かりが要るな」

「そうだ。だが覚えているか？　この五覚堂にある懐中電灯は壊れているということを」

俺はビデオの映像を思い出し、頷いた。

「確かに、百合子が壊したシーンがあったな」

「本来、辻さんはここに存在する唯一の携帯用の明かり、すなわち懐中電灯を用いて、犯行に及ぶつもりだった。彼の誤算は、それが使えないとは考えていなかったことだ。だが、懐中電灯は壊れていた。慌てた辻さんは、急遽、明かりの代わりになるものを探した。枯れ木を集めてたいまつを作ることも考えたかもしれない。だが、たいまつの炎ではいくらなんでも目立ちすぎるし、そもそも、ライターすらないのでは火が点けられない」

「結局、辻さんは明かりなしで犯行に及んだと？」

「いや、違う」

十和田は、首を横に振った。

「辻さんは最終的に見つけたんだ。明かりの代わりになるものを。それが……」

十和田が、俺の胸ポケットのあたりを指差した。

反射的にそこを押さえた俺は、即座に理解した。

「ああ、なるほどな」

それは確かに、足下を照らすに十分な光量を持ち、また、辻が活用できたものだ。

つまり――。

「バックライトか。携帯の」

「そのとおり」

十和田は大きく頷いた。

「携帯電話の画面は、一定の光量を持ちつつも、眩しすぎない程度の光を放つ。辻さんは皆から回収した携帯電話のうち、もっとも志田家とは関係がない者、百合子くんの携帯電話を取り出すと、その電源を入れ、画面の光を懐中電灯代わりにしたんだ」

「なるほど」

そして、だからか——。

同時に俺はもうひとつ、納得した。

昨晩、ほんの一瞬だけ百合子の携帯電話の電波が通じたのは、なぜなのか？

それは、辻が電源を入れたからだ。彼が明かりを取るために電源を入れた、そのわずかな時間。しかし基地局は、しっかりと電波を捉えていたのだ。

加えて、さらにもうひとつ。

「そうか、鬼丸さんが見たという、緑色で、淡く、ゆらゆらと飛ぶ光。あれこそ、人魂なんかじゃなく、外を歩いていた辻さんが、足下を百合子の携帯電話のバックライトで照らしていた光そのものだったということか」

「そういうことだ」

十和田は、ずり落ちた鼈甲縁のメガネを中指ですっと押し上げると、全員によくとおる声で述べた。

「……以上により、二つの論点、すなわち五覚堂の密室殺人を『誰が』『どうやって』実行したのかについて、次の結論を得た。すなわち、犯人である辻和夫が、第一の密室においては凍りスポンジを、第二の密室においては隙間のこじ開けを利用した上で、五人を殺害したものと解する」

十和田の言葉に、誰も異論を述べる者はいなかった。指摘された当人、つまり辻も含めて。

その様子を暫し見定めると、十和田は、ごくあっさりと宣言した。

「証明はかく示された。皆さん、ご清聴《せいちょう》ありがとう」

5

その宣言がなされてから、数秒か、数十秒か――あるいは数分が過ぎたとき。

亮がふと、呟くように言った。

「……本当なのか？　今のは」

しかし誰も、是とも否とも答えない。

さらに亮が、困惑したように言葉を吐く。

「な、なあ、どうしてなんだ？　本当だってんならなんで、辻さんはそんなことをしたんだ？」

だがやはり、その誰に向けたものでもない言葉に答えられる者は、いない。

当の辻はもちろん、十和田でさえも。

十和田に至っては、すでにこの事件には興味はないといった表情で天井をきょろきょろと見回しながら、ひょこひょこと肩を上下させているのみだ。

俺は思い出す――そう、ダブル・トーラスの事件でもそうだったように、この男は、動機という点にあまり言及しないのだ。興味を持たないからか、それともそれ以外の理由によるものかは解らない。だが、いずれにせよ――。

誰かが説明する必要は、ある。

だから代わりに、俺が一歩前に出ると、問うた。

「辻さん。あなた、自分で話すつもりはあるか？」

「………………」

だが、辻は答えない。

仕方ない。俺は溜息を吐きつつ、言った。

「俺は、あなたがこんな事件を起こした理由をすでに知っている。自分で言わないのなら、俺が代わりに説明することになるが……構わないか」

「………………」

辻はやはり、微動だにしない。

だがその一切を拒絶する眼差しそのものが、むしろ、否定しないことで俺の説明を容認すると主張していた。

だから、俺は――。

「もしも間違っていたら、指摘してくれ」

それだけを言うと、十和田が興味を持たず、示しもしなかった三つめの論点について——すなわち『なぜ』事件は起きたのかについて、説明を引き継いだ。

「話は、二十三年前に遡る。よく知っている者もいると思うが、その日、D町にあった志田家において、ある事件が発生した。凶悪殺人事件だ」

ちらりと辻を見る。

彼はなおも無言のままだ。表情はわずかも変わらない。だが、彼の強い圧を伴った視線が、いつの間にか俺に向けられていた。

続けたまえ——そんな促しを感じつつ、俺は言う。

「被害者は柿崎優。志田家の家政婦だった女性だ。彼女はその夜、病院を脱走した男に殺され、身体をばらばらにされた上に、庭池に浮かべられていた船とともに燃やされた。犯人の男はすぐに捕まり、迅速に裁判に掛けられた。かくして無期懲役判決を受けた男は、しかしほどなくして獄中死することとなった。……そうだな、鬼丸さん」

「は、はい」

鬼丸は、当時を思い出してか、目の下を拭いながら答えた。

「刑事さんのおっしゃるとおりでございます。ただ、本当なのですか？　身体をばらばらにされただなんて。それは初耳でした。優ちゃんは、そんなにも酷い殺され方をしていたのですか」

「そういう記録が残っている」

「まさか、なんてかわいそうなことでしょうか……」

鬼丸が嗚咽しながら顔を伏せる。二十三年前の出来事であっても、彼女にはまるで昨日のことのように感じられているのかもしれない。

俺は話を先へと進める。

「あまりの残酷さに、志田家の関係者には、事件の本当の姿は伏せられていたんだ。だから、鬼丸さんも、湊さんも、悟くんも、もちろん辻さん、あなたも初めはこの事件の本当の形を知らなかった。そしてこのことは、当時の当主、志田周の意向により、そのまま闇に葬《ほうむ》り去られる事件となる……はずだった」

「はずだったって、どういうこと、お兄ちゃん」

俺の含みを持たせた語尾に、百合子が、訝しげな視線を送ってくる。

百合子に頷きを返しつつ、俺は続けた。

「二十三年前の事件。俺はその一件書類を丹念に読み込んだが、実のところこの記録には多くの点で真正性に疑いがあった。例えば、犯人とされた男の行動には、衝動性と計画性が混在していて、一貫性がない。例えば、男の残虐な行為には明確な動機が見られない。例えば、凶悪犯罪であるにもかかわらず、捜査は男の確保とともにやけにあっさり終えられている。こういった不審を基に、俺はこの事件に関してある仮説を導いた。すなわち、二十三年前の殺人事件、その犯人は、金澤某なる男ではなく、ほかでもない志田家の次期当主、志田幾郎だったのではないかというシナリオだ」

「せ、先代が？」

鬼丸が、息を呑む。

鬼丸だけではない、亮も、亜美も、悟も、百合子でさえも、驚いた顔で俺を見た。

――ただ辻だけを除いては。

「政治的に有力な立場にもあった志田周、もし彼のひとり息子が、家政婦を惨殺するなどという凶悪事件を起こしたとしたら、志田家の立場はどうなるだろう？　事件に直面した志田周が取った行動は想像に難くない。彼は、志田幾郎の身代わりになるような人物が傘下の病院にいることを知っていたし、警察に対してもある程度の圧力を掛けられる立場にいる要人でもあった」

「つまり、先々代は事件を隠蔽《いんぺい》した」

亮の呟きに、俺は首を縦に振る。

「まさしくそういうことだ。事件は巧妙に伏せられ、まったく別の外形を被された上で、闇に葬られた」

「……でもお兄ちゃん？」

百合子が、俺に問う。

「その事実を知っていたのは、もちろん、志田周と志田幾郎のふたりだけだったんでしょう？」

「そうだね」

「辻さんはどうやって、そのことを知ったの？　顧問弁護士だから、内々に教えられていたとか？」

「いや、違う。彼こそある理由により、その事情は厳に伏せられていたんだ」

「ある理由って、何？」

問う百合子に、俺は答える。

「辻さんは、惨殺された柿崎優と内縁関係にあったんだ。そんな間柄だった彼に、志田周は本当のことを言わなかった。言えなかったんだ」

「ふたりが内縁関係……それは本当のことなんですか？　鬼丸さん」

百合子が鬼丸に訊いた。

鬼丸は、ゆっくりと首を縦に振った。

「左様でございます。それは仲睦《なかむつ》まじい、おふたりでございました」

俺は、続けて言った。

「内縁ではあったが、ふたりの間にはすでに子があった。柿崎優が志田幾郎に殺されたときには、まだお腹の中にいた子だ。それが」

一拍を置くと、俺は彼のほうに身体を向けた。

「悟君。君だ」

「…………」

俯いたままの悟に、俺は言った。

「君は辻和夫の子供として、つまり辻悟として育てられた。志田家に縁の深い君は、だから志田万里さんや志田大人さんとも仲がよかった。やがて君は志田家に養子に入る。志田三胤さんに跡継ぎがなかったからだ。結果、君は今、志田悟として生きている。そうだね」

「……はい」

悟は頷いた。

「刑事さんの言うとおりです。僕の本当の父親は辻さん……辻和夫です」

「やめたまえ。悟は事件とは無関係だ」

不意に、それまで頑《かたく》なに、緘黙《かんもく》に徹していた辻が口を開く。

「悟は、事件のことなど何も知らないのだ。彼を話に巻き込まないでくれ」

「解っている」

俺は、辻を宥めるように言った。

「彼は盲目だ。そもそもこの事件のことなど、初めから何も知らなかったはずだ。それはよく解っている。だが辻さん、あなたのその一言は、あなたが悟君の父親であることを否定しないものだと理解していいな？」

「……構わん」

辻が、なおも微動だにしないまま言葉を継ぐ。

「しかし宮司さんと言ったか、君は身内でもないのに、どうしてこのことを知ったんだ？　よもや、職権で戸籍謄本でも覗いたか」

「いいや」

俺は首を横に振った。

「それでもいずれ解っただろうが、その必要はなかった。なぜなら、あなた方の血縁を示すヒントがあったからだ」

「ヒント？　何かね、それは」

「言葉だよ」

「ことば？」

「そう。二十三年前に殺された柿崎優は富山の出身だったそうだが、おそらく、あなたも同郷だ」

「なぜ同郷だと解るのかね」

「『キズバン』という言葉が、あなたには当然のように通じたからだ。絆創膏は全国各地でさまざまな呼び方をされている。例えば関東地方では『バンドエイド』、東北地方では『カットバン』、九州では『リバテープ』というようにね。大した差異でもないが、たくさん調書を読んでいると、そういう言葉の地域差についていろいろと見えてくるようになるものでね。で、絆創膏のことを『キズバン』と呼ぶ地域、実はひとつだけあるんだ。それが……富山だ」

「む」

初めて表情を変え、顔を顰めた辻に、俺はなおも続ける。

「言葉というのは、無意識のうちに生まれた地方を強く反映する。あなたは富山人で、そして柿崎優も富山の生まれだった。あなた方ふたりを引きつけたのも、まさに同郷人としての気安さだったのじゃないか？　そしてもうひとり『キズバン』という言葉を当たり前のように使っていた者がいた。それが、志田悟君、君だ」

「…………」

「君が三胤さんの子であるならば、東京で生まれ育った三胤さんの言葉を受け継ぎ、『キズバン』という言葉にも馴染みを持たなかったはずだ。だが君は本当の父親である辻さんの下で育っている。少なくとも『キズバン』という言葉が、当たり前のように思えるまではね。それに……」

俺は、一呼吸を置いて言った。

「何より、君たち二人の眉はそっくりだ。それこそ、君たちが父子であることを、何よりも雄弁に物語っているんじゃないか」

「…………」

悟は、ややあってからこくりと頷いた。

「そのとおりです」

神妙な態度の悟に、俺はなおも訊く。

「そして悟君、君はその後、辻さんの指示で養子に出たんだね」

「はい」

「なぜ、辻さんは君を養子に出したのだと思う？」

「それは……」

閉じた瞼の間に縦皺を寄せ、言い淀む悟。

そう。悟は——彼を養子に出した本当の理由を、辻から聞いていないのだ。

だから俺は、悟に告げた。

「辻さんが君のことを養子に出した理由。それは、辻さんが、柿崎優を殺した真犯人が志田幾郎であると知ったからなんだ。そう……」

俺は、辻に向かって言った。

「辻さん。これらのことはすべて、あなたの画策《かくさく》なのだろう？」

「…………」

顔を背けた辻に、俺は続ける。

「あなたには同情すべきことが山ほどある。愛する人を殺された恨みはひとしおだろうし、その一粒種を恨み深い家の類縁にするのも、内心穏やかではなかったはずだ。だが、あなたには遠大な計画があった。それは、志田幾郎への恨みを晴らし、実子である悟君の幸福を約束するものだった。この事件は、そんな計画の最後の一手として行われたものなのだろう？」

「むう」

辻が、小さく唸る。

「正胤さん、胤次さん、三胤さん。彼らには妻がない。したがって、この三人と直系卑属さえ亡き者にしてしまえば、遺産は誰の手に渡るだろうか。それを考えて、辻さん。あなたは、志田家の莫大な遺産がすべて悟君の手に渡るようにしたんだ。彼が、志田家唯一の遺産相続人として、終生幸せに暮らせるようにね。もはや恨み深い志田家の血筋に、顧問として忠誠を誓う必要もなかったのだから、罪悪感も持たなかったのだろう。だが、それにしたってこれは、あまりにも残酷なやり方なのではないか？

遺産相続の対象となりうる人間をすべて殺すなど」

「………」

辻が、逃げるように目を逸らせると――。

ややあってから、呟くような声で、言った。

「……宮司さん。志田周は事件があったあの日、実に周到に動き、周囲の人間の誰にも、それが志田幾郎の凶行であると知らせることはなかった。もちろん、私も含めてだ。そんな私がどうやって、志田幾郎の犯罪を知り得たのだと思うのかね」

「それは」

俺も、一拍を置いてから答える。

「読み解いたんだろう。あの論文を」

「……ふふふ」

是とも否とも言わないまま、辻は口角だけを上げる。

俺は、そんな辻に淡々と言った。

「志田幾郎が哲学者となって書いた論文集。その序文を丹念に読んでいて、俺は気づいたんだ。この序文には、いくつかの文章のまとまりがある。『人間とは自分自身を等身大に知覚できない……』『殺人的実験に耐えるモデル人体Hをここに一体用意する……』『しかる後にモデル人体Hを分割する……』そして、そのまとまりごとに、冒頭の一文字を拾っていく。すると、どうなるか……」

――人殺しふねもやしたのは私。

「これは偶然なのか？　いや、そんなことはない。人を殺して、船を燃やしたのは、私……偶然が文章をつくることなど確率的にもまずないことだろう。とすれば、これは志田幾郎が、故意に埋め込んだメッセージだということになる。辻さん。あなたもこのことに気づいたんだろう？　この隠された文章の存在に。そして……知ったんだ。二十三年前のあの事件の実行犯が、ほかでもない志田幾郎であったことに」

「……困ったものだ」

苦々しいような、あるいははにかむような、複雑な笑みを浮かべつつ、辻は言った。

「十和田さん、そして宮司さん。今日に限ってどうしたわけか、随分と洞察に優《すぐ》れた方々がお集まりになったものだ。私の企《たくら》みなど容易には通用しないということか、あるいは、悪事とはそう簡単に闇に葬れはしないということか……そう、まさに、あの憎き志田幾郎の犯罪のごとくにね。だが」

辻は、目線を俺にちらりと向けた。

「一点だけ、宮司さん。君の推理には間違いがあることを訂正させてもらってもよろしいか」

「ああ、構わないよ。どこが間違っていた？」

俺は気安く頷いた。

十和田のような、自分の思考が常に論理的な正しさを持っているという自信などないからだ。

そんな俺に、辻は、一拍を置いて言った。

「さっき君は、この事件を企んだ私の目的が遺産相続だと言った。志田幾郎の犯罪が発覚したのを契機として、私が、息子である悟に確実に志田家の全財産が渡るようにするため、志田の直系卑属の皆殺しを企んだのだとね。だが、本当は、そうではないのだ。もちろんそれは、副次的な産物ではあった。だが、違うのだ。私の真の目的は、もっと違うところにあったのだ」

「真の目的……と、いうと？」

促す俺に、辻は――。

陰影の深い表情に、鋭利な刃物のような冷たい光を宿した目をぎらつかせながら、言った。

「私は、単に志田幾郎の血を引く者を皆殺しにできさえすれば、それでよかったのだ」

辻の言葉が持つ異様な迫力に、咽《むせ》るような息苦しさが俺たちの周りに充満する。

辻は、ぐるりと舐めるように人々を見回すと、告白を続けた。

「憎い志田の血を潰《つい》えさせること。あの論文に隠された真実を知ったときから、それが私の人生の目標になった。あの男が優に何をしたか。人間の魂がどこにあるのか、それを確かめるためだけに、優を切り刻んだのだ」

「知っていたのか、彼女が何をされたのか」

「もちろん、最初は知らなかった。あのときの私は、優の死の悲しみを堪えるので精一杯だったからだ。唯一の救いは、悟が生きていてくれたことだった。そして、ろくに仕事もできずにいた私を首にすることもなく、悟とともに家族同然に扱ってくれた志田家にも感謝した。お陰で私は、少しずつながら平穏と冷静さを取り戻していったのだ。だがね……冷静になった私は、一方で、不審も感じ始めていた」

辻の頬が、ぴくりと痙攣する。

「警察がなぜ優の遺体を一切私たちには見せないまま、茶毘《だび》に付してしまったのか。なぜ警察も志田家も、優の遺体を私に返してはくれなかったのか。それだけじゃない。どうして悟は生き残ったのか。優は火だるまになって死んだという、なのにお腹の中にいた悟だけは奇跡的に生き残るなど、かえって訝しい。私は事件を詳細に調べ始めた。周到に隠された事件は私に一切の情報を開示することはなかったが、あるとき、志田幾郎の論文を読んだ私は、すべての真実がそこにあることに気がついた。志田幾郎が、私の優に何をしたのか、すべてを悟ったのだ」

「論文が出て間もなくのことか」

「そうだ。もう十五年以上前になる」

辻は、遠い場所を見るように目を細めた。

「『人殺し船燃やしたのは私』……なんとおぞましいメッセージか。あの男はおのれの犯行を、公然と、しかも得意げに言いふらしていたんだよ。志田家という城に守られながらね。私は怒りに震えた。そして考えた。最愛の女の命を奪った憎い男。そしてそいつを庇《かば》うために機能した志田という家。そのすべてを葬り去るにはどうすればいいか。その計画を立てることに私の後半生は費《つい》やされたと言っていいかもしれない。……つらかったよ、顧問弁護士として仇敵《きゅうてき》に仕え続けるのはね。だが、私は逃げるわけにはいかなかった。屈辱に耐え、復讐の方法を考え続けた。そして……私は悟を養子に出した」

決して開かれない瞼を持つ悟が、ぴくりと肩を震わせた。

「そうすれば、計画がどのような結末を迎えようとも、盲目の悟が路頭に迷わないで済むからだ。幸いなことに、哲学者となってからの志田幾郎は、私の進言をよく取り入れた。もちろんそれも、心の奥底で私を嘲笑い、舐めきっていたがゆえだと思うがね。だが結果的に、悟は無事養子に出た。それからも私はひたすら方法を考えた。志田の血縁に鉄槌《てっつい》を下す方法を。だがアイデアは浮かばなかった。やきもきとしつつ、ただいたずらに時間が流れていくそんなある日、私は……あの人に出会ったのだ」

遠くを見るような目で、辻はなおも告白を続けた。

「あの、まるで神のごとき女性……彼女の素晴らしい助言のおかげで、私の計画は漸く具体性を帯びたのだ。すべての準備が整ったのは、奴が肺癌の告知を受けた、三年前のことだった。志田幾郎が死に、その遺産を相続する場面、これこそが、志田の人間たちを一掃する最初で最後のチャンスとなる。まさに、憎き志田家を葬る舞台が、すでに私の手中にあったのだ」

「そして、辻さん。あなたはその計画を実行に移したんだな」

「そのとおりだ。そして」

俺の言葉に、辻は牙をむくような笑みを浮かべると――。

「今や計画は成功した。唯一の心残りは、あの男を直接殺せなかったことだが、忌まわしい志田の血はすべて滅ぼせたのだ。地獄にいるあの男も、次々とやってくる我が子たちを見て嘆いているのだと思えば、愉快、いや愉快」

くくく、と最初は喉で笑い――。

やがてそれは、ふふふ――ははは――あっはははははという大笑へと変わっていった。

天に向かって雄叫びを上げるような、辻和夫の笑いが、五覚堂にこだまする。

その姿は、まるで鬼神そのものだ。

そんな、人ではないものに成り果てた彼に、俺は長い溜息を挟むと――呟くように言った。

「辻さん。あなたは勘違いをしている」

呵々《かか》大笑をぴたりと止め、辻が険しい形相で俺をにらむ。

「勘違い？　何のだ」

「あなたはさっき、志田幾郎はおのれの犯行を得意げに言いふらしていると言ったな。だが、それは違うと俺は考えている。幾郎は、犯罪を自慢していたんじゃない。むしろ、懺悔《ざんげ》をしていたんだ」

「懺悔だと？」

訝しげな辻に、俺は一拍を置いてから話す。

「あなたはさっき、自分でも言っていただろう。『優は火だるまになって死んだという、なのにお腹の中にいた悟だけは奇跡的に生き残るなど、かえって訝しい』とね。

その答えがまだ出ていない。どうして悟君は生き残ったのだと思う？」

「それは」

言葉に詰まる辻に、俺は言った。

「俺はこう思う。つまり、柿崎優を殺したのも志田幾郎だが、悟君を助けたのもまた、志田幾郎だったのではないか」

「……？　意味が解らない。どういうことだ」

「わっ、わたくしのせいなのでございます」

不意に、鬼丸が会話に割って入った。

「わたくしの、わたくしの不用意な一言が、きっと、あんな悲劇を生んだのです」

「どういうことだ、鬼丸さん」

辻の問いに、鬼丸は涙声で答える。

「あの、二十三年前の事件が起きた日のことでした。わたくしは、先代に訊かれたのです。『鬼丸さん、最近優ちゃんは体調が悪そうだけれど、大丈夫でしょうか？』……考えなしのわたくしは、特に何を思うでもなく答えてしまったのです。『大丈夫だと思いますよ、もう安定期ですから』

——安定期？　どういうことですか？

——子供ですよ。今、八ヵ月です。

すか。

——子供……？

——あら、幾郎様はご存じなかったのですか？

——ええ、初耳です。そうですか、八ヵ月ですか。それで……どなたの子供なんで

——辻さんですよ。

——辻君の。

「先代は大層青い顔をなさって、こう言ったのです。『なるほど、あの人の言ったことは本当でした。彼女が天使でないならば、それは正反対のものなのですね』……そのときのわたくしは、先代は優ちゃんのことが気に入っておられたのだな、などと呑《のん》気《き》に考えるばかりでしたが」

「その日の深夜、あの事件が起こった」

「はい。気づくべきでした。きっと、わたくしの言葉がきっかけとなったのです。今にして思えば、明らかでした。先代にとって、優ちゃんだけが、心のよりどころだったのです。ああ……わたくしが先代に言いさえしなければ、優ちゃんは……」

うっうっと声をつまらせつつ、膝をついた鬼丸の言葉を、俺は継いだ。

「志田幾郎は人嫌いだったという。妻ともお見合い結婚だったというし、そもそも数学や哲学のような内省的な学問を志したのも、彼のそんな性質ゆえかもしれない。そ

んな彼にとって、柿崎優という若い女性はどういう存在だったのか？　こればかりは想像するしかないが、もしかすると彼女は、四十も過ぎた志田幾郎が初めて心を動かされた女性だったのじゃないだろうか。もちろん、妻子ある彼には何もすることはできなかっただろう。だが、鬼丸さんの一言は、確かに彼に衝撃を与えた。きっとその一言で、志田幾郎にとっての天使は、真逆のものになったんだ。つまり……」

——悪魔。

俺は続ける。

「逆上した彼は、その夜に犯行に及んだ。いや、妊娠が本当なのか確かめたと言ったほうがいいかもしれない。そして気がついたときには、志田幾郎の眼前には、腹を切り裂かれ絶命した柿崎優と、まだ息のある嬰児《えいじ》がいた。自分がいかにおそろしい行動を起こしたのか。漸く我に返り、そのことに気づいた彼は、急いで嬰児の救命を行った。志田幾郎は医師だ。その処置は的確なものだっただろう。その後すぐに彼は父である志田周に自分のしたことを告げた。おそらくは自首しようとしたのだ。だが志田周はそれを許さなかった。それどころか志田周は、志田家を守るため、柿崎優の死体を不審者の犯行に見せるよう、さらにばらばらに損壊し、庭池の船ごと燃やした上で、第三者にその罪を被せたんだ」

「だから志田幾郎に罪はないとでも言いたいのかっ」

辻が突然、激高した。

「あの男が優を殺したことに変わりはないのだろう？　無辜《むこ》の優はあの男の身勝手のせいで犠牲になったんだ、その事実は揺るがないっ」

「落ち着くんだ、辻さん。俺は志田幾郎が無実だなんて言っていない。それに、話はまだ終わっていない」

俺は辻をなだめつつ、言葉を継いでいく。

「志田幾郎が柿崎優を殺したことを、もちろん俺は否定しない。だが事件の後で、志田幾郎が何を考えたか。彼は犯罪を誇示《こじ》などしていない。むしろひどく後悔したんだ。自分はなぜあんな事件を起こしてしまったのか。罪悪感や自己嫌悪に苛まれただろう。仕事や研究に携わることもできなくなり、まさしく廃人同然となった。だが彼は、懊悩《おうのう》の中でやがて一筋の光明を見出した。それが……哲学だったんだ。志田幾郎はそれまでの自分を形作ってきた医学や数学ではない、新たな哲学の世界に没頭することで、自分自身に救いの手を差し伸べたんだ。もっとも、それだけで後悔や罪悪感が完全に消えるわけじゃない。だから彼は、いくつも懺悔を行った。そのひとつが、あの著作に隠されたメッセージだった」

「……………」

無言のままの辻。俺はなおも続ける。

「もちろん懺悔はそれだけじゃない。悟君を志田家の養子として迎えたこともそうだ。あるいは、この五覚堂という建物を建てたこともそう。五覚堂には、彼の懺悔がつまっている。燃える船の絵、そして礼拝堂。閉ざされたあの部屋には、スリットがひとつだけ設けられている。まさに、柿崎優の腹を切り裂いた行為が投影されているかのような……さらに、床面に描かれている天使と悪魔の絵は、まさに彼が二律背反の葛藤の末に事件を起こしたことを象徴するものでもある。志田幾郎は、あの子宮を模した礼拝堂で、無限の天使と悪魔に苛まれながら、罪の世界の住人として、懺悔し続けていたんだ」

「懺悔か。なるほど」

溜息まじりに、辻は頭を横に振った。

「君の解釈、言われてみればそうかもしれないな。だがね刑事さん。悪いのだが、それでもやはり私の信念は変わらないのだ」

辻は、醜悪《しゅうあく》に口の端を引きつらせて言った。

「いかにあの男が罪を悔いようとも、私から優を奪い、その後ものうのうと生きたという事実は一切変わらないのだ。本当に罪を悔いているというのならば、どうして私に泣いて謝らなかった？　どうして自ら罪を告白し警察に両手を差し出さなかった？　所詮あの男にとって、自分自身と志田家だけが大切なものだったのだ。人の大事なものをぼろくずのように切り刻み、弄んだ挙げ句に燃やして捨てる、なのに一欠片《ひとかけら》の償いすらしようとしない、あの男は、そんな人間だったのだよ。ならば、そんな忌まわしく汚らわしい男の血を引く者どもの息の根を止める権利も、私にはあるはずだ」

「…………」

目に爛々《らんらん》と憎悪をたぎらせ、叩きつけるように言葉を継ぐ、辻。

もはや俺も、返す言葉がなく、ただ首を横に振るしかなかった。

やがて――。

辻は、満足そうな表情で言った。

「だが、今やこうして、私の目的は達成された。志田三兄弟は死に、その血筋も絶えた。これほど喜ばしいことがどこにある？　見たまえ、願いは叶ったのだ」

「願い？　それは違う」

十和田が、呟くように言った。

「叶ったのは願いじゃない。叶ったのは、呪いだ」

「呪いか……はっ」

だが辻は、十和田の皮肉すらも楽しむように、両手を広げた。

「いいじゃないか。願いだろうが、呪いだろうが、結局、志田は滅びたのだからね。

だが、呪いであれば、私には引き受けなければならない咎《とが》がある。人を呪わば穴二つという言葉を知っているかね？」

辻が、不意に何かを取り出した。

それは――。

「携帯？」

一世代前の、まるで電話の子機のように大きくて寸胴な携帯電話だ。

それを手にしつつ、辻は言った。

「今から私は、これで、ある携帯電話に電話をする。その携帯電話にはある仕掛けが施してあり、平たく言うと、それは雷管の役目を果たしている」

「雷管？　爆弾か？」

身構える俺に、辻は不敵な表情を見せた。

「そんな大層なものではないよ。ただ、小型の花火くらいの威力はあるものだ」

小型の花火であっても、殺傷能力はある。

俺は叫ぶ。

「そいつはどこにあるっ」

「どこにあるか？　それは爆発させてみれば解る」

愉快そうに肩を揺らしながら、彼が携帯電話のボタンを素早く押した、その瞬間
――。

ドーン。
鈍い爆発音が、どこか遠い場所で響いた。
思わず首をすくめ、天井を見上げる。だが――。
「屋根の上？　いや……」
それは、もっともっと離れた場所での、爆発音。
失敗したのだろうか？　だが――。
数秒後。
地鳴りのような音が足下から湧き上がる。
建物の壁がびりびりと細かく震え始める。
何が起こっているのか？　俺は辻を見た。
辻はいかにも満足げな顔で、俺に言った。
「すべては……葬り去られるべきなのだよ」
その言葉に、漸く俺は辻の意図に気づく。
爆発物は、建物の傍では爆発しなかった。
それがあったのは――もっともっと、上。
建物よりも上。その傍に聳える雪山の上。
つまり――。

「ははは、まだ時間はある。さあ、皆、逃げたまえ。息子を連れていくのも忘れるな。ははははは」

断末魔《だんまつま》にも似た、辻の哄笑《こうしよう》。

俺は、全員に向かって叫んだ。

「爆弾が爆発したのは、崖の上だ。皆、急いで逃げろ、雪崩《なだれ》が来るぞっ」

徐々に大きくなっていく地鳴り、そして振動。

亮と亜美が、真っ先に談話室を飛び出した。鬼丸もまた、悟の手を取って扉へと誘導する。

「お兄ちゃんっ」

百合子が俺のもとに駆け寄った。俺は彼女をしっかりと右手で抱き締めると、声を限りに叫ぶ。

「いいか皆、一緒に出るぞ。出たら崖に沿って逃げろっ」

標的はこの建物だ。雪崩の進行方向と垂直の方向に逃げれば、まだ間にあう。

「解った。で、でも、十和田先生はっ？」

「十和田だあ？」

横にいる、鼈甲縁眼鏡の男を見る。

そいつはぼんやりと、何食わぬ顔でそこに突っ立っていた。

「何やってんだ十和田っ」

「何をしているかって？　証明に決まってるじゃないか」

十和田は目を瞑ると、空中に指で何かを書き始めた。

「例えばx^2+1という数式があったとするな？　この式が素数を無限に生み出すかどうかは百年来の未解決問題だが、もしかするとこれはフラクタルとある種の関係が」

「馬鹿か」

俺は十和田の尻を蹴る。

「お、痛いな。何をする」

「雪の下敷きになったらもっと痛いんだよ。いいから逃げろっ」

「十和田先生、私と一緒にっ」

「百合子っ？」

俺の右手から、するりと百合子が抜け出ると、十和田の身体を抱き締め――。

「何をするんだ、百合子くん」

「十和田先生こっち」

引きずるようにして、出口へと向かっていった。

――百合子？

「私と十和田先生は大丈夫っ。お兄ちゃんも早く逃げてっ」

「…………」

ひとり残され呆然とした俺は、しかしすぐに正気を取り戻すと、百合子を追うように出口へと向かった、その瞬間──。

──辻は？

俺は、振り返る。

〇・一秒、そのわずかな時を視覚が切り取る。

聴覚が失われたと錯覚するような、そのほんの一瞬の静寂の中で──。

俺は、見た。

そのシーンは、まるで一枚の絵画。

描かれているのは、辻和夫。

五覚堂の殺人の、犯人。

狂ったように哄笑を続ける彼の表情は、しかし、一方ではとても穏やかにも見えるもので──。

辻を助けるべきか否か。ほんのわずかな時間、逡巡した後で、俺は嘆息とともに呟いた。

「……そうか」

理解した。

いずれにせよ、もう間に合わない。

天使と悪魔。

フラクタルの深淵に、彼もまたとらわれたのだ。

俺は、前に向き直ると――。

「逃げるぞ百合子っ。後ろを見ずに走れっ」

絶叫とともに、今やすぐ近くまで迫る雪塊の振動と轟音とを全身に受けながら、もはや振り返ることなく、全力で走った。

だが、かくも複雑な世界でさえ、ゼロを掛ければすべては無に帰す。

第Ⅵ章　燃える船

——どれだけの時間が経ったのだろうか。

闇を背景に、枯れ木がぶすぶすと燃えている。

押しつぶされた配電盤から引火し、煙を上げているのだ。山火事というような大袈裟なものではないが、しかし周囲の様子を知るに十分なだけの輝きを、その炎は放っている。

揺れた光に照らされるのは、コンクリートと雪と氷と泥との混合物。

それは、今はもはやただの残骸と化した、沼四郎の建築の残滓《ざんし》。

その巨大な瓦礫《がれき》の横で、人々は各々、呆然と、寒さに耐えている。

俺もまた、冷たい岩の上に尻を置き、震えていた。

夜になり、一層冷え込みが増していく中を、コートはおろか上着なしでいるのは、きつい。

だが、俺はやせ我慢していた。ジャケットは、傍らで、頭を俺の肩に乗せている百合子が羽織っていたからだ。

さっきまで気丈に振るまっていた百合子は、いつの間にかすうすうと安らかな寝息を立てていた。二十四時間以上も緊張が続き、疲労困憊していたのだから当然のことだろう。

だが今は、まるで子供のような寝顔で、妹は俺に体重を預けていた。

少しだけ、ほっとしていると、不意に——。

「宮司くん。助けはくるのか？」

横をひょこひょこと、癪《しゃく》に障《さわ》る動きで行ったり来たりしていた十和田が、俺に訊いた。

やれやれと思いつつ、俺は答える。

「くるよ。さっき連絡したからな」

「いつごろだ？」

「さあな。だが俺たちでも麓から三十分くらいでこれた距離なんだ、もっと早いだろうよ」

「そうか。ジンカムか」

くい、と鼈甲縁の眼鏡を押し上げる仕草。

「だがそんなには待てないぞ、僕は腹が減ったんだ。何か食いたいな」

「はあ」

俺は溜息を吐いた。つい先刻、生死を分ける瞬間には思考に没頭していた癖に、今では腹が減ったとは。だが――。

呆れるよりも先にいくつか、俺にはやらなければならないことがある。

「……なあ、十和田」

俺は小さく、頭を下げた。

「さっきは、ありがとう」

「どうしたんだ宮司くん。突然お辞儀して」

「いや、さっきの礼が述べたくてね」

「礼？　僕が何かしたか」

「妹を容疑者から外してくれただろう」

「百合子くんを？」

きょとんとした表情の十和田に、俺は言う。

「そうだよ。さっき、君が犯人を絞り込むとき、百合子を最初に除外してくれただろう」

そう、百合子が明らかな部外者だったせいか追及されることはなかったが、彼女のことを容疑者に加えない理由は、本来はどこにもない。それどころか、あの消去法でいけば、百合子は最後には犯人とされてしまう可能性すらあった。

そうならなかったのは、十和田が最初に百合子を容疑者の対象から除外してくれたお陰である。

「配慮に心から礼を言う。本当にありがとう」

「いや宮司くん。礼には及ばない」

十和田はしかし、淡々と答えた。

「僕は別に、百合子くんが部外者だから除外したんじゃない。百合子くんが容疑者でないことは自明だから外した、ただそれだけのことだ」

「自明？　なぜ？」

「『百合子くんが被害者である』というのは、冒頭から明らかにされていた境界条件だったからだよ。ならば、彼女が加害者、つまり犯人であるという結論には決してならないということだ」

「……はあ」

俺は、生返事で頷いた。率直に言って、俺には十和田の言っていることがよく理解できなかったからだ。

とはいえ、結論は一緒だ。

「まあ、とにかく……お陰で百合子は犯人扱いされなかったんだ。なんだかんだ感謝しているよ」

それだけを言うと、また何かを論じようとしている十和田を制しつつ、逆に訊いた。

「それにしても十和田、君はこの場所に三つめの五覚堂があることが、どうして解ったんだ？」

俺たちが最初にいた五覚堂。

川を挟んで廃墟となっていた、二つめの五覚堂。

そして、そのどちらとも異なる位置、より切り立つ崖に近い場所に建っていた、この三つめの五覚堂。

十和田はどうして、ここにもうひとつの五覚堂があることが解ったのだろうか？

いや――。

そもそも五覚堂が三つあると、どうして解ったのか？

俺の問いに、十和田は暫く間を置いてから答えた。

「蓋を開けてみれば、実に単純なことだ。要するに、この五覚堂自身が、巨大なフラクタルだったんだ」

「フラクタル？」

「自己相似性ともいう。ブノワ・マンデルブロが導入した概念で、幾何学図形の部分と全体が相似になっているようなもののことだ。そうだな、例えば君は、リアス式海岸を知っているか」

「あの、三陸《さんりく》海岸にあるやつか」

「そうだ」

首を縦に振りつつ、十和田は言う。

「リアス式海岸の海岸線は、ある種のフラクタルになっている。巨視的に見た海岸線と、微視的に見た海岸線が極めて似ているんだ。あるいは、数学的な研究対象として模式的に考案されたものでは、カントール集合やコッホ曲線なんかがある。これらのものは、ひとつの基礎図形の中に、二つ以上の相似形が埋め込まれ、さらにその中にも相似形が埋め込まれている、まさにフラクタルの典型だな」

「図形が細切れにされていくつも埋め込まれているのか。妙な形だな」

「そう、まさにfractus《こなごなにくだけた》な図形だから、フラクタルなんだよ。そして、このフラクタルを想起させるものが、五覚堂にはいくつも存在していた。例えば床面に描かれた『ヒルベルト・カーヴ』と『シェルピンスキー・ガスケット』、そしてトリックにも使われた『メンガーのスポンジ』、あれらはまさにフラクタルの定義そのものの図形だ。もちろん『天国と地獄』も、ある種のフラクタルとなっている」

「同一形の天使と悪魔とが、圧縮されながら無限に存在しているからか」

「そうだ。さらに『バッハのフーガ』と『シマノフスキのピアノソナタ』もフラクタルだ。フーガは、ある旋律が複数の声部に順次現れる楽曲形式だが、これを旋律の相似形と捉えるならば、まさにこれはフラクタルそのものになる。楽譜を読めば、どちらもある旋律の拡大、縮小、反行が随所に現れているのが理解できるはずだ。だが極めつけは五覚堂そのものだ。正五角形をモチーフとして、その相似形が複数連なる形。これこそフラクタルそのものじゃないか。しかも、五覚堂にひそむフラクタルはこれだけにはとどまらない」

十和田が、いまだ雪煙を上げている五覚堂——だったもの——を眺めながら、言った。

「君は、大広間に掲げられていた巨大な絵を、覚えているか？　宮司くん」

「ああ、『燃える船』とか言ったか」

「そう、『燃える船《バーニング・シップ》』だ。あれは実はな、バーニング・シップ・フラクタルという、フラクタルそのものなんだ」

「フラクタルそのもの？　どういうことだ」

十和田は、空中に指先で二つの円を描きながら、言った。

「マンデルブロ集合という、フラクタルの有名な図形がある。これは、複素数z_nとcに関する漸化式$z_0=0, z_{n+1}=z_n^2+c$において、z_nが発散しない場合のcを$c=0$付近で図示するという、極めてシンプルな方法によって描き出される、複雑怪奇な図形だ」

「ああ、見たことがあるな」

瓢箪《ひょうたん》型のサボテンを思わせる、どこか嫌悪感を催させる図形。ものの本で見た記憶があった。

「だが、それと『燃える船』、バーニング・シップとどんな関係があるんだ?」

「あの絵もまた、同じ手法で描かれたものなんだよ。つまり、漸化式 $Z_n=0, Z_{n+1}=(|R(Z_n)|+|I(Z_n)|i)^2+C$ において $C=-1.755-0.03i$ の付近をズームしたものが、あの絵、バーニング・シップなんだ」

「ということは、あれは……人間が描いたものじゃないってことか?」

「そう。あれはまさに、数学が描き出した、神秘の絵だ」

俺は、唖然とした。

驚いたからだ。二つのことに。

ひとつは——数学というものの神秘。

ごく単純な数式から、どうしてあれほどの複雑な図形が生み出されるのか。秩序と無秩序の狭間にあるあの複雑怪奇な図形が、高々一行にも満たない漸化式からどうして紡ぎだされてくるのか。

あるいは、人間というものさえ、複雑だと感じているのは自分だけで、本当はもっともっと単純な原則から生み出された、ただの産物にすぎないのではないか。そうとすら思い知らされていたのである。

　だが、何よりも驚かされるのは、もうひとつ。

「……徹底していたんだな」

　五覚堂が、フラクタルというモチーフに、最初から最後まで、徹頭徹尾、貫かれていたということに――。

　呟くような俺の言葉に、十和田が頷いた。

「そのとおり。だからこそフラクタルが、五覚堂の中にのみとどまっているものじゃないのも、当然のことだった。ほら、地図を見てみろ。そして地図上の、針葉樹林が占めている形をよく調べてみろ。これこそ、五覚堂の構成要素である正五角形そのものじゃないか」

　十和田が差し出した地図を眺めて、俺は呻く。

　そこには確かに、針葉樹林が描き出す大きな正五角形があった。

「確かに」

　しかも、見立てが間違いでなければ、その針葉樹林の外側にある広葉樹林すら、さらに巨大な正五角形の片鱗を見せている。

　言葉を失った俺に、十和田は言った。

「僕はさっき、フラクタルの典型は、ひとつの基礎図形の中に、二つ以上の相似形が埋め込まれているものだと言った。これに基づけば、五覚堂の巨大なフラクタルにおいても、このような結論を容易に導くことができる。すなわち」

――針葉樹林の描き出す正五角形の頂点付近、その五ヵ所それぞれに、五覚堂があるはずだ。

※ 図9「五覚堂のフラクタル構造」参照

「まさか……そんな馬鹿な」

口では否定しつつ、しかし同時に、俺は心の中で大いに納得していた。

なにしろ、現にここにも五覚堂があったのだ。

全体をフラクタルに、つまりあの談話室にあった絨毯のような模様と同様に考えるのならば、五覚堂が五つあることだって、ごくごく自然な結論じゃないか。

「このことにより、モニターが映し出していた時刻の問題も解決する。僕らが今までいたこの五覚堂は、雪壁のすぐそばにあるものだ。しかも最初に僕らがいた五覚堂とは、ほぼ南北を逆にして建てられている。ポイントは、この五覚堂においては、雪山からの日光の反射があるということだ。これにより、宮司くんが推理したようにモニターをわざわざ左右逆転などしなくとも、あの映像は成立することになるというわけだ」

図９　五覚堂のフラクタル構造

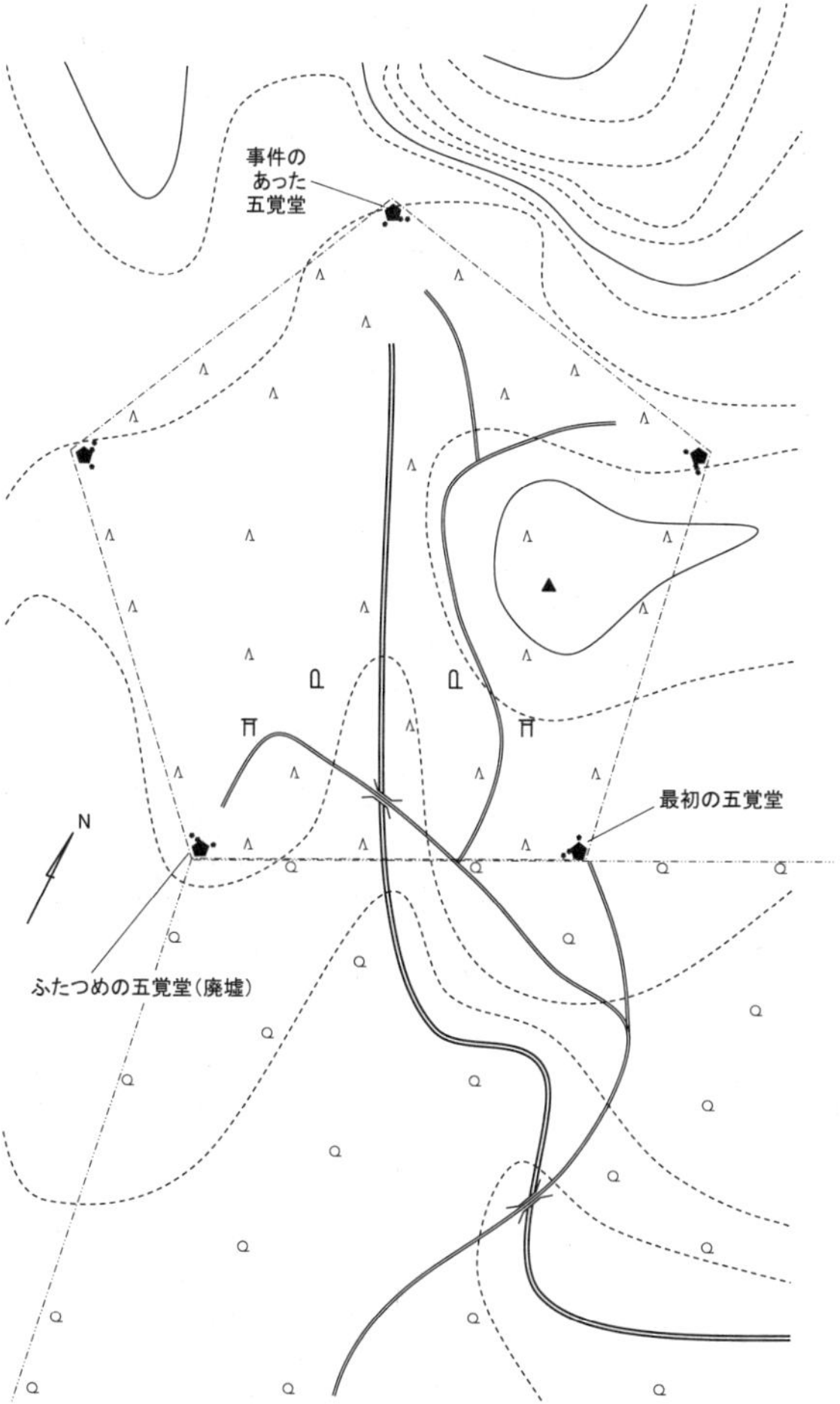

※ 図10「日光の射し込む方向②」参照

十和田はなおも続ける。

「そもそもは五覚堂そのものが、志田幾郎の五感の哲学を体現したものになっている。例えば僕らがいたひとつめの五覚堂、あの入り口には『眼』と書かれていた。目偏が氷で覆われていたせいで、最初は艮《うしとら》かと思ったんだがね。君は見ていなかったと思うが、二つめの廃墟になっていた五覚堂にも、入り口に『舌』と書かれてあった。さらにこの五覚堂にも書かれてあった。それは『耳』だ。まさに、五つの五覚堂は、人間の五感を捉える器官そのものに見立てられていたんだよ。つまりだね、『眼』『舌』『耳』のほか、おそらくは『鼻』『膚』の二つを加えた五棟が揃っていてしかるべきだということになる」

「まさに、五対一組の館だったということか」

「そういうことだ。さらに言うと」

俺から地図を取り返すと、十和田は説明を続けた。

「小礼拝堂で使われたトリック。あれは氷が溶けることを利用したものであることは当初から明らかだったが、一方で、僕はずっと本当にそんなことが可能なのかと訝しくも思っていたんだ」

図10　日光の射し込む方向②

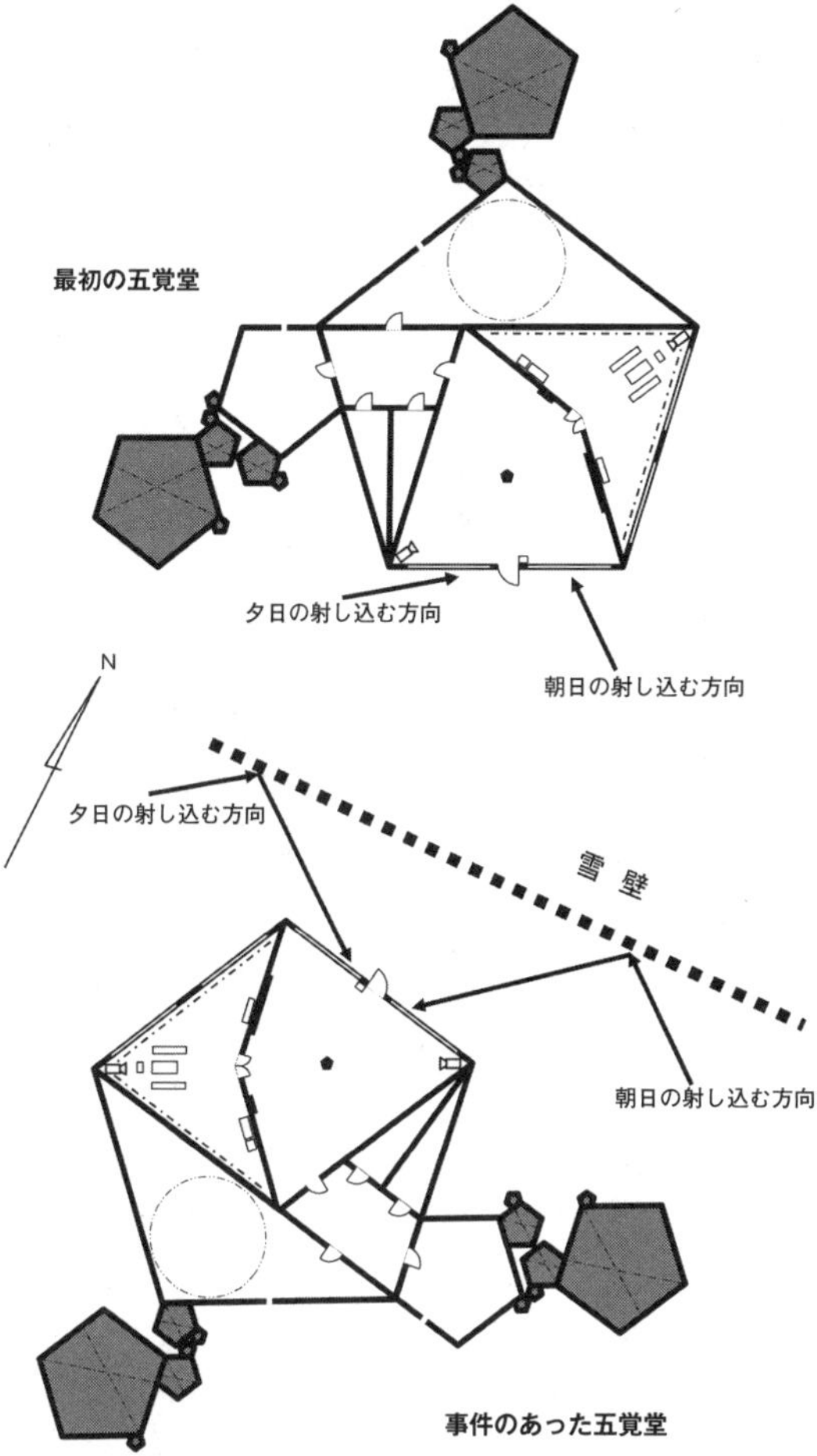

「暖かくなる昼間に、氷が溶けたんじゃないのか」

「そうだよ。だが、短時間で氷を溶かせるほど、本当に室内の温度が上がるものだろうか」

「言われてみれば、確かにそうだが。だが、現に氷は溶けたんだろう？」

「そう。氷は溶けた。この揺るがしがたい事実は、つまりあの小礼拝堂の気温が相当に高かったということの証左ともなるわけだ。では、どうしてそこまで室内の温度を上げられたのか？　理由はこうだ。実は、この五覚堂には反射した自然光が集まっていたんだ」

「反射光が集まる？　どういうことだ」

「五覚堂の屋根は白い。その壁に雪が付着し氷となれば、さながら鏡のようになる。しかもその鏡は、ある程度角度の調整ができる……五覚堂は、回転できるからね。つまり、あらかじめほかの五覚堂の回転部分を回転させておくことで、屋根に反射した太陽の光を、ある時間には木々の間を縫い、うまくこの五覚堂の小礼拝堂へと集めることができる」

※　図11「五覚堂の集光」参照

「まさか、そんなことが……」

図11　五覚堂の集光

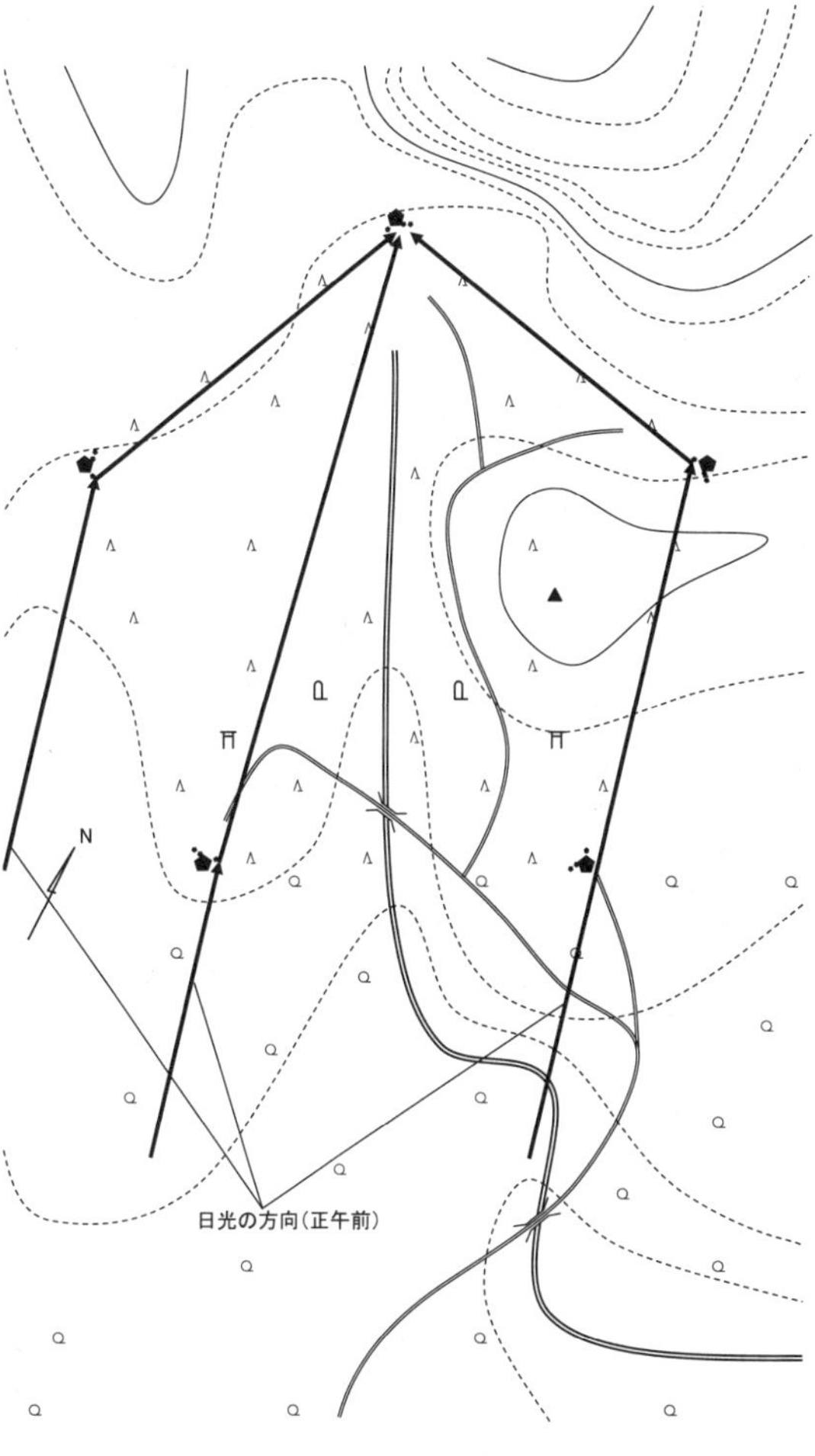

「起きたんだよ。実際、集光された日光が、効率よくその場所を温めた。そのお陰であの小礼拝堂は、いつも以上に温度が上昇し、氷の溶解も十分に早まったというわけだ」

「はあぁ」

俺は、情けない声を漏らした。

五角形。フラクタル。そして滅茶苦茶な仕掛け《トリック》。一体これを、いかなる言葉で表現すべきだろうか？

荒唐無稽？　用意周到？　それとも——。

残念ながら、もはや俺は、こんなときに言うべき適切な語彙を持ってはいなかった。

だが——。

ふと、ひとつだけ、思い至る。

フラクタル。

それは、ある形の中にその形の相似形が、無限にはめ込まれた構造だ。

それは漏斗《ろうと》のように、どこまでも人間を吸い込んでいくおそろしい形だ。だがそれは、裏を返せば、どこまでも逃げ場を生む形であるとも言える。

あるいはそれは、心にも似ている。人の心は常に葛藤を繰り返す。葛藤が葛藤を生み、無限に繰り返されていくのだ。その繰り返しは、感性に沿えば懊悩であり、知性に沿えば思索となり、体系化されれば哲学となるだろう。

罪悪感に苛まれた志田幾郎。

彼は、懺悔する場所として五覚堂を建て、また哲学を探求した。その本質はやはり、彼自身が心の安寧を得るために、フラクタルの世界へ没頭していったということなのではないか、と——。

ふと、背後に人の気配を感じ、俺は振り返る。

「……祖父は、フラクタルに取りつかれていたんですね」

悟だった。暗がりの中、盲目の彼は、だからこそむしろしっかりとした足取りで俺に歩み寄る。

「そうだ。だから……」

「連鎖したんだな」

呟く俺の語尾を引き取るように、十和田は続けた。

「フラクタルとは、秩序から生み出される無秩序だ。ある古い啓蒙《けいもう》用の聖書には、こう書かれている。『かくて神は、空を、大地を、太陽、月、すべてのものをつくりたもうた』……一方その挿絵には、ディバイダーを手に、円と波とぐちゃぐちゃ《フラクタル》を描く神が描写されているんだ。円、波、フラクタル。僕らを魅了して止まない図形たちは、やはり神の産物であるのだと思う。だがフラクタルとは一面では不気味な渾沌《カオス》そのものでもある。志田幾郎が行った、人を殺すという行為。それこそ、潜在的に彼が持つ、フラクタルへの尽きない興味が生み出したものなのではないか。だが、皮肉なことに彼は、その行為を通過儀礼として狂気から脱し、哲学者となった。新たな狂気、辻和夫の企みと引き換えにね」


志田幾郎の狂気。そして、辻和夫の狂気。

fractus《こなごなにくだけた》な柿崎優。fractus《こなごなにくだけた》な志田の一族。

狂気の相似形。狂気のフラクタル。

五覚堂とは、志田幾郎の哲学であり、懺悔そのものであり、また狂気の連鎖が無限に落ち込む先にある終着点、すなわち奈落をも体現するものでもあったのか。

小さく頷きつつ、一方で俺は思う。

この、狂気の相似形。

これは必ずしも、自然発生したものではない。

だからこの相似形は、さらに大きな構造を持っている。

つまり――。

この事象もまた、壮大な絵図の相似な一部分にすぎないのだ、と。

燻《くすぶ》るように燃える枯れ木。

その赤い光が、俺と百合子と、そして十和田とを、舐めるように照らしている。だが、その熱を持った光とは裏腹に、身体はすでに冷え切っている。

吐く息が、白い煙となり、真っ暗な空へと吸い込まれ消えていく。

悟の姿はなかった。優しい彼はそっと、悲嘆にくれる親族や、老いた使用人の元へと戻っていったのだろう。

そのことを確かめると、俺は暫し逡巡してから、口を開いた。

「なあ、十和田。君に訊きたいことがある」

「なんだ」

「どうして君は、ここにいた？　偶然……じゃあないよな」

「…………」

立ったまま、傍の枯れ木に寄りかかっていた十和田が、ややあってから答える。

「導かれたんだ。神くんに」

「神。善知鳥神か？」

頻々《ひんぴん》と、十和田の口の端に上る、その名前。

だが、彼女が事件とどう関係しているのか。

俺の内心に答えるように、十和田は言った。

「解らないのも無理はない。神くんは常にひとつ上の次元から、僕らの前に降りてくるからだ。そもそもこの事件の大部分も、彼女の企みによるもの。辻和夫による復讐の装置として機能した五覚堂、その構造を知り尽くしていたのは、ほかならない設計者の娘である神くんなのだからな」

「ということは、そいつも黒幕だということか」

俺の問いに、十和田は思案してから答える。

「もしも、ドミノの最初のひとこまを倒す行為が共犯にあたるというなら、君の主張は正しい。だが、彼女の目的はドミノを倒すことにはない。おそらく、ドミノがいかにして倒れるかを目撃する僕らを見定めることにある。彼女は僕と同じ数学者だ。そして数学の基本は、出題と解答にある。問題と証明と言ってもいいかもしれない。彼女は、この事件という問題と解決という証明を介して、僕らを試している」

「試している？　なぜ、そんなことを」

「おそらく……これは、彼女が人間というものを調べているということなのだろうと思う」

「…………」

「神くんは、言わば超越数だ。有理数ではない。だからこそ彼女には、むしろ単純な自然数が理解できない。それを理解するために彼女は、沼四郎から相続した遺産や建築物を活用して、僕らを試している」

「ふむ」

相槌は打った。だが一方で、十和田にしては的を射ない答えだと、俺は思う。

善知鳥神は確かに、十和田の言を借りれば超越数なのだろう。だからむしろ普遍的な自然数が解らない。だから試す。そこまでは解る。

だが、ならばなぜ神は人をそそのかし、殺人へと駆り立てるのか。

なぜ彼女は、数学で試さないのか。

そもそも、彼女が十和田を試す理由は何なのか。

何よりも、十和田の言葉がどうしてこうも曖昧なのか。

だが――。

俺には、おぼろげながらに見えていた。

十和田も神も、焦点が遠すぎる。

だから彼らには、彼ら自身のことが解らない。

物事というのはもっとシンプルな原則の上に成り立っているものだ。だがシンプルであるが故に、すぐ手元にあるのに見つからないということもある。つまり――。

神は、求めているのだ。

だが、その求める心には陰陽がある。

陽は明瞭だ。これは、神の純粋な心そのものだ。

陰ははっきりとしない。光の射さない陰の世界には、もともと明確なものなどないのかもしれないが、ここに存在しているものは、やはり俺にも解らない。

だが——。

善知鳥神。彼女の父親である沼四郎。沼四郎の建てた志田幾郎の建物。志田幾郎の建物で発生した、この確執と、事件。そして——。

ここにリンクする、二十二年前の事件。

あの男たち。

その陰にあるものは、だから——。

「……よく解らん」

解りつつ、俺はあえて首を横に振った。

自分で答えを出すまでもなく、ミッシングリンクを糾《ただ》す相手が、まさにここにいるからだ。

十和田の表情を窺いつつ、俺は言葉を吐く。

「直接の実行犯ではないから、犯人ではない」

「君の主張が正しいとは言いがたい」

「言い方も含めて釈然とはしないが、まあいい。一旦は首肯しよう。だがな十和田、そうだとしても犯人は、もうひとりいると、俺は思うのだが」

「どういうことだ？」

十和田が、顔を顰めた。

困惑したような表情。俺は、その様子を観察しつつ、続けた。

「志田幾郎の論文。君は、読んだことがあるか」

十和田が、顔を背けた。

だからその表情は、よく見えない。だが——。

「論文Ⅰ、その序文を読んで、俺は彼の罪の告白に気づいた。でも、序文に隠されていたのはそれだけじゃなかった」

「…………」

「君はさっき、フラクタルの典型は、ひとつの基礎図形の中に、二つ以上の相似形が埋め込まれているものだと言っていたな。俺はなるほどそのとおりだと腑に落ちたよ。その定義に則れば、フラクタルに魅入られた志田幾郎が、あの序文に、懺悔だけじゃない、もうひとつの何かを埋め込んでもおかしくはなく、むしろ当然だということになるからだ」

無言のままの十和田には構わず、俺は続ける。

「あの序文には奇妙な点がある。ほとんど読点『、』が使われていないんだよ。そういう文体だと言ってしまえばそれまでだが、一方で読点の使い方にはあるルールがあった。それは、各段落の最後のセンテンスで一度だけ使われているということだ。この読点がある種のキーとなっていると考えた俺は、その直後の文字を順番に抜き出してみた。すると、こうなった」

――鵺《ぬ》H《え》乱《ら》確《か》さ端《は》人《に》類《る》もまじ不《ふ》。

「一見するとまったく意味のない文字列。だが、これらを読みにしたがって平仮名に変え、後ろから読むと、どうなる？」

俺は、じっと十和田の表情を窺いつつ、淡々と述べる。

「志田幾郎はリーマン予想を研究する数学者でもあったそうだな。一方、藤衛もまた日本を代表する数学者だ。このふたりには一体、どんな接点があるのか？　あるいは『逆らえぬ』と言った志田幾郎は、彼とどんな関係があったのか？　もしや、二十三年前の事件とも関係があったとはいえないか？」

「…………」

黙り続ける十和田。俺は構わずに続ける。

「さっき、鬼丸さんが言っていたことを思い出せ。彼女は事件の当日、志田幾郎と話している。そして柿崎優の妊娠を知った彼は、こう言った。『なるほど、あの人の言ったことは本当でした。彼女が天使でないならば、それは正反対のものなのですね』

……この『あの人』とは一体、誰なのか？　なあ、どう思うよ、十和田。お前、何かを知っているんだろう？」

十和田はしかし、俺の揺さぶりに、微塵の動揺も見せることなく、答えた。

「……答える義務はない。僕には」

「そうか。確かにそうだな。君には答える義務はない。たとえ藤衛が、リーマン予想という数学を介して志田幾郎と関係を持っていて、志田幾郎自身が彼がおそろしいというメッセージを残していて、あるいは、天使でなければそれとは正反対のものだというまさに悪魔の囁きで彼が志田幾郎に暗示をかけていたとしても、確かに君には答える義務はないぞ。だがな十和田、それなら、もうひとつだけ訊くが」

この問いに、十和田はどう答える？

「二十三年前の事件の一年後。当の藤衛が起こした二十二年前の事件を、君はもちろん知っているだろう。あの事件の一件調書を読んでいて、俺は本当に驚いたんだ。知らなかったよ、十和田。まさか君があのとき、あの現場にいたなんて」

そう、あの二十二年前の事件。

両親の命を奪った、あの事件。

あの場に、この男がいたのだ。

当時、まだ高校生だった、十和田只人が。

「教えてくれ。君はどうしてあの場にいた？　あのとき、あの孤島で、あの事件があったとき、君は何をしていた？」

「…………」

「直接会ってみて解った。藤衛は志田幾郎の言うとおり、実におそろしい男だ。何を考えているのかがまったく理解できない。それでいてあの男には、気を抜けば吸い込まれてしまいそうな力がある。そんな男が今になって突然再審請求に踏み切り、死刑判決を覆そうとしているのはなぜだ？　藤は一体何を考えている？　藤はやはり俺の両親を殺した仇敵なのか？　それとも真実はまったく別の場所にあるのか？　いや、そもそも藤衛と君たちは一体、どんな関係にあるんだ？」

「…………」

「だからこそ善知鳥神も、君を試そうとしているんじゃないのか？　おい、なんとか言えよ、十和田っ」

口を真一文字に結んだままの十和田を、俺は詰問する。

だが——。

「どうしたの？　お兄ちゃん」

俺の声に、百合子が目を覚ました。だから……。

「……いや」

俺は、十和田を問い詰めるのをやめた。

「なんでもないよ、百合子」

「ふうん……？」

きょとんとした顔で俺を見る、百合子。

結局、俺は十和田に真実を糾す機会を失い、十和田もまた俺の問いに一切の解を与えようとはしないまま――。

俺たちはまた、いつまでも燻る枯れ木を眺め続ける。

そんな十和田の横顔に向けて、俺は心の中で呟いた。

なあ、十和田――。

一体、何が書かれているんだ。

お前の、『ザ・ブック』には。

――寒さに凍えながら、俺は前を向く。

そこにあるのは、押しつぶされた五覚堂だ。

瓦礫が積み重なり、もはや原形を留めていない。

その、かつては五覚堂だったものを眺めつつ――。

俺は、ふと思う。

まるで、燃える船のようだな、と。

＊

二ヵ月後。

藤衛は、再審において無罪判決を受けた。

二十年以上の時を経た今、九十を超えるとは思えない矍鑠《かくしやく》とした足取りで拘置所を出る藤。彼の行方は、その後、杳《よう》として知れなくなった。

そして――。

そのときを境に、十和田の消息もまた、一切が解らなくなった。

（了）

【主要参考文献】

『アートを生み出す七つの数学』……牟田淳著／オーム社
『エッシャーとペンローズ・タイル』……谷岡一郎著／ＰＨＰ研究所
『音楽と数学の交差』……桜井進、坂口博樹著／大月書店
『カオスとフラクタル』……山口昌哉著／筑摩書房
『ゲーデル、エッシャー、バッハ　あるいは不思議の環』……ダグラス・Ｒ・ホフスタッター著、野崎昭弘、はやしはじめ、柳瀬尚紀訳／白揚社
『シマノフスキ全集２』……Ｃ・シマノフスキ作曲、森安芳樹、田村進編集・校訂／春秋社
『名曲の設計図』……青島広志著／全音楽譜出版社
『フーガの技法　ＢＷＶ　１０８０』……Ｊ・Ｓ・バッハ作曲／ヘンレ社
『フラクタル幾何学　上／下』……Ｂ・マンデルブロ著、広中平祐監訳／筑摩書房

文庫版あとがき

『眼球堂の殺人 ~ The Book ~』で二〇一三年の四月にデビューし、同年の八月には『双孔堂の殺人 ~ Double Torus ~』を刊行した。そして翌年二月にリリースしたのが、本作『五覚堂の殺人 ~ Burning Ship ~』である。

小説を書き、それを書籍として世に送り出す。言うは易しだが、行うは難しだ。なにしろ、まず構想を捻《ひね》り出し、そのプランに編集者からOKを引き出す。それからパソコンに囓《かじ》り付いて唸《うな》りながら十万字以上を打ち込み、へとへとになりながらもようやく脱稿する。その途端、今度は編集者からのダメ出しと改稿作業が入り、血へどを吐きながらやっと修正を終えて入稿したと思えば、校正さんからの厳しいご指摘が待っている。「このトリックは成立しませんがOK?」——もうすぐ刊行というゴール間近でそんな鉛筆書きを見た瞬間の、あの血が引き視界がぼやけていく感覚は、あまりにも恐ろしすぎて、こうして活字にしていくのさえ吐き気を覚えるほどのものなのだが、それはさておき——いずれにせよデビューしたての僕にとって、そんな作業を一年に満たない期間で三回繰り返すというのは、それだけでも十分に大変なことであった。

ところで、メフィスト賞をよく知る方ならご存知のことと思うが、メフィスト賞の受賞者は、とりあえず三作の刊行が保証されている（俗説かもしれない）。

これは、三作分はきちんと面倒を見てもらえるという意味なのだが、裏を返すと四作目以降を出したければ自力でどうにかしなさい、というメッセージでもある。僕としても、作家として独り立ちして、長く小説を書いていくためには、自活する術《すべ》を学ばなければならないわけで、それもあったからこそ、デビュー当初の一年間は、まさに修業させてもらうつもりで、前記さまざまな試練に挑んでいたのである。

その意味で、『五覚堂の殺人』は、修業の集大成となった。

すなわち、プロットを立てる。執筆する。改稿する。校正を行う。その一連のプロセスを、十分な計画性とともに実行できたのである。この進め方ならば、今後小説家としてさまざまなオーダーに応えられるようになるだろう、そういう自信を持つことができたのだ。

お陰さまで、『五覚堂の殺人』以降も、幸いなことに僕は、あちこちの版元さんからお声掛けをいただき、たくさんの作品を刊行することができた。もちろん、今後も同じペースで書いていける保証があるわけではないが、少なくとも、依頼にはきっちり応える、プロフェッショナルの小説家としての仕事を、これからも続けていきたい。

最後に――「堂」シリーズの続編は時期が来次第、文庫化されていく予定である。「失覚探偵」シリーズも四月の下巻の刊行をもって完結する。新たな構想もいくつかあり、今のところ息つく暇はなく仕事を進めているので、読者の皆様にあっても、引き続き僕の小説をお手に取っていただければ幸いだ。

二〇一七年二月　周木　律

解説 〝周木ナンバー〟1

青柳碧人《あおやぎあいと》（作家）

数学を専攻していたわけではないが、学生時代から、古今東西の数学者について書かれた本を読むのが好きだった。業績の内容についてはちっともわからなくとも、彼らの生き様はまるで一本の映画のように僕を魅了してくれたものだった。

ポエニ戦争の最中《さなか》、路上に円を描き、幾何学の難問に取り組みながらローマ兵に殺害されたアルキメデスのエピソードは、壮絶にして鮮烈なイメージを脳内のスクリーンに浮かび上がらせる。「すべての自然数と個人的な友人だった」と言われるほどの数的センスを持ち、今なお証明がなされていない独創的な公式を数多く発見したインドの天才ラマヌジャンの話は、架空の国の魔法使いの伝説のように心を震わせてくれる。ナチスドイツの難解な暗号を解読し、数学で国家を救ったにもかかわらず、不遇の後半生を送り、失意のうちに自ら死を遂げたイギリスのアラン・チューリングの人生はやるせないものがあり、『イミテーション・ゲーム／エニグマと天才数学者の秘密』（二〇一四年）という映画にもなったので、ご存知の方も多いだろう。

こういった数学者は内面のみならず傍《はた》から見ても変わった人が多いようだ。アルキメデスやラマヌジャン、チューリングなどに引けを取らない「変わった数学者」といえば、すぐに思いつく名前がある。ポール・エルデシュである。

一九一三年、ハンガリー・ブダペスト生まれのこの数学者は、スーツケース一つと百貨店のビニール袋に全財産である荷物を収納し、いつもよれよれの背広に身を包んでおり、ホームレスに間違えられることも珍しくなかった。生涯独身で、家も持たず、起きているほとんどの時間を数学に費やし、世界各国を放浪しながら行く先々の数学者たちと共著論文を発表した。数学に関する仕事ぶりは実に旺盛で、八十三年の生涯で発表した論文は一四〇〇編をゆうに超えるという。その輝かしい業績や数々の奇行については、『放浪の天才数学者エルデシュ』（草思社《そうししゃ》文庫）に詳しいので興味のある方はそちらを参照していただくとして――、なぜこう長々と、数学者の話から始まったか、そろそろおわかりいただけたと思う。

この「放浪の数学者」ポール・エルデシュこそが、周木律《しゅうきりつ》の生み出した名探偵、十和田只人《とわだただひと》のモデルなのである。本シリーズ（以降「堂シリーズ」と呼ぶ）は、数学的な館が登場することはもちろんのこと、難解な数学の知識が洪水のように語られる点が魅力である。それを語る名探偵のモデルとしてエルデシュを選んだところが、周木律の慧眼《けいがん》と言えよう。実はここに「堂シリーズ」を読み解くキーが隠されているようれまでの作品を簡単に振り返ってみることにする。

　十和田只人の初登場作は、メフィスト賞受賞作『眼球堂の殺人～The Book～』。着想からして数学的・幾何学的であったこの作品は、館ものの醍醐味《だいごみ》である奇想天外なトリックが次から次へと繰り出されることに加え、十和田の数学講義とそれに戸惑わされる登場人物たちのやりとりが面白く、ラストには驚愕《きょうがく》のどんでん返しが待ち受ける大作であった。

　続く第二作『双孔堂の殺人～Double Torus～』は、トポロジーという分野をテーマに据え、宮司司《ぐうじつかさ》・百合子《ゆりこ》という新キャラクターを登場させ、これまた不思議な形の館で起こる事件を描き出した。十和田が犯人なのではないかという衝撃のはじまりから、畳み掛けるような数学講義の応酬。そして、予想だにしなかった館の秘密と、事件の真相……。新人作家にとって第二作目はデビュー作より何倍も大事なものであるが、周木氏は（館もの）×（数学）という、シリーズの特徴を打ち立てることに成功し、ミステリ作家としての創作意欲を見せつけた。

　続く第三作。それが、本書『五覚堂の殺人～Burning Ship～』である。

　物語は東北地方の山間にある建物に、十和田只人がやってくるところから始まる。

十和田を呼び出したのは善知鳥神《うとうかみ》。この建物は「五覚堂」と呼ばれ、かつて志田幾郎《しだいくろう》という哲学者が、沼四郎《ぬましろう》に建てさせたものだという。五角形がいくつも組み合わされたこの奇妙な形の館に、神について入って行く十和田。そこで見せられたのは、少し前にまさにその五覚堂で起こった殺人事件の一部始終が記録されたビデオテープだった――。

今までの作風を踏襲する部分に加え、本作では、怪しげな一族と莫大な遺産の相続問題という、どことなく横溝正史《よこみぞせいし》の香りが漂う要素が加えられる。「決められた時刻まで館の中で過ごさないと相続の権利が剝奪される」という心理的ロックにより、登場人物たちはクローズド・サークルに閉じ込められ、やがて凄惨な連続殺人事件が起こっていく。実際に殺人の起きている五覚堂と、監視カメラ映像でそれを見ている十和田の五覚堂という視点の変化に、僕はまるで映像作品を見ているかのような感覚に陥った。後半、この二つの視点に加えて宮司司のパートも加わり、事件は新たな展開へ。ここまできたら、ページをめくる手を止められる読者はいないだろう。

シリーズの特徴である、数学的にして奇妙な形の館の見取り図もまた、読者の心を掴《つか》んでくる。五角形がたくさん組み合わさった、「何のため？」と思わせるような館――実は、数学を少しかじったことのある者ならば、この見取り図を見た瞬間、メイントリックの一つには気づくことができる。

だが、それに気づけたとしてもいい気になってはいられない。次々目の前に提示される密室殺人事件の不可解さに僕は翻弄されるばかりであった。特に大礼拝堂の密室トリックが明かされたときには啞然《あぜん》としてしまった。――こんなこと、本当に可能なのだろうか。

さらに、先刻気づいていたメイントリックが明かされ、「ああ、これはやっぱりな」と思っていたその直後……、用意されていたもう一つの驚き！　奇想天外で、だがたしかに数学的で、――こんなこと、本当に本当に可能なのだろうか。

そういえば周木氏は、『眼球堂の殺人』の文庫版あとがきでこんなことを書いていた。

「ひとつだけ自信を持って言えるのは、この建物はきっと、読者をわくわくさせられるだろうということだ。こんな建物はあり得ない、だが、あり得ない建物で起こるあり得ない事件だからこそ、きっと読み手の心も躍るに違いないということである」

本格ミステリとしての「堂シリーズ」の一番の魅力はここにあると思う。〝あり得ない〟と真剣に向き合い、極上の〝あり得ない〟を創り出し、〝あり得ない〟数学者探偵に真相を語らせ、読者を本気で驚かしにかかる。これは本格ミステリという文芸にしかできない技であり、その最大の力である。『眼球堂の殺人』に森博嗣《もりひろし》氏が寄せた推薦文中にあった「本格ミステリィの潔さ」というのも、ここに通じるものであろう。実際、僕の心は躍った。大いに躍った。

有名な作品からの引用で申し訳ないが、周木律氏と、「堂シリーズ」を愛する読者諸兄に、大好きな言葉を贈りたい。ディクスン・カーの『三つの棺《ひつぎ》』の中にあるギデオン・フェル博士の言葉である。

「われわれは、ありそうもないことが好きだからこそ、探偵小説に愛着を抱くといってもいいのだからね」

*

ミステリに関する部分を中心に書いてきたが、ここからは少し、周木氏が「堂シリーズ」全体で描こうとしている（のではないかと僕が思っている）数学的テーマについて触れていきたい。

周木律氏は、生粋《きっすい》の数学マニアである。マニアとは言わずとも、数学をかじったことのある人間なら一度は向き合うべき命題がある。それはすなわち――、

『数学は、神が創ったものか、人間が創ったものか』。

数学というものが、お金を数えたり測量をしたりという、人間の生活の実用的なことから始まったのは間違いない。そこから、数や図形そのものについて考える者が現

れ始め、やがて代数や幾何学が生まれた。

代数を例にとって言うならば、虚数単位というものがある。現代の日本では高校数学で習う「i」、すなわち、「二乗したら-1になる数」のことである。一六世紀半ばにラファエル・ボンベリによって定義されたこの数は、代数において二次方程式や三次方程式を解くために発明された、つまり人間によって創られた数と言ってもいい。ところが時代が進んでいくと、この虚数には驚くべき美しい性質がいくつも見つかった。代表的なのが十八世紀にレオンハルト・オイラーが見つけたオイラーの等式である。

『$e^{i\pi}+1=0$』

人間によって創られたと思われていた虚数単位のiが、自然対数の底e、円周率πとともにこんなにシンプルな式として表されることに当時の数学者たちは驚き、その美しさに感動した。そして、こんなことを考えるようになった。虚数単位iはひょっとして人間が「創った」ものではなく、もともとそこにあった（神によって創られた）ものであり、それを人間が「発見した」だけなのではないだろうか――。

虚数に限らず、数学の世界ではこうした事例がよくあるそうだ。

『数学は、神が創ったものか、人間が創ったものか』。

数学を専門にしている者だけでなく、考えれば考えるほど深みにはまっていく命題である。

結論から言えば、おそらく周木氏も「神による創造」を信じている数学マニアの一人であろう。そして、周木氏が数学を使ったミステリを書くにあたり、エルデシュをモデルにした名探偵を造形した一番の理由はここにあると僕は考えている。というのも、エルデシュこそ、数学を通じて「偉大なる存在」を常に身近に感じていた数学者だからである。

もっともエルデシュはその存在を「神」とは呼ばず、「SF（スプリーム・ファシスト）」と呼び、忌々《いまいま》しくすら思っていたらしい。ありとあらゆる数学の問題の証明を独り占めし、それがすべて書かれた「The Book」（シリーズの読者には聞き覚えのある言葉であろう）を持っている。エルデシュの生涯は、「The Book」に書かれた証明を一つでも多く探し出すことに費やされたと言ってもいいのである。

われらが十和田只人はどうであろう。

本書において、十和田が善知鳥神についてこう述べているセリフがある。

「彼女は、この事件という問題と解決という証明を介して、僕らを試している」

神が人間を試すという捉え方は、とても興味深い。さらに十和田はこんなことも言う。

「神くんは、言わば超越数だ。有理数ではない。だからこそ彼女には、むしろ単純な自然数が理解できない」

殺人事件の関係者としての善知鳥神についての文脈であるが、「数学は神が創ったものであり、人間はそれを発見しているだけ」という世界観を前提として読むと、自然数が理解できないというのはいささか不可解な歪《ゆが》みがあるようにも思え、それがまた示唆的でもある。超越数で満たされた宇宙では、自然数のほうがむしろ不自然かもしれないからだ。

さらにこのセリフのあと、宮司司が十和田の言葉を受け、「陰と陽」について考えるシーンがあるのだが……、そこは再読していただき、読者に解釈を任せることにしたい。

「堂シリーズ」は本格ミステリそのものとして大変おもしろい作品である。しかしながら、十和田只人（≒ただの人）が、善知鳥神（≒神）との対話を通じ、数学というシンプルにして壮大な体系の中でどう生きるべきと考えているのかという点に注目することによって別の側面が見えてくる。さらに、宮司をはじめとする周りの〝一般的な人間〟が、十和田のそんな姿を通じ、何を思うのかというのを読み解くのも興味深いだろう。

幸いにしてシリーズは『伽藍堂の殺人 ～Banach-Tarski Paradox～』『教会堂の殺人 ～Game Theory～』と、まだ続いていく。今後も十和田や宮司たちの言動から目が離せない。

＊

さて、最後に、エルデシュに関するエピソードをもう一つだけ紹介しておく。数学ファンのあいだでは有名な〝エルデシュ・ナンバー〟についてである。

先述の通り、エルデシュは世界各国の数学者たちと共著論文を多く発表した。あるとき、それに注目した友人がこんなことを提唱した。

「エルデシュと共著を出したことのある人間は、〝エルデシュ・ナンバー〟1を持っていると定義する。〝エルデシュ・ナンバー〟1の人物と共著を出したことのある人間は、〝エルデシュ・ナンバー〟2を持つとし、以降、3、4……とその番号は増えていく」。

もちろん、〝エルデシュ・ナンバー〟2を一度獲得した人物が、その後エルデシュ本人と共著を出したなら、〝エルデシュ・ナンバー〟は1に更新される。〝エルデシュ・ナンバー〟を見れば、その人物がどれだけエルデシュに近いのかがわかるというのである。

共著論文の多いエルデシュに敬意をこめたユーモアとして始められたものだが、そのつながり方が、エルデシュがたびたび論文にとりあげていた「グラフ理論」という数学の分野と深く関わっていることから注目を集めた。現在では数学界のみならず、統計学、生物学、言語学の分野へと広がり、学者たちのあいだでは〝エルデシュ・ナンバー〟を持つことが名誉の一つとまでみなされているそうだ。ちなみにあのビル・ゲイツも〝エルデシュ・ナンバー〟4を持っているという。

僕も数学ミステリを書いているくらいには数学ファンなので、なんとか〝エルデシュ・ナンバー〟をゲットできないかと考えたことがある。しかし数学の論文を書くとなると、やはり小説家では難しそうだ。そこで僕は提唱したい。

周木律の本の解説をしたことのある人物は〝周木ナンバー〟1を持つと定義する。過去・未来かかわらず、〝周木ナンバー〟1の解説を書いたことのある人物は〝周木ナンバー〟2を持つ。……こうして〝周木ナンバー〟が広がっていくことにより、その人物が周木律にどれだけ近いかの指標となる。

せっかく提唱した〝周木ナンバー〟なので、1を持つことが自慢のタネにならなくては意味がない。それには周木律という作家がさらに多くの作品を書くことが必要不可欠である。実際、周木律氏は「堂シリーズ」だけではなく、原因不明のウィルス感染事件を扱った『災厄』（KADOKAWA）、ノアの方舟《はこぶね》伝説を題材にした歴史ミステリ『アールダーの方舟』（新潮社）、ライトミステリ「猫又お双《そう》」シリーズ（KAD

ＯＫＡＷＡ）、推理すると感覚を失う探偵を主人公とした『ＬＯＳＴ　失覚探偵』（講談社タイガ）など、ハイペースで作品を発表している。その分野は数学に止まらず、知識と興味の幅の広さを感じさせてくれ、今後もミステリ界で活躍していくことは間違いないだろう。

今日から青柳碧人は、「〝周木ナンバー〟１」を持つ作家である。プレッシャーをかけるわけではないが、もう一度だけ書いておく。本家エルデシュが生涯に発表した論文の数は、一四〇〇をゆうに超える。

※　フェル博士のセリフについては、『三つの棺【新訳版】』（ジョン・ディクスン・カー著／加賀山卓朗訳／ハヤカワ・ミステリ文庫／二〇一四年）による。

この作品は二〇一四年二月講談社ノベルスとして刊行されました。
講談社文庫刊行にあたって加筆修正されています。

|著者| 周木 律　某国立大学建築学科卒業。『眼球堂の殺人 ～The Book～』（講談社ノベルス、のち講談社文庫）で第47回メフィスト賞を受賞しデビュー。著書に『LOST 失覚探偵（上中下）』（講談社タイガ）、『アールダーの方舟』（新潮社）、「猫又お双と消えた令嬢」シリーズ、『暴走』、『災厄』（角川文庫）、『不死症《アンデッド》』、『幻屍症《インビジブル》』（実業之日本社文庫）などがある。

〔〝堂〟シリーズ既刊〕
『眼球堂の殺人 ～The Book～』
『双孔堂の殺人 ～Double Torus～』
『五覚堂の殺人 ～Burning Ship～』
『伽藍堂の殺人 ～Banach-Tarski Paradox～』
『教会堂の殺人 ～Game Theory～』
『鏡面堂の殺人 ～Theory of Relativity～』
『大聖堂の殺人 ～The Books～』

五覚堂《ごかくどう》の殺人《さつじん》 ～Burning Ship《バーニング シップ》～

周木《しゅうき》 律《りつ》

2017年３月15日第１刷発行
2019年４月12日第２刷発行

発行者――渡瀬昌彦
発行所――株式会社 講談社
東京都文京区音羽2-12-21　〒112-8001
電話 出版（03）5395-3510
販売（03）5395-5817
業務（03）5395-3615

Printed in Japan

講談社文庫
定価はカバーに表示してあります

デザイン―菊地信義
本文データ制作―講談社デジタル製作
印刷――豊国印刷株式会社
製本――株式会社国宝社

ISBN978-4-06-293623-1

講談社文庫刊行の辞

二十一世紀の到来を目睫に望みながら、われわれはいま、人類史上かつて例を見ない巨大な転換期をむかえようとしている。

世界も、日本も、激動の予兆に対する期待とおののきを内に蔵して、未知の時代に歩み入ろうとしている。このときにあたり、創業の人野間清治の「ナショナル・エデュケイター」への志を現代に甦らせようと意図して、われわれはここに古今の文芸作品はいうまでもなく、ひろく人文・社会・自然の諸科学から東西の名著を網羅する、新しい綜合文庫の発刊を決意した。

激動の転換期はまた断絶の時代である。われわれは戦後二十五年間の出版文化のありかたへの深い反省をこめて、この断絶の時代にあえて人間的な持続を求めようとする。いたずらに浮薄な商業主義のあだ花を追い求めることなく、長期にわたって良書に生命をあたえようとつとめるところにしか、今後の出版文化の真の繁栄はあり得ないと信じるからである。

同時にわれわれはこの綜合文庫の刊行を通じて、人文・社会・自然の諸科学が、結局人間の学にほかならないことを立証しようと願っている。かつて知識とは、「汝自身を知る」ことにつきていた。現代社会の瑣末な情報の氾濫のなかから、力強い知識の源泉を掘り起し、技術文明のただなかに、生きた人間の姿を復活させること。それこそわれわれの切なる希求である。

われわれは権威に盲従せず、俗流に媚びることなく、渾然一体となって日本の「草の根」をかたちづくる若く新しい世代の人々に、心をこめてこの新しい綜合文庫をおくり届けたい。それは知識の泉であるとともに感受性のふるさとであり、もっとも有機的に組織され、社会に開かれた万人のための大学をめざしている。大方の支援と協力を衷心より切望してやまない。

一九七一年七月

野間省一

原案 山田洋次 平松恵美子 白石まみ　東京家族
白河三兎　プールの底に眠る
白河三兎　ケシゴムは嘘を消せない
朱川湊人　オルゴォル
朱川湊人　満月ケチャップライス
朱川湊人　冥《めい》の水底《みなそこ》(上)(下)
柴村　仁　夜　宵
柴村　仁　プシュケの涙
柴村　仁　ノクチルカ笑う
篠原勝之　走れＵＭＩ
柴田哲孝　異聞 太平洋戦記
柴田哲孝　チャイナ インベイジョン〈中国日本侵蝕〉
柴田哲孝　ク ズ リ〈ある殺し屋の伝説〉
塩田武士　盤上のアルファ
塩田武士　女神のタクト
塩田武士　ともにがんばりましょう
芝村凉也　鬼《き》溜《だ》まりの闇〈素浪人半四郎百鬼夜行(一)〉
芝村凉也　鬼心の刺客〈素浪人半四郎百鬼夜行(二)〉
芝村凉也　蛇変化の淫〈素浪人半四郎百鬼夜行(三)〉
芝村凉也　狐嫁の列〈素浪人半四郎百鬼夜行(零)〉
芝村凉也　怨《おん》鬼《き》の執《しゅう》〈素浪人半四郎百鬼夜行(四)〉
芝村凉也　夢告の訣れ〈素浪人半四郎百鬼夜行(五)〉
芝村凉也　孤《こ》闘《とう》の寂《せき》〈素浪人半四郎百鬼夜行(六)〉
芝村凉也　邂逅の紅蓮〈素浪人半四郎百鬼夜行(七)〉
芝村凉也　終焉の百鬼行〈素浪人半四郎百鬼夜行(八)〉
芝村凉也　追憶の翰《かん》〈素浪人半四郎百鬼夜行(拾遺)〉
真藤順丈　畦と銃
芝　　豪　朝鮮戦争(上)(下)
信濃毎日新聞取材班　不妊治療と出生前診断〈温かな手で〉
柴崎竜人　三軒茶屋星座館１〈冬のオリオン〉
柴崎竜人　三軒茶屋星座館２〈夏のキグナス〉
城平　京　虚構推理
周木　律　眼球堂の殺人～The Book～
周木　律　双孔堂の殺人～Double Torus～
周木　律　五覚堂の殺人～Burning Ship～
周木　律　伽藍堂の殺人～Banach-Tarski Paradox～
周木　律　教会堂の殺人〈～Game Theory～〉
周木　律　鏡面堂の殺人〈～Theory of Relativity～〉
下村敦史　闇に香る嘘
下村敦史　生還者
下村敦史　叛《はん》徒《と》
下村敦史　失踪者
九把刀　阿井幸作／泉京鹿 訳　あの頃、君を追いかけた
杉本苑子　孤愁の岸(上)(下)
杉浦日向子　新装版 東京イワシ頭
杉浦日向子　新装版 呑々草子
杉浦日向子　新装版 入浴の女王
鈴木光司　神々のプロムナード
杉本章子　お狂言師歌吉うきよ暦
杉本章子　大奥二人道成寺〈お狂言師歌吉うきよ暦〉
杉本章子　精《あき》姫《ひめ》様一条〈お狂言師歌吉うきよ暦〉
杉本章子　東京影同心
杉山文野　ダブルハッピネス
諏訪哲史　アサッテの人
諏訪哲史　ロンバルディア遠景
末浦広海　訣別の森
末浦広海　捜査官

須藤靖貴　抱きしめたい
須藤靖貴　池波正太郎を歩く
須藤靖貴　どまんなか(1)
須藤靖貴　どまんなか(2)
須藤靖貴　どまんなか(3)
須藤靖貴　おれ、力士になる
鈴木仁志　司法占領
須藤元気　レボリューション
菅野雪虫　天山の巫女《みこ》ソニン(1) 黄金の燕
菅野雪虫　天山の巫女《みこ》ソニン(2) 海の孔雀
菅野雪虫　天山の巫女《みこ》ソニン(3) 朱鳥《あけがらす》の星
菅野雪虫　天山の巫女《みこ》ソニン(4) 夢の白鷺
菅野雪虫　天山の巫女《みこ》ソニン(5) 大地の翼
鈴木大介　ギャングース・ファイル〈家のない少年たち〉
鈴木みき　日帰り登山のススメ〈あした、山へ行こう！〉
瀬戸内晴美　かの子撩乱
瀬戸内晴美　京まんだら(上)(下)
瀬戸内晴美　祇園女御(上)(下)
瀬戸内晴美　花怨
瀬戸内寂聴　新寂庵説法 愛なくば
瀬戸内寂聴　人が好き［私の履歴書］
瀬戸内寂聴　白道
瀬戸内寂聴　寂聴相談室人生道しるべ
瀬戸内寂聴　瀬戸内寂聴の源氏物語
瀬戸内寂聴　愛する能力
瀬戸内寂聴　藤壺
瀬戸内寂聴　生きることは愛すること
瀬戸内寂聴　寂聴と読む源氏物語
瀬戸内寂聴　月の輪草子
瀬戸内寂聴　新装版 寂庵説法
瀬戸内寂聴　死に支度
瀬戸内寂聴　新装版 蜜と毒
瀬戸内寂聴　新装版 花《か》怨《えん》
瀬戸内寂聴・訳　源氏物語 巻《まき》一《いち》
瀬戸内寂聴・訳　源氏物語 巻《まき》二《に》
瀬戸内寂聴・訳　源氏物語 巻《まき》三《さん》
瀬戸内寂聴・訳　源氏物語 巻《まき》四《し》
瀬戸内寂聴・訳　源氏物語 巻《まき》五《ご》
瀬戸内寂聴・訳　源氏物語 巻《まき》六《ろく》
瀬戸内寂聴・訳　源氏物語 巻《まき》七《しち》
瀬戸内寂聴・訳　源氏物語 巻《まき》八《はち》
瀬戸内寂聴・訳　源氏物語 巻《まき》九《く》
瀬戸内寂聴・訳　源氏物語 巻《まき》十《じゅう》
関川夏央　子規、最後の八年
先崎学　先崎学の実況！盤外戦
妹尾河童　少年H(上)(下)
妹尾河童　河童が覗いたインド
妹尾河童　河童が覗いたヨーロッパ
妹尾河童　河童が覗いたニッポン
妹尾河童・野坂昭如　少年Hと少年A
瀬尾まいこ　幸福な食卓
関原健夫　がん六回 人生全快
瀬川晶司　泣き虫しょったんの奇跡 完全版〈サラリーマンから将棋のプロへ〉
瀬名秀明　月と太陽
曽野綾子　透明な歳月の光
曽野綾子　新装版 無名碑(上)(下)
三浦朱門・曽野綾子　夫婦のルール

蘇部健一　六枚のとんかつ
蘇部健一　六とん2
蘇部健一　届かぬ想い
曽根圭介　沈底魚
曽根圭介　本ボシ
曽根圭介　藁《わら》にもすがる獣たち
曽根圭介　TATSUMAKI〈特命捜査対策室7係〉
zopp　ソングス・アンド・リリックス
田辺聖子　川柳でんでん太鼓
田辺聖子　おかあさん疲れたよ(上)(下)
田辺聖子　ひねくれ一茶
田辺聖子　愛の幻滅(上)(下)
田辺聖子　うたかた
田辺聖子　春情蛸の足
田辺聖子　蝶花嬉遊図
田辺聖子　言い寄る
田辺聖子　私的生活
田辺聖子　苺をつぶしながら
田辺聖子　不機嫌な恋人

田辺聖子　どんぐりのリボン
田辺聖子　女の日時計
谷川俊太郎訳 和田誠絵　マザー・グース 全四冊
立花隆　中核VS革マル(上)(下)
立花隆　日本共産党の研究 全三冊
立花隆　青春漂流
立花隆　生、死、神秘体験
滝口康彦　一命
滝口康彦　粟田口の狂女〈レジェンド歴史時代小説〉
高杉良　労働貴族
高杉良　広報室沈黙す(上)(下)
高杉良　会社蘇生
高杉良　炎の経営者(上)(下)
高杉良　小説日本興業銀行 全五冊
高杉良　社長の器
高杉良　祖国へ、熱き心を〈東京にオリンピックを呼んだ男〉
高杉良　その人事に異議あり〈女性広報主任のジレンマ〉
高杉良　人事権!
高杉良　小説消費者金融〈クレジット社会の罠〉

高杉良　小説 新巨大証券(上)(下)
高杉良　局長罷免 小説通産省
高杉良　首魁《しゅかい》の宴《うたげ》〈政官財腐敗の構図〉
高杉良　指名解雇
高杉良　燃ゆるとき
高杉良　挑戦つきることなし〈小説ヤマト運輸〉
高杉良　銀行大合併〈短編小説全集(上)〉
高杉良　エリートの反乱〈短編小説全集(中)〉
高杉良　金融腐蝕列島(上)(下)
高杉良　銀行大統合〈小説みずほFG〉
高杉良　勇気凜々
高杉良　混沌《こんとん》 新・金融腐蝕列島(上)(下)
高杉良　乱気流(上)(下)
高杉良　小説会社再建
高杉良　小説ザ・ゼネコン
高杉良　新装版 懲戒解雇
高杉良　新装版 虚構の城
高杉良　新装版 大逆転!〈小説 三菱・第一銀行合併事件〉
高杉良　新装版 バンダルの塔

高田崇史　QED ~ventus~〈御霊将門〉
高田崇史　QED〈河童伝説〉
高田崇史　QED ~flumen~〈九段坂の春〉
高田崇史　QED〈諏訪の神霊〉
高田崇史　QED〈出雲神伝説〉
高田崇史　QED〈伊勢の曙光《あけぼの》〉
高田崇史　QED ~flumen~〈ホームズの真実〉
高田崇史　毒草師〈QED Another Story〉
高田崇史　試験に出るパズル〈千葉千波の事件日記〉
高田崇史　試験に敗けない密室〈千葉千波の事件日記〉
高田崇史　試験に出ないパズル〈千葉千波の事件日記〉
高田崇史　パズル自由自在〈千葉千波の事件日記〉
高田崇史　化けて出る〈千葉千波の怪奇日記〉
高田崇史　麿の酩酊事件簿〈花に舞〉
高田崇史　麿の酩酊事件簿〈月に酔〉
高田崇史　クリスマス緊急指令〈~きよしこの夜、事件は起こる!~〉
高田崇史　カンナ　飛鳥の光臨
高田崇史　カンナ　天草の神兵
高田崇史　カンナ　吉野の暗闘

高田崇史　カンナ　奥州の覇者
高田崇史　カンナ　戸隠の殺皆
高田崇史　カンナ　鎌倉の血陣
高田崇史　カンナ　天満の葬列
高田崇史　カンナ　出雲の顕在
高田崇史　カンナ　京都の霊前
高田崇史　鬼神伝　鬼の巻
高田崇史　鬼神伝　神の巻
高田崇史　鬼神伝　龍の巻
高田崇史　軍神の血脈〈楠木正成秘伝〉
高田崇史　神の時空《とき》　鎌倉の地龍
高田崇史　神の時空　倭《やまと》の水霊
高田崇史　神の時空　貴船の沢鬼
高田崇史　神の時空　三輪《みわ》の山祇《やまつみ》
高田崇史　神の時空　嚴島《いつくしま》の烈風
竹内玲子　永遠に生きる犬〈ニューヨーク　チョビ物語〉
団鬼六　悦楽王〈鬼プロ繁盛記〉
高野和明　13階段
高野和明　グレイヴディッガー

高野和明　K・Nの悲劇
高野和明　6時間後に君は死ぬ
高里椎奈　銀の檻を溶かして〈薬屋探偵妖綺談〉
高里椎奈　黄色い目をした猫の幸せ〈薬屋探偵妖綺談〉
高里椎奈　悪魔と詐欺師〈薬屋探偵妖綺談〉
高里椎奈　金糸雀《カナリア》が啼く夜〈薬屋探偵妖綺談〉
高里椎奈　緑陰の雨　灼けた月〈薬屋探偵妖綺談〉
高里椎奈　白兎が歌った蜃気楼〈薬屋探偵妖綺談〉
高里椎奈　本当は知らない〈薬屋探偵妖綺談〉
高里椎奈　蒼い千鳥　花霞に泳ぐ〈薬屋探偵妖綺談〉
高里椎奈　双樹に赤　鴉の暗《くろ》〈薬屋探偵妖綺談〉
高里椎奈　蟬の羽〈薬屋探偵妖綺談〉
高里椎奈　ユルユルカ〈薬屋探偵妖綺談〉
高里椎奈　雪下《せっか》に咲いた日輪と〈薬屋探偵妖綺談〉
高里椎奈　海紡《つむ》ぐ螺旋《らせん》　空の回廊〈薬屋探偵妖綺談〉
高里椎奈　深山木薬店説話集〈薬屋探偵妖綺談〉
高里椎奈　孤狼と月〈フェンネル大陸　偽王伝1〉
高里椎奈　騎士の系譜〈フェンネル大陸　偽王伝2〉
高里椎奈　虚空の王者〈フェンネル大陸　偽王伝3〉

講談社文庫　目録

講談社文庫　目録

橘　もも　OVER DRIVE《オーバードライブ》
橘　もも　原著
沖田×華　原作
安達奈緒子　脚本　小説 透明なゆりかご（上）（下）
滝口悠生　愛と人生
髙山文彦　ふたり〈皇后美智子と石牟礼道子〉
陳　舜臣　中国五千年（上）（下）
陳　舜臣　中国の歴史全七冊
陳　舜臣　中国の歴史 近・現代篇（一）（二）
陳　舜臣　小説十八史略全六冊
陳　舜臣　新装版 阿片戦争全四冊
陳　舜臣　琉球の風（上）（下）〈レジェンド歴史時代小説〉
千早　茜　森の家
千野隆司　大店の暖簾《のれん》〈下り酒一番〉
知野《ちの》みさき　江戸は浅草
筒井康隆　創作の極意と掟
筒井康隆　読書の極意と掟
筒井康隆 ほか12名　名探偵登場！
津島佑子　黄金の夢の歌
津村節子　遍路みち
津村節子　三陸の海
津本　陽　真田忍俠記（上）（下）
津本　陽　本能寺の変
津本　陽　武蔵と五輪書
津本　陽　幕末御用盗
土屋賢二　純粋ツチヤ批判
塚本青史　呂后
塚本青史　王莽
塚本青史　光武帝（上）（中）（下）
塚本青史　張騫
塚本青史　凱《がい》歌《か》の後《のち》
塚本青史　始皇帝
塚本青史　三国志 曹操伝 上〈落暉の洛陽〉
塚本青史　三国志 曹操伝 中〈群雄の彷徨〉
塚本青史　三国志 曹操伝 下〈赤壁に決す〉
辻原　登　マノンの肉体
辻原　登　寂しい丘で狩りをする
辻村深月　冷たい校舎の時は止まる（上）（下）
辻村深月　子どもたちは夜と遊ぶ（上）（下）
辻村深月　凍りのくじら
辻村深月　ぼくのメジャースプーン
辻村深月　スロウハイツの神様（上）（下）
辻村深月　名前探しの放課後（上）（下）
辻村深月　ロードムービー
辻村深月　ゼロ、ハチ、ゼロ、ナナ。
辻村深月　V. T. R.
辻村深月　光待つ場所へ
辻村深月　ネオカル日和
辻村深月　島はぼくらと
辻村深月　家族シアター
新川直司　漫画
辻村深月　原作　コミック 冷たい校舎の時は止まる（上）（下）
常光　徹　学校の怪談〈K峠のうわさ〉
常光　徹　学校の怪談〈百円のビデオ〉
坪内祐三　ストリートワイズ
津村記久子　ポトスライムの舟
津村記久子　カソウスキの行方
津村記久子　やりたいことは二度寝だけ
恒川光太郎　竜が最後に帰る場所
月村了衛　神《み》子《こ》上《がみ》典《てん》膳《ぜん》

講談社文庫　目録

出久根達郎　作家の値段
フランソワ・デュボワ　太極拳が教えてくれた人生の宝物〈中国・武当山90日間修行の記〉
戸川昌子　新装版 猟人日記
土居良一　海翁伝
土居良一　修徳記
土居良一　京都花暦〈直参松前八兵衛〉
ドウス昌代　イサム・ノグチ(上)(下)〈宿命の越境者〉
鳥羽　亮　疾風《はやて》剣《けん》谺《こだま》返し〈深川狼虎伝〉
鳥羽　亮　修羅剣雷《いかずち》斬り〈深川狼虎伝〉
鳥羽　亮　狼《ろう》虎《こ》血《けつ》闘《とう》〈深川狼虎伝〉
鳥羽　亮　御隠居剣法〈駆込み宿 影始末(一)〉
鳥羽　亮　ねむり鬼《き》剣《けん》〈駆込み宿 影始末〉
鳥羽　亮　霞隠れの女〈駆込み宿 影始末〉
鳥羽　亮　のっとり奥坊主〈駆込み宿 影始末〉
鳥羽　亮　かげろう妖剣〈駆込み宿 影始末〉
鳥羽　亮　霞《かすみ》と飛《ひ》燕《えん》〈駆込み宿 影始末〉
鳥羽　亮　闇姫変化〈駆込み宿 影始末〉
鳥羽　亮　鶴亀横丁の風来坊
鳥越　碧　漱石の妻
鳥越　碧　兄いもうと〈子規庵日記〉
鳥越　碧　花筏 谷崎潤一郎・松子 たゆたう記
東郷　隆　銃士伝
東郷　隆　定吉七番《セブン》の復活
東郷　隆　上田信絵　【絵解き】戦国武士の合戦心得〈歴史・時代小説ファン必携〉
東郷　隆　上田信絵　【絵解き】雑兵足軽たちの戦い〈歴史・時代小説ファン必携〉
東嶋和子　メロンパンの真実
戸梶圭太　アウトオブチャンバラ
東良美季　猫の神様
堂場瞬一　八月からの手紙
堂場瞬一　壊れる心〈警視庁犯罪被害者支援課〉
堂場瞬一　邪心〈警視庁犯罪被害者支援課2〉
堂場瞬一　二度泣いた少女〈警視庁犯罪被害者支援課3〉
堂場瞬一　身代わりの空(上)(下)〈警視庁犯罪被害者支援課4〉
堂場瞬一　影の守護者〈警視庁犯罪被害者支援課5〉
堂場瞬一　傷
堂場瞬一　埋れた牙
堂場瞬一　Killers(上)(下)
土橋章宏　超高速！参勤交代
土橋章宏　超高速！参勤交代 リターンズ
戸谷洋志　Jポップで考える哲学〈自分を問い直すための15曲〉
富樫倫太郎　信長の二十四時間
富樫倫太郎　風の如く 吉田松陰篇
富樫倫太郎　風の如く 久坂玄瑞《くさかげんずい》篇
富樫倫太郎　風の如く 高杉晋作篇
富樫倫太郎　スカーフェイス〈警視庁特別捜査第三係・淵神律子〉
夏樹静子　新装版 二人の夫をもつ女
中井英夫　新装版 虚無への供物(上)(下)
長井　彬　新装版 原子炉の蟹
中島らも　しりとりえっせい
中島らも　今夜、すべてのバーで
中島らも　白いメリーさん
中島らも　寝ずの番
中島らも　さかだち日記
中島らも　バンド・オブ・ザ・ナイト
中島らも　休みの国
中島らも　異人伝 中島らものやり口
中島らも　空からぎろちん

中島らも　僕にはわからない
中島らも　中島らものたまらん人々
中島らも　エキゾティカ
中島らも　あの娘《こ》は石ころ
中島らも　ロバに耳打ち
中島らも　ロ　カ
中島らも 編著　なにわのアホぢから
中島らもほか　輝きの一瞬〈短くて心に残る30編〉
中島らも
チチ松村　らもチチ　わたしの半生〈青春篇〉〈中年篇〉
鳴海　章　マルス・ブルー
鳴海　章　中継《なかつぎ》刑事《デカ》〈捜査五係申し送りファイル〉
鳴海　章　フェイスブレイカー
鳴海　章　謀略航路
中嶋博行　違法弁護
中嶋博行　司法戦争
中嶋博行　第一級殺人弁護
中嶋博行　ホカベン　ボクたちの正義
中嶋博行　新装版 検察捜査
中嶋博行　新検察捜査

中村天風　運命を拓く〈天風瞑想録〉
中山康樹　ジョン・レノンから始まるロック名盤
永井　隆　ドキュメント 敗れざるサラリーマンたち
中島誠之助　ニセモノ師たち
梨屋アリエ　でりばりぃAge
梨屋アリエ　ピアニッシシモ
梨屋アリエ　スリースターズ
中原まこと　笑うなら日曜の午後に
中島京子　FUTON
中島京子　イトウの恋
中島京子　均ちゃんの失踪
中島京子　エルニーニョ
中島京子　妻が椎茸だったころ
奈須きのこ　空の境界(上)(中)(下)
中村彰彦　名将がいて、愚者がいた
中村彰彦　義に生きるか裏切るか〈名将がいて、愚者がいた〉
中村彰彦　幕末維新史の定説を斬る
中村彰彦　乱世の名将　治世の名臣
長野まゆみ　簞笥のなか

長野まゆみ　となりの姉妹
長野まゆみ　レモンタルト
長野まゆみ　チマチマ記
長野まゆみ　冥途あり
長嶋　有　夕子ちゃんの近道
長嶋　有　電化文学列伝
長嶋　有　佐渡の三人
永嶋恵美　擬態
永井　均
内田かずひろ 絵　子どものための哲学対話
なかにし礼　戦場のニーナ
なかにし礼　生きる力〈心でがんに克《か》つ〉
中路啓太　己惚れの記
中村文則　最後の命
中村文則　悪と仮面のルール
中田整一　トレイシー〈日本兵捕虜秘密尋問所〉
編/解説 中田整一　真珠湾攻撃総隊長の回想〈淵田美津雄自叙伝〉
中村江里子　女四世代、ひとつ屋根の下
中野美代子　カスティリオーネの庭
中野孝次　すらすら読める方丈記

講談社文庫　目録

中野孝次　すらすら読める徒然草
中山七里　贖罪の奏鳴曲《ソナタ》
中山七里　追憶の夜想曲《ノクターン》
中山七里　恩讐の鎮魂曲《レクイエム》
長島有里枝　背中の記憶
長浦　京　赤《セキ》刃《ジン》
中澤日菜子　お父さんと伊藤さん
中澤日菜子　おまめごとの島
長辻象平　半百《はんびゃく》の白刃　虎徹と鬼姫(上)(下)
中脇初枝　世界の果てのこどもたち
西村京太郎　四つの終止符
西村京太郎　七人の証人
西村京太郎　華麗なる誘拐
西村京太郎　寝台特急「日本海」《メモリー・トレイン》殺人事件
西村京太郎　十津川警部　帰郷・会津若松
西村京太郎　特急「あずさ」《アリバイ・トレイン》殺人事件
西村京太郎　寝台特急「北斗星」《ロイヤル・トレイン》殺人事件
西村京太郎　十津川警部　姫路・千姫殺人事件
西村京太郎　十津川警部の怒り

西村京太郎　新版　名探偵なんか怖くない
西村京太郎　十津川警部「荒城の月」殺人事件
西村京太郎　宗谷本線殺人事件
西村京太郎　奥能登に吹く殺意の風
西村京太郎　特急「北斗1号」《スーサイド・トレイン》殺人事件
西村京太郎　十津川警部「悪夢」通勤快速の罠
西村京太郎　十津川警部　五稜郭殺人事件
西村京太郎　十津川警部　湖北の幻想
西村京太郎　九州新特急「つばめ」殺人事件
西村京太郎　九州特急「ソニックにちりん」殺人事件
西村京太郎　十津川警部　幻想の信州上田
西村京太郎　高山本線殺人事件
西村京太郎　十津川警部　金沢・絢爛たる殺人
西村京太郎　伊豆誘拐行
西村京太郎　東京・松島殺人ルート
西村京太郎　秋田新幹線「こまち」殺人事件
西村京太郎　十津川警部　生死を分けた《トリアージ》石見銀山
西村京太郎　悲運の皇子《みこ》と若き天才の死
西村京太郎　十津川警部　長良川に犯人を追う

西村京太郎　新装版　殺しの双曲線
西村京太郎　十津川警部　西伊豆変死事件
西村京太郎　愛の伝説・釧路湿原
西村京太郎　山形新幹線「つばさ」殺人事件
西村京太郎　新装版　名探偵に乾杯
西村京太郎　十津川警部　君は、あのSLを見たか
西村京太郎　南伊豆殺人事件
西村京太郎　十津川警部　青い国から来た殺人者
西村京太郎　十津川警部　箱根バイパスの罠
西村京太郎　新装版　天使の傷痕
西村京太郎　新装版　D機関情報
西村京太郎　十津川警部　猫と死体はタンゴ鉄道に乗って
西村京太郎　韓国新幹線を追え
西村京太郎　北リアス線の天使
西村京太郎　十津川警部　長野新幹線の奇妙な犯罪
西村京太郎　上野駅殺人事件
西村京太郎　京都駅殺人事件
西村京太郎　沖縄から愛をこめて
西村京太郎　十津川警部「幻覚」

講談社文庫　目録

西村　健　劫火2　大脱出
西村　健　劫火3　突破再び
西村　健　劫火4　激　突
西村　健　笑　い　犬
西村　健　ゆ　げ　福〈博多探偵事件ファイル〉
西村　健　は　し　ご〈博多探偵ゆげ福〉
西村　健　完　食！〈博多探偵ゆげ福〉
西村　健　残　火
西村　健　地の底のヤマ(上)(下)
西村　健　光陰の刃《やいば》(上)(下)
楡　周平　青狼記(上)(下)
楡　周平　陪審法廷
楡　周平　宿　命(上)(下)〈ワンス・アポン・ア・タイム・イン・東京〉
楡　周平　血　戦〈ワンス・アポン・ア・タイム・イン・東京2〉
楡　周平　修羅の宴(上)(下)
楡　周平　レイク・クローバー(上)(下)
西尾維新　クビキリサイクル〈青色サヴァンと戯言遣い〉
西尾維新　クビシメロマンチスト〈人間失格・零崎人識〉
西尾維新　クビツリハイスクール〈戯言遣いの弟子〉

西尾維新　サイコロジカル(上)〈兎吊木垓輔の戯言殺し〉(下)〈曳かれ者の小唄〉
西尾維新　ヒトクイマジカル〈殺戮奇術の匂宮兄妹〉
西尾維新　ネコソギラジカル(上)〈十三階段〉
西尾維新　ネコソギラジカル(中)〈赤き征裁vs.橙なる種〉
西尾維新　ネコソギラジカル(下)〈青色サヴァンと戯言遣い〉
西尾維新　ダブルダウン勘繰郎《かんぐろう》　トリプルプレイ助悪郎《スケアクロウ》
西尾維新　零崎双識の人間試験
西尾維新　零崎軋識《ぜろざききししき》の人間ノック
西尾維新　零崎曲識の人間人間
西尾維新　零崎人識の人間関係　匂宮出夢との関係
西尾維新　零崎人識の人間関係　無桐伊織との関係
西尾維新　零崎人識の人間関係　零崎双識との関係
西尾維新　零崎人識の人間関係　戯言遣いとの関係
西尾維新　xxxHOLiC　アナザーホリック　ランドルト環《かん》エアロゾル
西尾維新　難民探偵
西尾維新　少女不十分
西尾維新　本　題〈西尾維新対談集〉
西尾維新　掟上今日子《おきてがみきょうこ》の備忘録
西村賢太　どうで死ぬ身の一踊り

西村賢太　夢魔去りぬ
仁木英之　千里伝
仁木英之　時輪の轍《わだち》〈千里伝〉
仁木英之　武《ぶ》神《しん》の賽《さい》〈千里伝〉
仁木英之　乾《けん》坤《こん》の児《こ》〈千里伝〉
仁木英之　真田を云《い》て、毛利を云わず〈大坂将星伝〉(上)(下)
仁木英之　まほろばの王たち
西川善文　ザ・ラストバンカー〈西川善文回顧録〉
西川　司　向日葵《ひまわり》のかっちゃん
西村雄一郎　殉　愛〈原節子と小津安二郎〉
西　加奈子　舞　台
貫井徳郎　新装版 修羅の終わり(上)(下)
貫井徳郎　鬼流殺生祭
貫井徳郎　妖奇切断譜
貫井徳郎　被害者は誰？
A・ネルソン　「ネルソンさん、あなたは人を殺しましたか？」
野村　進　コリアン世界の旅
野村　進　救急精神病棟
野村　進　脳を知りたい！

帚木蓬生　日　御　子(上)(下)
坂東眞砂子　欲　情
花村萬月　皆　月
花村萬月　空は青いか　〈萬月夜話其の一〉
花村萬月　犬でわるいか　〈萬月夜話其の二〉
花村萬月　草《くさ》臥《ぶ》し日記　〈萬月夜話其の三〉
花村萬月　少年曲馬団(上)(下)
花村萬月　ウエストサイドソウル　〈西方之魂〉
花村萬月　信　長　私　記
花村萬月　續　信　長　私　記
畑村洋太郎　失敗学のすすめ
畑村洋太郎　失敗学実践講義　〈文庫増補版〉
畑村洋太郎　みる　わかる　伝える
花井愛子　ときめきイチゴ時代　〈ティーンズハートの1987～1997〉
はやみねかおる　そして五人がいなくなる　〈名探偵夢水清志郎事件ノート〉
はやみねかおる　亡霊《ゴースト》は夜歩く　〈名探偵夢水清志郎事件ノート〉
はやみねかおる　消える総生島　〈名探偵夢水清志郎事件ノート〉
はやみねかおる　魔女の隠れ里　〈名探偵夢水清志郎事件ノート〉
はやみねかおる　踊る夜光怪人　〈名探偵夢水清志郎事件ノート〉
はやみねかおる　機《から》巧《くり》館《やかた》のかぞえ唄　〈名探偵夢水清志郎事件ノート〉
はやみねかおる　ギヤマン壺の謎　〈名探偵夢水清志郎事件ノート外伝〉
はやみねかおる　徳利長屋の怪　〈名探偵夢水清志郎事件ノート外伝〉
はやみねかおる　都会《まち》のトム＆ソーヤ(1)
はやみねかおる　都会《まち》のトム＆ソーヤ(2)　〈乱！ RUN！ ラン！〉
はやみねかおる　都会《まち》のトム＆ソーヤ(3)　〈いつになったら作戦《ミッション》終了？〉
はやみねかおる　都会《まち》のトム＆ソーヤ(4)　〈四重奏《カルテット》〉
はやみねかおる　都会《まち》のトム＆ソーヤ(5)
はやみねかおる　都会《まち》のトム＆ソーヤ(6)　〈IN《イン》塀戸《VADE》〉(上)(下)
はやみねかおる　都会《まち》のトム＆ソーヤ(7)　〈ぼくの家へおいで〉
はやみねかおる　都会《まち》のトム＆ソーヤ(8)　《怪人は夢に舞う〈理論編〉》
はやみねかおる　都会《まち》のトム＆ソーヤ(9)　《怪人は夢に舞う〈実践編〉》
はやみねかおる　都会《まち》のトム＆ソーヤ(10)　〈前夜祭《EVE》内人《ないと》side〉
はやみねかおる　〈前夜祭《EVE》創也《そうや》side〉
勇嶺《はやみね》薫《かおる》　赤い夢の迷宮
橋口いくよ　猛烈に！　アロハ萌え
橋口いくよ　おひとりさまで！　アロハ萌え　〈MAHALO HAWAII〉
服部真澄　極　楽　行　き　〈清談　佛々堂先生〉
服部真澄　天の方舟《はこぶね》(上)(下)
服部真澄　クラウド・ナイン

早瀬詠一郎　つげの箸　〈裏十手からくり草紙〉
早瀬詠一郎　平　手　造《み》酒《き》
早瀬　乱　三年坂　火の夢
早瀬　乱　レイニー・パークの音
初野　晴　1／2の騎士
初野　晴　トワイライト博物館《ミュージアム》
初野　晴　向こう側の遊園
原　武史　滝山コミューン一九七四
原　武史　沿　線　風　景
濱　嘉之　警　視　庁　情　報　官　〈シークレット・オフィサー〉
濱　嘉之　警視庁情報官　ハニートラップ
濱　嘉之　警視庁情報官　トリックスター
濱　嘉之　警視庁情報官　ブラックドナー
濱　嘉之　警視庁情報官　サイバージハード
濱　嘉之　警視庁情報官　ゴーストマネー
濱　嘉之　鬼《き》手《しゅ》　〈世田谷駐在刑事・小林健〉
濱　嘉之　電　子　の　標　的　〈警視庁特別捜査官・藤江康央〉
濱　嘉之　列　島　融　解
濱　嘉之　オメガ　警察庁諜報課

講談社文庫　目録

濱　嘉之　オメガ　対中工作
濱　嘉之　ヒトイチ　警視庁人事一課監察係
濱　嘉之　ヒトイチ　画像解析〈警視庁人事一課監察係〉
濱　嘉之　ヒトイチ　内部告発〈警視庁人事一課監察係〉
濱　嘉之　カルマ真仙教事件(上)(中)(下)
橋本　紡　彩乃ちゃんのお告げ
馳　星周　やつらを高く吊せ
馳　星周　ラフ・アンド・タフ
早見　俊　右近の鯔《いな》背《せ》銀《いち》杏《よう》〈双子同心捕物競い〉(二)
早見　俊　同心の鑑《かがみ》〈双子同心捕物競い〉(三)
早見　俊　上方与力江戸暦
畠中　恵　アイスクリン強し
畠中　恵　若様組まいる
畠中　恵　若様とロマン
はるな愛　素晴らしき、この人生
葉室　麟　風渡る
葉室　麟　風の軍師〈黒田官兵衛〉
葉室　麟　星火瞬く
葉室　麟　陽《かげ》炎《ろう》の門
葉室　麟　紫匂う
葉室　麟　山月庵茶会記
長谷川　卓　嶽《がく》〈上・白銀《しろがね》渡り〉〈下・湖底の黄金〉神《じん》
長谷川　卓　嶽神伝《がくじんでん》　無《む》坂《さか》(上)(下)
長谷川　卓　嶽神伝《がくじんでん》　孤《こ》猿《えん》(上)(下)
長谷川　卓　嶽神伝《がくじんでん》　鬼《き》哭《こく》(上)(下)
長谷川　卓　嶽神列伝　逆渡《さかわた》り
長谷川　卓　嶽神伝《がくじんでん》　血路
長谷川　卓　嶽神伝《がくじんでん》　死地
ＨＡＢＵ　誰の上にも青空はある
幡　大介　猫間地獄のわらべ歌
幡　大介　股旅探偵　上州呪い村
原田マハ　夏を喪くす
原田マハ　風のマジム
原田マハ　あなたは、誰かの大切な人
羽田圭介　「ワタクシハ」
羽田圭介　コンテクスト・オブ・ザ・デッド
原田ひ香　アイビー・ハウス
原田ひ香　人生オークション
花房観音　女坂
花房観音　指人形
花房観音　恋塚
畑野智美　海の見える街
畑野智美　南部芸能事務所
畑野智美　南部芸能事務所 season2 メリーランド
畑野智美　南部芸能事務所 season3 春の嵐
畑野智美　南部芸能事務所 season4 オーディション
早見和真　東京ドーン
はあちゅう　半径5メートルの野望
早坂　吝《やぶさか》　○○○○○○○○殺人事件
早坂　吝　虹の歯ブラシ〈上木《かみき》らいち発散〉
早坂　吝　誰も僕を裁けない
浜口倫太郎　22年目の告白〈―私が殺人犯です―〉
浜口倫太郎　廃校先生
浜口倫太郎　シンマイ！
原田伊織　明治維新という過ち〈日本を滅ぼした吉田松陰と長州テロリスト〉
原田伊織　列強の侵略を防いだ幕臣たち〈続・明治維新という過ち〉
原田伊織　〈明治維新という過ち・完結編〉虚像の西郷隆盛　虚構の明治150年

萩原はるな　50回目のファーストキス
葉真中《はまなか》顕《あき》　ブラック・ドッグ
平岩弓枝　花嫁の日
平岩弓枝　結婚の四季
平岩弓枝　わたしは椿姫
平岩弓枝　花祭
平岩弓枝　青の伝説
平岩弓枝　青の回帰(上)(下)
平岩弓枝　青の背信
平岩弓枝　五人女捕物くらべ(上)(下)
平岩弓枝　はやぶさ新八御用帳(十)〈幽霊屋敷の女〉
平岩弓枝　はやぶさ新八御用旅(一)〈東海道五十三次〉
平岩弓枝　はやぶさ新八御用旅(二)〈中仙道六十九次〉
平岩弓枝　はやぶさ新八御用旅(三)〈日光例幣使道の殺人〉
平岩弓枝　はやぶさ新八御用旅(四)〈北前船の事件〉
平岩弓枝　はやぶさ新八御用旅(五)〈諏訪の妖狐〉
平岩弓枝　はやぶさ新八御用旅(六)〈紅花染め秘帳〉
平岩弓枝　新装版　はやぶさ新八御用帳(一)〈大奥の恋人〉
平岩弓枝　新装版　はやぶさ新八御用帳(二)〈江戸の海賊〉

平岩弓枝　新装版　はやぶさ新八御用帳(三)〈又右衛門の女房〉
平岩弓枝　新装版　はやぶさ新八御用帳(四)〈鬼勘の娘〉
平岩弓枝　新装版　はやぶさ新八御用帳(五)〈御守殿おたき〉
平岩弓枝　新装版　はやぶさ新八御用帳(六)〈春月の雛〉
平岩弓枝　新装版　はやぶさ新八御用帳(七)〈寒椿の寺〉
平岩弓枝　新装版　はやぶさ新八御用帳(八)〈春怨 根津権現〉
平岩弓枝　新装版　はやぶさ新八御用帳(九)〈王子稲荷の女〉
平岩弓枝　新装版　おんなみち(上)(中)(下)
平岩弓枝　老いること暮らすこと
平岩弓枝　なかなかいい生き方
東野圭吾　放課後
東野圭吾　卒業
東野圭吾　学生街の殺人
東野圭吾　魔球
東野圭吾　十字屋敷のピエロ
東野圭吾　眠りの森
東野圭吾　宿命
東野圭吾　変身
東野圭吾　仮面山荘殺人事件

東野圭吾　天使の耳
東野圭吾　ある閉ざされた雪の山荘で
東野圭吾　同級生
東野圭吾　名探偵の呪縛
東野圭吾　むかし僕が死んだ家
東野圭吾　虹を操る少年
東野圭吾　パラレルワールド・ラブストーリー
東野圭吾　天空の蜂
東野圭吾　どちらかが彼女を殺した
東野圭吾　名探偵の掟
東野圭吾　悪意
東野圭吾　私が彼を殺した
東野圭吾　嘘をもうひとつだけ
東野圭吾　時生
東野圭吾　赤い指
東野圭吾　流星の絆
東野圭吾　新装版　浪花少年探偵団
東野圭吾　新装版　しのぶセンセにサヨナラ
東野圭吾　新参者

東野圭吾　麒麟の翼
東野圭吾　パラドックス13
東野圭吾　祈りの幕が下りる時
東野圭吾作家生活25周年祭り実行委員会　東野圭吾公式ガイド〈読者1万人が選んだ東野作品人気ランキング発表〉
姫野カオルコ　ああ、懐かしの少女漫画
姫野カオルコ　ああ、禁煙vs.喫煙
平野啓一郎　高瀬川
平野啓一郎　ドーン
平野啓一郎　空白を満たしなさい(上)(下)
平山　譲　片翼チャンピオン
百田尚樹　永遠の0《ゼロ》
百田尚樹　輝く夜
百田尚樹　風の中のマリア
百田尚樹　影法師
百田尚樹　ボックス！(上)(下)
百田尚樹　海賊とよばれた男(上)(下)
ヒキタクニオ　東京ボイス
ヒキタクニオ　カワイイ地獄
平田オリザ　十六歳のオリザの冒険をしるす本

平田オリザ　幕が上がる
ビッグイシュー 枝元なほみ　世界一あたたかい人生相談
久生十蘭　久生十蘭「従軍日記」
東　直子　さようなら窓
東　直子　らいほうさんの場所
東　直子　トマト・ケチャップ・ス
平敷安常　キャパになれなかったカメラマン(上)(下)〈ベトナム戦争の語り部たち〉
樋口明雄　ミッドナイト・ラン！
樋口明雄　ドッグ・ラン！
平谷美樹　藪の奥〈眠る義経秘宝〉
平谷美樹　居留地同心・凌之介秘帳　小倫敦の幽霊
蛭田亜紗子　人肌ショコラリキュール
樋口卓治　ボクの妻と結婚してください。
樋口卓治　続・ボクの妻と結婚してください。
樋口卓治　もう一度、お父さんと呼んでくれ。
樋口卓治　「ファミリーラブストーリー」
平山夢明　どたんばたん(土壇場譚)〈大江戸怪談〉
平山夢明　魂《たま》豆《どう》腐《ふ》〈大江戸怪談どたんばたん(土壇場譚)〉
東川篤哉　純喫茶「一服堂」の四季

東山彰良　流《りゅう》
樋口直哉　偏差値68の目玉焼き〈星ヶ丘高校料理部〉
藤沢周平　新装版 春秋の檻〈獄医立花登手控え(一)〉
藤沢周平　新装版 風雪の檻〈獄医立花登手控え(二)〉
藤沢周平　新装版 愛憎の檻〈獄医立花登手控え(三)〉
藤沢周平　新装版 人間の檻〈獄医立花登手控え(四)〉
藤沢周平　新装版 闇の歯車
藤沢周平　新装版 市塵(上)(下)
藤沢周平　新装版 決闘の辻
藤沢周平　新装版 雪明かり
藤沢周平　義民が駆ける〈レジェンド歴史時代小説〉
藤沢周平　喜多川歌麿女絵草紙
藤沢周平　闇の梯子
古井由吉　野川
船戸与一　夜《イエ》来《ライ》香《シャン》海峡
船戸与一　新装版 カルナヴァル戦記
藤田宜永　樹下の想い
藤田宜永　艶《つや》めき
藤田宜永　流砂

辺見　庸　抵　抗　論
星　新一　エヌ氏の遊園地
星　新一編　ショートショートの広場①〜⑨
本田靖春　不　当　逮　捕
堀江邦夫　原　発　労　働　記
保阪正康　昭和史七つの謎
保阪正康　昭和史 七つの謎 Part2
保阪正康　天　皇〈「君主」の父、「民主」の子〉
保坂和志　未明の闘争(上)(下)
堀江敏幸　熊　の　敷　石
堀江敏幸　燃焼のための習作
本格ミステリ作家クラブ編　珍しい物語のつくり方〈本格短編ベスト・セレクション〉
本格ミステリ作家クラブ編　法廷ジャックの心理学〈本格短編ベスト・セレクション〉
本格ミステリ作家クラブ編　見えない殺人カード〈本格短編ベスト・セレクション〉
本格ミステリ作家クラブ編　空飛ぶモルグ街の研究〈本格短編ベスト・セレクション〉
本格ミステリ作家クラブ編　凍れる女神の秘密〈本格短編ベスト・セレクション〉
本格ミステリ作家クラブ編　からくり伝言少女〈本格短編ベスト・セレクション〉
本格ミステリ作家クラブ編　探偵の殺される夜〈本格短編ベスト・セレクション〉
本格ミステリ作家クラブ編　墓守刑事の昔語り〈本格短編ベスト・セレクション〉

本格ミステリ作家クラブ編　子ども狼ゼミナール〈本格短編ベスト・セレクション〉
本格ミステリ作家クラブ編　ベスト本格ミステリTOP5〈短編傑作選001〉
星野智幸　毒　身
星野智幸　われら猫の子
星野智幸　夜は終わらない(上)(下)
本田靖春　我、拗ね者として生涯を閉ず(上)(下)
本城英明　警察庁広域特捜官 梶山俊介〈広島・尾道「刑事《デカ》殺し」〉
堀田純司　ス　ゴ　い　雑　誌〈「業界誌」の底知れない魅力〉
堀田純司　僕とツンデレとハイデガー〈ヴェルシオン アドレサンス〉
本多孝好　チェーン・ポイズン
本多孝好　君　の　隣　に
穂村　弘　整　形　前　夜
穂村　弘　ぼくの短歌ノート
堀川アサコ　幻　想　郵　便　局
堀川アサコ　幻　想　映　画　館
堀川アサコ　幻　想　日　記　店
堀川アサコ　幻　想　探　偵　社
堀川アサコ　幻　想　温　泉　郷
堀川アサコ　幻　想　短　編　集

堀川アサコ　大奥の座敷童子
堀川アサコ　おちゃっぴい〈大江戸八百八〉
堀川アサコ　月下におくる(上)(下)〈沖田総司青春録〉
堀川アサコ　芳《ほう》　　一《いち》
堀川アサコ　月　夜　彦
本城雅人　境　界〈横浜中華街・潜伏捜査〉
本城雅人　スカウト・デイズ
本城雅人　スカウト・バトル
本城雅人　嗤　う　エ　ー　ス
本城雅人　贅沢のススメ
本城雅人　誉れ高き勇敢なブルーよ
本城雅人　シューメーカーの足音
本城雅人　ミッドナイト・ジャーナル
堀川惠子　裁かれた命〈死刑囚から届いた手紙〉
堀川惠子　死刑の基準〈「永山裁判」が遺したもの〉
堀川惠子　永山則夫〈封印された鑑定記録〉
堀川惠子　教　誨　師
堀川惠子・小笠原信之　チンチン電車と女学生〈1945年8月6日・ヒロシマ〉
ほしおさなえ　空き家課まぼろし譚

講談社文庫　目録

2018年12月15日現在